Neckargeschichten

Thomas Vogel und Heike Frank-Ostarhild

Neckar-
geschichten

Herausgegeben von
Thomas Vogel und Heike Frank-Ostarhild

Klöpfer & Meyer

Die in dieser Neckar-Anthologie versammelten Textpassagen entsprechen im allgemeinen den Originalvorlagen, einige wurden aber der besseren Lesbarkeit wegen auch gekürzt und sind also nur auszugsweise wiedergegeben.

Die Schreibweise und auch die Interpunktion folgen einer moderaten neuen deutschen Rechtschreibung. Bei wenigen älteren Texten wurde die originale Schreibung beibehalten.

Herausgeber und Verlag danken allen Rechte-Inhabern für die erteilten Abdruckgenehmigungen. Sollten Rechte Dritter irrtümlich übersehen worden sein, so ist der Verlag selbstverständlich bereit, rechtmäßige Ansprüche nach Anforderung abzugelten.

ISBN 978-3-940086-46-4

Umschlaggestaltung: Christiane Hemmerich Konzeption und Gestaltung, Tübingen.
Umschlagfoto: Hendrik Holler, Berlin.
Herstellung: Horst Schmid, Mössingen.
Satz: Alexander Frank, Ammerbuch.
Druck und Einband: Pustet, Regensburg.

Mehr über das Verlagsprogramm von Klöpfer & Meyer finden Sie unter:
www.kloepfer-meyer.de

Inhalt

Thomas Vogel

Flussgeschichten

Flüsse faszinieren. Sie sind da, seit Jahrhunderten, seit Jahrtausenden schon, und doch sind sie »im Fluss«. Wir stehen am Ufer, schauen auf den Fluss, hören auf ihn, in ihn hinein, glauben ihn zu kennen und müssen doch einsehen, dass sein Wasser vorüberfließt, nie dasselbe ist. »Man kann nicht zweimal in denselben Fluss steigen«, das wissen wir, »denn andere Wasser strömen nach.« Ein Satz des Heraklit, den wir heute als Binsenweisheit lächelnd zur Kenntnis nehmen. Der Fluss als ein Symbol für die Zeit, die vergeht, auch Goethes Vers ist schön an dieser Stelle zu zitieren und doch längst allen klar:

»Gleich mit jedem Regengusse
Ändert sich dein holdes Tal,
Ach, und in demselben Flusse
Schwimmst du nicht zum zweitenmal.«

Damit wird der Fluss zum Sinnbild für das Leben schlechthin. Und wir begegnen ihm in den Wissenschaften ebenso wie in der Dichtung, bei Darwins Evolutionstheorie ebenso wie bei Rainer Maria Rilke, der das Leben mit einem Fluss vergleicht:

»Mag sein, dass das Leben eine Weile lang in den Worten treibt wie der Fluss im Bett; wo es frei und mächtig wird, breitet es sich aus über alles; und keiner kann seine Ufer schauen.«

»Sie überdauern alles, die Flüsse!« Vielleicht hat Czeslaw Milosz, der Literaturnobelpreisträger, der seine Kindheit als Flusspirat im Tal des Nevėžis (im Roman: »Tal der Issa«) verbracht hat, um »dem Rauschen des heraklitischen Flusses« zu lauschen, vielleicht hat er Recht, wenn er behauptet, der Fluss sei eine »Metapher für den Fortbestand der Form und den Wandel des Inhalts. Die Flüsse, die es heute in Europa gibt, waren auch schon zu einer Zeit vorhanden, als es noch keines der heutigen europäischen Länder und keine bekannte Sprache gab. In den Namen der Flüsse haben die ausgestorbenen Völker und deren Dialekte ihre Spuren hinterlassen.«

Zu allen Zeiten siedelten Menschen entlang der Flüsse. Diese teilten das Land, zerteilten und entzweiten auch, stellten aber auch von Ort zu Ort Verbindungen her. Und die Ufer waren Orte der Begegnung, des Handels und der Händel, und dann auch wieder Orte des Friedens, so wie in dem Afro-amerikanischen Spiritual wo einer – »Down by the riverside« – Schwert und Schild niederlegt und für sich beschließt: »I ain't gonna study war no more.«

Und die Ufer sind Orte des Aufbruchs und des Ankommens, der Sehnsucht nach der Ferne und der Sehnsucht nach Heimat, wie in Psalm 137, der aus dem babylonischen Exil bis in unsere Gegenwart herüber klingt:

»An den Strömen Babels, da saßen wir und weinten,
wenn wir an Zion dachten.«

Nicht zuletzt durch die Liedfassung des jamaikanischen Reggaetrios The Melodians ist dieser Psalm zu einem Symbol für alle im Exil lebenden Menschen geworden:

»By the rivers of Babylon, there we sat down
Ye-eah we wept, when we remembered Zion.«

Der Fluss war Maß gebend. Im wahrsten Sinn des Wortes. Er war Lebensader. An seiner Quelle konnte man trinken, aus ihm holte man den Fisch, Frauen gingen zum Fluss um Wäsche zu waschen. Auch nahm man ein – oft genug gefährliches – Bad im Fluss. Und da, wo das Wasser noch sauber ist, sitzen auch heute noch die Angler und üben sich in Geduld. Der Müller brauchte Wasser auf seine Mühle, kanalisierte und lenkte um und zwang den Bach übers Mühlrad. Der Dichter reagiert voller Empathie:

»Ich war ein Bächlein, Junggesell;
Sie haben
Mich so gefaßt, damit ich schnell,
Im Graben,
Zur Mühle dort hinunter soll,
Und immer bin ich rasch und voll.«
Johann Wolfgang von Goethe

Dann folgten Wasserkraftwerke, deretwegen Flüsse eingeschnürt, gerade gezwängt, kanalisiert und gestaut wurden. Und Kernkraftwerke wurden errichtet, die zur Kühlung sich des Flusswassers bedienen, das aufgeheizt weiterfließt, mit all den bekannten Folgen für das Ökosystem. Das radioaktive Tritium ist mancherorts im Neckar um das 16fache höher als in unbelasteten Flüssen.

»Unsere Zivilisation hat das Wasser der Flüsse vergiftet, und diese Verschmutzung wird immer stärker auch emotional bewertet. Da der Lauf des Flusses ein Symbol für die Zeit ist, liegt es nahe, auf eine vergiftete Zeit zu schließen.«
Czeslaw Milosz

Doch in den Märchen, Balladen und Mythen erfahren wir auch, dass Flüsse sich nicht so leicht unterwerfen lassen. Im Zweifel scheren sie sich nicht um uns und setzen ihren Weg zum Meer fort, »ob das Rad der Mühle gebrochen ist oder nicht« (Khalil Gibran). Ja, noch mehr: sie behaupten sich und verlangen ihren Tribut. Es schien zu allen Zeiten klug zu sein, sich mit ihnen zu arrangieren, sie zu respektieren, sie zu (ver) ehren. Den Indern sind die Flüsse heilig, sie fließen zum Meer hin, spülen die Sünden hinweg. Wir kennen das bereits aus unserer christlichen Tradition: Johannes der Täufer ruft zur Umkehr und tauft die Bußfertigen im Jordan. Bei den alten Griechen hielt man Flüsse für wohlwollende Götter, Kinder des Okeanos, lebendige Geschöpfe. Auch glaubte man gewaltige Stiere in der wilden Wucht tobender Flüsse zu entdecken, Vorstellungen, die bis heute in der Literatur lebendig sind. Der Name Neckar ist keltischen Ursprungs und bedeutet so viel wie »wilder Geselle«. Immer wieder formuliert Goethe seine Faszination angesichts der mythischen Kräfte im Fluss, dann, wenn er vom Angler erzählt, dem aus dem bewegten Wasser ein »feuchtes Weib« hervortritt, das diesen bezirzt, ihn lockt und schließlich mit sich in die Tiefe reißt:

»Das Wasser rauscht', das Wasser schwoll,
Netzt' ihm den nackten Fuß;
Sein Herz wuchs ihm so sehnsuchtsvoll,
Wie bei der Liebsten Gruß.
Sie sprach zu ihm, sie sang zu ihm;
Da war's um ihn geschehn:
Halb zog sie ihn, halb sank er hin,
Und ward nicht mehr gesehn.«

Auch Faust äußert Mephisto gegenüber sein Schaudern angesichts mächtiger Wogen, die ins Tal strömen:

»Schon rauscht ein Bach zu Bächen mächtig nieder,
Aus Schluchten kehren sie gedoppelt wieder,
Ein Strom nun wirft den Bogenstrahl;
Auf einmal legt er sich in flache Felsenbreite
Und rauscht und schäumt nach der und jener Seite,
Und stufenweise wirft er sich ins Tal.
Was hilft ein tapfres, heldenmäßiges Stemmen?
Die mächtige Woge strömt, sie wegzuschwemmen.
Mir schaudert selbst vor solchem wilden Schwall.«

Und mit Goethe sind es noch viele Dichter, denen der Fluss als Metapher für Verführung dient. Wir kennen Heinrich Heines »Loreley«. Auch in seinem »Buch der Lieder« erscheinen am Fluss verlockende Wesen, denen der Wanderer begegnet:

»Dämmernd liegt der Sommerabend
Über Wald und grünen Wiesen;
Goldner Mond im blauen Himmel
Strahlt herunter, duftig labend.

An dem Bache zirpt die Grille,
Und es regt sich in dem Wasser,
Und der Wandrer hört ein Plätschern
Und ein Atmen in der Stille.

Dorten, an dem Bach alleine,
Badet sich die schöne Elfe;
Arm und Nacken, weiß und lieblich,
Schimmern in dem Mondenscheine.«

Immer wieder wird der Fluss als Trennung empfunden, für die Liebenden etwa, die nicht zueinander finden, weil kein

Fährmann zur Stelle ist, und auch keine Brücke vom einen Ufer zum anderen führt. Und schwimmen konnten sie auch nicht:

> »Es waren zwei Königskinder,
> die hatten einander so lieb,
> sie konnten zusammen nicht kommen,
> das Wasser war viel zu tief.«

Wir kennen diese Geschichte bereits von Heros und Leander, damals spielte sie am Bosporus. Doch lässt sich das Bild auch positiv wenden, dann, wenn so wie in Gotthold Ephraim Lessings Fabel der Fluss als schützende »Trennung« gesehen wird:

> »Der Durst trieb ein Schaf an den Fluss; eine gleiche Ursache führte auf der andern Seite einen Wolf herzu. Durch die Trennung des Wassers gesichert und durch die Sicherheit höhnisch gemacht, rief das Schaf dem Räuber hinüber: ›Ich mache dir doch das Wasser nicht trübe, Herr Wolf? Sieh mich recht an; habe ich dir nicht etwa vor sechs Wochen nachgeschimpft? Wenigstens wird es mein Vater gewesen sein.‹ Der Wolf verstand die Spötterei; er betrachtete die Breite des Flusses und knirschte mit den Zähnen. ›Es ist dein Glück‹, antwortete er, ›dass wir Wölfe gewohnt sind, mit euch Schafen Geduld zu haben‹; und ging mit stolzen Schritten weiter.«

Eine der Möglichkeiten, das Trennende zu überwinden, war die Fähre. Die ältesten Fährmänner sind uns in den Mythen der Ägypter, der Griechen und auch in der nordischen Mythologie überliefert. Meist brachten sie ihre Fracht hinüber ins Totenreich, so Charon auf dem Lethe, dem Fluss des

Vergessens. In der Göttlichen Komödie begegnen wir Dante und Vergil, die von einem Turm aus den Fährmann Phlegias zu sich rufen, der sie über den Fluss fahren soll, an dessen anderem Ufer die Höllenstadt beginnt. Und Chris de Burgh warnt in seinem finsteren Song davor, den Fährmann zu bezahlen, noch »bevor er dich ans andere Ufer bringt.«

»And then the ferryman said
›There is trouble ahead.
So you must pay me now‹ – ›Don't do it!‹
And still that voice came from beyond
Whatever you do
Don't pay the ferryman
Don't even fix a price
Don't pay the ferryman
Until he gets you to the other side.«

Schließlich begegnen wir in »Siddharta« von Hermann Hesse dem Fährmann Vasudeva, der Siddharta zum Gehilfen nimmt, bevor dieser dann schließlich selber die Rolle des Fährmanns übernimmt.

Mehr noch als die Fähre gehörte und gehört zum Fluss die Brücke. Und wie jene so hat auch sie als verbindendes Element hohen Symbolcharakter. Schon ein Blick auf die Rückseite unserer Euroscheine mag dies verdeutlichen. Die Brücke ist ein faszinierender, geradezu magischer Ort in der Literatur wie auch im Kino. Mal wird vom Schatz unter der Brücke geträumt, mal wird auf der Brücke getanzt:

»Sur le pont d'Avignon
l'on y danse l'on y danse«

Von der Brücke aus wird aber auch der selbstmörderische Sprung geplant, dann im letzten Moment vereitelt, was dann die große Liebe zur Folge hat, wie wir sie eben nur im Französischen Kino zu sehen kriegen: »La fille sur le pont«.

A propos: Tucholsky beschreibt das Innehalten mitten auf einer Seine-Brücke in Paris als ein Gefühl von Ankommen in der Heimat – und von Liebe:

> »Da stehe ich auf der Brücke und bin wieder mitten in Paris, in unserer aller Heimat. Da fließt das Wasser, da liegst du, und ich werfe mein Herz in den Fluss und tauche in dich ein und liebe dich.«

Frostiger dagegen ein Szenario bei Franz Kafka, der sich als Brücke über den Fluss legt:

> »Ich war steif und kalt, ich war eine Brücke, über einem Abgrund lag ich. Diesseits waren die Fußspitzen, jenseits die Hände eingebohrt, in bröckelndem Lehm habe ich mich festgebissen. Die Schöße meines Rockes wehten zu meinen Seiten. In der Tiefe lärmte der eisige Forellenbach. Kein Tourist verirrte sich zu dieser unwegsamen Höhe, die Brücke war in den Karten noch nicht eingezeichnet. – So lag ich und wartete; ich mußte warten. Ohne einzustürzen kann keine einmal errichtete Brücke aufhören, Brücke zu sein.«

Die sicher unfreiwillig komischste Geschichte, die ich kenne, und die von einer Brücke über einen Fluss erzählt, stammt aus Österreich. Dort, so berichteten 1930 die österreichischen Zeitungen, hatte sich in einer kleinen Stadt an der Donau folgendes ereignet: »Ein junger Selbstmordkandidat stürzte sich von einer Brücke in den Fluss. Ein Gendarm, der angelockt vom Geschrei der anwesenden Personen, an den Ort des dramatischen Geschehens gekommen war, nahm, anstatt sich auszuziehen und sich in den Fluss zu stürzen, um dem jungen Mann zu Hilfe zu kommen, sein Gewehr zur Hand, richtete es auf den Selbstmörder und schrie: ›Komm heraus oder ich erschieße dich.‹ Der junge Mann kam aus dem Wasser und nahm Abstand vom Selbstmord.«

Wer nah genug am Fluss entlanggeht oder mit einem Boot auf ihm unterwegs ist, kennt ihn auch als einen Spiegel, seine Wasseroberfläche, darin man sich betrachten kann. Der römische Dichter Ovid überliefert uns, wie Narziss, der schöne Sohn des Flussgottes Kephisos und der Wassernymphe Leiriope, am Fluss sitzt und sich in sein Spiegelbild verliebt:

»Küsse gab er, wie oft! vergebens der trügenden Quelle,
tauchte die Arme, wie oft! den erschauten Hals zu umschlingen,
mitten hinein in die Flut und kann sich in dieser nicht
greifen, weiß nicht, was er da schaut, doch was er schaut,
daran brennt er.«

Wir wissen, wie die Geschichte endet: Der schöne Jüngling stürzt sich im Wahn in das Wasser der Quelle, aus der er stammt, sind doch seine Eltern Wasserwesen, im Tod findet er zurück zur Quelle, aus der er kommt. Ein Ad fontes der sehr ursprünglichen Art.

Lange schon bevor die Psychoanalyse sich des Narzissmus angenommen hat, beschäftigten sich Märchen (»Spieglein, Spieglein an der Wand …«) und Dichtung mit dem Motiv. Bei Bettina von Arnim wird Narziss zum Philosophen:

»Der Bach enteilt der Quelle, kehrt nicht wieder,
Des Lebens Strom, er woget auf und nieder
Und reißet mich in seinen Wirbeln fort.«
»Sieh alles Leben! Es hat kein Bestehen,

Es ist ein ew'ges Wandern, Kommen, Gehen,
Lebend'ger Wandel! buntes, reges Streben!
O Strom! in dich ergießt sich all mein Leben!
Dir stürz ich zu! vergesse Land und Port!«

Durch unzählige Mythen, Märchen und Dichtungen fließen die Flüsse und bleiben so bis heute allgegenwärtig. Und in den Sprachen der Völker begegnen wir dem Fluss in Redewendungen und Metaphern. Ein Sprichwort der Swahili in Afrika weiß: »Es ist besser Brücken zu bauen, statt Mauern.«

Und in Chile sagt man: »Wenn der Fluss klingt, dann weil er Steine mit sich bringt.«

Eine beruhigende Botschaft kommt aus China: »Wenn Du nur lange genug an einem Fluss wartest, schwimmen die Leichen Deiner Feinde an Dir vorbei.«

Zur stehenden Wendung wurde der Satz des englischen Physikers, Mathematikers und Philosophen Isaac Newton »De fontibus non est disputandum.«, gemeint ist: »Denn wer schwimmen will, muss zu den Flüssen gehen.«

Und wie so oft bringen es die Notizen des Aphoristikers Georg Christoph Lichtenberg, die dieser in seinen »Sudelbüchern« festhält, trefflich auf den Punkt:

»Die kleinen Versuche die wir anstellen, und unsere Privat-Bemühungen, so unbedeutend sie öfters sind, helfen doch den großen Strom formieren, der in das Meer der Unendlichkeit (?) fließt, ob der gleich mit seinem Namen alle die kleinen Bäche verschlingt. Was würde dem Rhein bleiben, wenn ihm die kleinen Bäche das ihrige entziehn wollten?«

Wer sich schreibend auf den Fluss einlässt, weiß sehr wohl, dass jeder Fluss anders klingt und somit jeder Fluss auch eine eigene Sprache fordert, einen eigenen Sprachduktus, einen eigenen Rhythmus des Beschreibens und Erzählens. Vladimir Nabokov sagt, Flüsse seien »wie Seelen – so grundverschieden, dass wir für jeden Fluss eine andere Sprache entwickeln müssten.« Das wissen auch die vielen Musiker, die sich komponierend einem Fluss nähern, denen die Flüsse Herausforderung sind, sie in Stimmen, Klänge und Rhythmen umzusetzen, sie zu orchestrieren. Unüberhörbar durchfließen so die Flüsse die Musikgeschichte bis in die Gegenwart, von Smetanas »Moldau« über Schumanns »Rheinische« Sinfonie bis zu den »Donauwellen« und der sinfonischen Dichtung »Amazonas« von Heitor Villa Lobos. Und gleich eine ganze Reihe von Flüssen vereint Philip Glass in seinen »Aguas da Amazonia«. Doch auch Reiseschriftsteller entdecken die Musikalität von Flusslandschaften. So wäre eine Symphonie in fünf Sätzen, wie sie Alfons Paquet im Verlauf des Neckar zu erkennen glaubt, durchaus noch zu komponieren:

> »Das Auge sucht in der Ebene den Fluss und findet das schmale Rinnsal wie auf einem Teppich. Dann, in den unendlichen Wellungen des Mittelgebirges ist er wie ein dünnes Kinderkettchen aus Silber. Erst wer den Weg des Flusses selber wandert, spürt die Stufen, die er sacht hinabfließt. Es sind fünf Landschaften, die einander folgen wie die fünf Sätze einer Symphonie von pastoralem, heiterem Charakter, mit einzelnen ergreifenden Augenblicken, mit wenigen schwachen, flachen Stellen. Zuerst, von der Quelle her, ist es der wilde, dramatisch verengte, plötzlich geöffnete Hochweg im Schwarzwald. Es folgt die freier bewegte, wie mit grünen Zelten besäte Landschaft der Alb. Dann das schwäbische Unter-

> land, mild verträumt und locker, hügelig und offen. Später das schwellende, gedrungene allegro vivace im Odenwald, und schließlich der klare Abgesang, der ausruhende Neckar der Ebene, der doch in der Korrektur der Ingenieure nichts Müdes, Sentimentales hinschleppt, sondern seine Schiffchen durch die Wiesen trägt wie auf einer fröhlichen Chaussee.«

Womit wir ja nun beim Objekt unseres Interesses angelangt wären, über das unendlich viel schon nachgedacht, in Vorträgen gesagt und in zahlreichen Vorworten zu Bildbänden, in Geschichts- und Geografiewerken geschrieben wurde. In diesem Band aber sind es die Neckargeschichten, die für sich sprechen und uns dem Fluss näher bringen wollen, die uns mitnehmen, von der Quelle bis zur Mündung.

Die Arbeit an diesem Buch hat mir wieder bewusst gemacht, dass ich ja den größten Teil meines Lebens mit größter Selbstverständlichkeit am Fluss gewohnt habe, nicht an irgendeinem, sondern am Neckar. Andere Flüsse habe ich auf Reisen kennen gelernt, die Elbe und den Rhein, die Seine, den Arno und den Mondego, die Themse, den Jordan und noch eine ganze Reihe weiterer Flüsse, doch gewohnt habe ich am Neckar, und tu dies immer noch, und schon eine ganze Weile. Ich lernte ihn kennen, als ich zum Studium nach Tübingen kam, wo wir auf dem Stocherkahn Griechischvokabeln gepaukt haben. Später wohnte ich viele Jahre in Heidelberg, nur wenige Schritte von der »Alten Brücke« entfernt. Der Blick auf den Neckar, den Goethe in seinem Tagebucheintrag vom 26. August 1797 festhält, ist mir für immer ins Gedächtnis geschrieben:

> »Die Brücke zeigt sich von hier aus in einer Schönheit, wie vielleicht keine Brücke der Welt. Durch

die Bogen sieht man den Neckar nach den flachen Rheingegenden fließen und über ihr die lichtblauen Gebirge jenseits des Rheins in der Ferne. An der rechten Seite schließt ein bewachsner Fels mit rötlichen Seiten, der sich mit der Region der Weinberge verbindet, die Aussicht.«

Auch in Friedrich Hölderlins Ode »Heidelberg« wird der Neckar mit seiner »Alten Brücke« besungen. Und Hölderlin ist nun wirklich einer, der sein Leben lang am Neckar gelebt und diesen immer wieder besungen hat. Geboren in Lauffen am Neckar, aufgewachsen in Nürtingen am Neckar, und später dann hat er mehr als die Hälfte seines Lebens in Tübingen im Turm direkt am Neckar verbracht. Und immer wieder taucht dieser Fluss in seinem Werk auf. Hölderlin ist der Sänger der Flüsse schlechthin. Ich kenne keinen Dichter, der so viele Flüsse in seinem Werk vereint: Donau, Dordogne, Ganges, Garonne, Indus, Main, Neckar, Rhein, Rhone, Tessin, Themse, Tiber. Und wahrscheinlich ist die Liste nicht vollständig.

»Der Neckar« ist ein Gedicht. Ein Gedicht von Friedrich Hölderlin. Sicher eines der schönsten, das die deutsche Sprache kennt. Und er ist ein Fluss, verglichen mit anderen Strömen unserer Erde ein bescheidener Fluss, der viertgrößte Nebenfluss des Rheins und mit seinen 367 km Länge erst der zwölftgrößte Fluss Deutschlands. Der Neckar ist mit Understatement unterwegs, will kein Mythos sein. Dem Rhein macht er nicht die Vaterrolle streitig und dem Don nicht die des Väterchens, den Königinnentitel überlässt er erst recht der Donau, und heilig wie der Ganges will er auch nicht sein. Als Herzader Baden-Württembergs fließt er durch das Erleben und Empfinden der Menschen, prägt ihren Charakter, setzt

Grenzen, öffnet Horizonte, beeinflusst (sic!) Lebensweisen, schreckt mit seinem Hochwasser, und lockt mit seiner Strömung, sich ihm anzuschließen.

In einem Boot oder auf einem Floß, auf schwer beladenen Lastkähnen oder auf einem Fahrgastmotorschiff gleiten wir flussabwärts, vorbei an Idyllen und Industrieanlagen, an Klöstern und Kernkraftwerken, vorbei an Barock-, Renaissance- und Rokokoschlössern. Und fast überall erzählt uns dieser »Fluss der Dichter« seine Geschichten, mal in Versen, mal prosaisch, mal episch breit, mal in wenigen Zeilen.

Oft genug hat die Literatur des Landes aus ihm ihre Inspiration bezogen. Und nicht nur die des Landes, wie zahlreiche Texte der Weltliteratur belegen. Als der amerikanische Schriftsteller Mark Twain 1878/79 Europa bereiste, entstanden weite Passagen seines Romans »Die Abenteuer des Huckleberry Finn« am Neckar, zwischen Heilbronn und Heidelberg. Dass die Fahrt auf dem Neckar ihn dabei zu der des Huck und Jim auf dem Mississippi inspiriert hat, und damit gleichzeitig beim Autor eine seit Jahren schon andauernde Schreibblockade gelöst hat, ist eine der Geschichten, die man sich seit damals erzählt, in Amerika ebenso wie hierzuland. Und jährlich pilgern Amerikaner scharenweise an den Neckar auf den Spuren ihres großen Schriftstellers, mit dem nach Hemingways Überzeugung die moderne amerikanische Literatur ihren Anfang nahm. Die Idee, den schmalen Neckar zu befahren, kann Twain, der ein Patent als Mississippi-Lotse besaß, nicht losgelassen haben. Das Floß war im letzten Drittel des 19. Jahrhunderts durchaus noch ein gängiges Transportmittel, allerdings weiß keiner so genau, ob und in welcher Form der amerikanische Autor die von ihm so fabelhaft beschriebene Floßreise von Heilbronn nach Heidelberg auch tatsächlich unternommen hat, machte der stromschnellenreiche Neckar damals doch seinem Namen »wilder Geselle« alle Ehre. Aber was auch immer real geschehen sein mag, wahr ist die Geschichte allemal, so wahr wie Literatur nur eben sein kann. Alles andere wäre für uns letztlich nicht von Bedeutung. Und so versuchen die hier versammelten Dichter, Schriftsteller und Autoren jeder Art ja nichts anderes, als sich der Wahrheit zu nähern, in diesem Fall der eines Flusses, des Neckar. Wir alle, so schreibt Peter Ackroyd, der Themsebiograph, wir alle »tragen die Assoziationen, die sich in der Vergangenheit mit dem Fluss verknüpften, weiter in uns, und wenn wir sie nicht kennen, verstehen wir nicht die besondere Art seiner Präsenz in der modernen Welt.«

Die in diesem Band versammelten Texte machen auf vielfältige Weise deutlich, welche Bedeutung der Neckar für das Land und die Menschen hat, und wie wichtig er denjenigen ist, die über ihn schreiben, ihn besingen, von ihm erzählen, die auf die denkbar unterschiedlichste Art mit ihm umgehen.

Und vielleicht – wer weiß? – hilft die Lektüre dieser Texte ja auch bei der Selbsterkundung. Wenn wir uns etwa die Frage stellen, welche Bedeutung dieser Neckar für uns selber hat. Vielleicht fiele dann ja dem einen oder der anderen von uns die erste Zeile von Hölderlins Gedicht ein:

»In deinen Tälern wachte mein Herz mir auf
Zum Leben ...«

Friedrich Hölderlin

Der Neckar

In deinen Tälern wachte mein Herz mir auf
Zum Leben, deine Wellen umspielten mich,
Und all der holden Hügel, die dich
Wanderer! kennen, ist keiner fremd mir.

Auf ihren Gipfeln löste des Himmels Luft
Mir oft der Knechtschaft Schmerzen; und aus dem Tal,
Wie Leben aus dem Freudebecher,
Glänzte die bläuliche Silberwelle.

Der Berge Quellen eilten hinab zu dir,
Mit ihnen auch mein Herz und du nahmst uns mit,
Zum stillerhabnen Rhein, zu seinen
Städten hinunter und lust'gen Inseln.

Noch dünkt die Welt mir schön, und das Aug entflieht
Verlangend nach den Reizen der Erde mir,
Zum goldnen Paktol, zu Smyrnas
Ufer, zu Ilions Wald. Auch möcht ich

Bei Sunium oft landen, den stummen Pfad
Nach deinen Säulen fragen, Olympion!
Noch eh der Sturmwind und das Alter
Hin in den Schutt der Athenertempel

Und ihrer Gottesbilder auch dich begräbt,
Denn lang schon einsam stehst du, o Stolz der Welt,
Die nicht mehr ist. Und o ihr schönen
Inseln Ioniens! wo die Meerluft

Die heißen Ufer kühlt und den Lorbeerwald
Durchsäuselt, wenn die Sonne den Weinstock wärmt,
Ach! wo ein goldner Herbst dem armen
Volk in Gesänge die Seufzer wandelt,

Wenn sein Granatbaum reift, wenn aus grüner Nacht
Die Pomeranze blinkt, und der Mastixbaum
Von Harze träuft und Pauk und Cymbel
Zum labyrinthischen Tanze klingen.

Zu euch, ihr Inseln! bringt mich vielleicht, zu euch
Mein Schutzgott einst; doch weicht mir aus treuem Sinn
Auch da mein Neckar nicht mit seinen
Lieblichen Wiesen und Uferweiden.

Sebastian Blau

Dr Necker

1

Ta'z ond Musek ghaört zur Kirbe,
ond dr Haohzichstrauß zur Braut,
ond zur Fasnet ghaöret mürbe
Küachle', wia dr Speck ens Kraut.

Ond zur Täufete ghaört s Kendle
ond zom Gaigel ghaört dr Trompf,
ond dr Necker ghaört ens Ländle
als es Hearzstuck ond Triompf!

2

Sei' Erbtoal kriegt r halb ond halb
vom Schwaarzwald ond vo'r Rauhe'-n-Alb.
Drom ist r ao toals zart, toals grob,
grad wia sei' Vatter ond sei' Muater;
mit oam Woat gsait: r ist e' guater
ond regelreachter Schwob.

3

Etz gucket ao des Wässerle,
wias aus em Bode' spritzt,
ond grad wia silbrigs Messerle
so blank ond sauber glitzt!
Wias pflätscheret ond strudlet
ond wuselet ond hudlet,

wias läbberet ond motzet
ond Kieselbatze' schlotzet!
Sott ma's glaube', schla me s Blechle,
daß des wenzig, wonzig Bächle
mol en Necker geit?
Freile, freile geit es des,
narr, aus Bibberle wearet Gä's
ond aus Kender Leut!

4
Des ist doch e'-n-alte Sach:
aerst viel Wässerle' gend en Bach.
So isch grad beim Necker ao –
ond en Rottweil macht r schao'
a' dr aerste' Mühlebruck
als Athlet sei' Gselle'stuck …

5
Etz schwitisiert r s Täle ra,
etz ist r uf dr Walz,
ond wenn r kö't, noh feng r a'
ond säng aus voolem Hals!

r waalet en de Wiese rom
ond babblet mit de Büsch,
r lachet alle Städtle'-n-a'
ond schnalzget mit de Fisch.

r karessiert mit Berg ond Wald
ond schmoichlet mit em Moos,
tuat Fangetles mit dr Eise'bah'

ond Schlupfetles mit dr Stroß …
Koa' Wonder, daß ehn s Täle ma',
ond daß ehms so flattiert
ond reachts ond lenks de' ganze' Weag
mit Tanne'reis verziert!

6
Ond r reckt se,
ond r streckt se
ond braucht zmol en Haufe' Platz.
Stoa' ond Felse' überschwemmt r
ond de graößte Stauwehr nemmt r
spielend mit me' Satz.

So isch reacht, so ka'-n-r bleibe'!
Etzet muaß r na' a's Britt,
etzet hoaßts uf Schritt ond Tritt:
Mühle'-n-ond Fabrike' treibe',
Geite' hüate', Wendle' wäsche',
onter jede Bruck se ducke'
ond dezuana' Dreck und Äsche',
Abfall, Gschnipf ond Kutter schlucke' …
Ist r schliaßlich noch em Schaffe'
obneds wieder glatt ond ebe',
muaß r noh em Mo', deam Affe',
stonde'lang de' Spiagel hebe' …

Aber moa'st, de' Necker kheis?
Männdle, do bist et reacht briicht:
narr, etz zeigt r aerst mit Fleiß
überal e' freundlichs Gsiicht!

7
Freile müaßt r bald verlechne',
kö't r et uf Zuaschuß rechne'.
Haörsch! do blätscherets schao' em Schilf!
Ond vo' älle Seite' sprenget
Wässerle' ond Bäch ond brenget
Ao'srem Necker Hilf:
Fils ond Rems ond Murr ond Enz,
Zaber, Sulm ond Jagst ond Kocher.
Isch e' Wonder, wenn r nocher
vo' Heilbronn bis na a' d Grenz
wia e' Herr deherstolziert
ond mit Woaze', Obst ond Wei'
ond mit Dampfschiff renommiert,
grad as wär des älles sei'?

8
Etz ist r stark, iatz ist r graoß,
etz goht e' –n- anders Leabe' laos,
etz muaß r naus en d Fremde …
(Wer wurd ao heule', schäm de!).

r hot uf sei're Wanderschaft
e' –n- A'seah' kriagt ond Bäre'kraft,
r hot vom Leaba' manches gseah',
hot manches könne' haöre',
ond wa noh fehlt, des wurd se gea',
des wurd ehn d Fremde laehre'. –
So, do ist d Grenz. Adjee!

Soweit wär alles reacht ond schö'.
Was aber tuat dear Stromer?
r lauft schnurstracks ens Badisch nei'
ond selt – vor lauter Jomer –
versäuft r se em Rhei'!

Nina Jäckle

Großereignis Ursprung

Ich muss fünf Jahre alt gewesen sein, als Großvater Jäckle, der Hugo, der Metallwarenfabrikant Hugo, im Sterben lag. Um genau zu sein, lag Großvater Metallwarenfabrikant für mich lediglich im Bett, für die Erwachsenen lag er darüber hinaus im Sterben. Die Erwachsenen, das waren mein Vater, meine Mutter, meine Tanten und Onkels, sie wurden einzeln hinein gebeten, im hohen Ton richtete Hugo Metallwarenfabrikant Jäckle liegend und leidend das erhabene letzte Wort an sie. Auch ich musste allein in das Zimmer hinein, auch ich sollte schweigend an das Bett treten. Dort schenkte mir der Vater meines Vaters den falschen Hund aus schwacher Hand, einen stämmigen, schwarzweiß gefleckten Cocker aus leblosem Fell. So hatte ich mir Hund nicht vorgestellt. Ein enttäuschender letzter Gruß des vollleibig Dahinscheidenden. Doch recht bald erholte sich der Hugo wieder, ja, so war er, der Jäcklegroßvater, Uhrgehäusebauer, Urnenhersteller, Bahnhofsuhrenbestücker.

Und so nahm er mich bei der Hand, und wir gingen im Garten auf und ab, und immer wieder versprach er mir den Neckar, immer wieder versprach er mir das Großereignis Ursprung.

Komm Kind, komm, heut zeig ich Dir, wo der Neckar springt, da wirst du staunen, wirst Augen machen, Kind.

Ich glaube nicht, dass er meinen Namen kannte.

So hatte ich mir das Großereignis Ursprung nicht vorgestellt. Trübes Wasser floss, ganz ohne Druck, ganz ohne Eile, aus einem Rohr in einer Wand. Und ich, mit Namen Kind, ich stand an der Hand vom überlebensgroßen Hugo, mit der andren Hand den falschen Hund am Ohr gepackt, und ich stand also, und ich sah gegen die Wand also, und ich wusste nicht, was wir schauten. So hatte ich mir Hund, so hatte ich mir Sterben, so hatte ich mir Neckar nicht vorgestellt.

Werner Dürrson

Schauergeschichte

Die württembergische Stadt auf der Baar, in der ich meine Kindheit verbrachte, erinnert sich Lohmann, war, so taten die Grenzsteine kund, fast ganz von Baden umgeben. Mich kümmerte das wenig, ich strich durch die Gegend, kannte Weg und Steg, schnitt Ruten, hielt mich an Bächen auf, fing Elritzen, machte mir in Bäumen zu schaffen, belauschte die Vögel, sammelte Pilze in den Wäldern, und fragte nicht, ob das badische waren oder württembergische.

Nicht so einfach war das für die Zigeuner, die mit ihren Wagen und zierlichen Pferden an Waldrändern, entlang der Gemarkung, kampierten, und von denen die Eltern und Nachbarn allerhand Schauergeschichten erzählten; mir erschienen diese dunkelhäutigen und schwarzhaarigen Leute, deren Sprache ich nicht verstand, abenteuerlich und geheimnisvoll, gewissermaßen meinen frühen Büchern entstiegen. Ihnen war, darauf wiesen Verbotstafeln, Biwakieren und Feuermachen sowohl in Baden als auch in Württemberg bei Strafe streng untersagt.

Lagerte so ein Troß etwa diesseits der Grenze, und ein württembergischer Büttel kam in Sicht, so rafften die Zigeuner ihre Siebensachen zusammen, spannten die Pferde ein und verzogen sich ein paar Meter über die Grenze; wurden sie, umgekehrt, auf badischem Hoheitsgebiet von einem dortigen Gendarmen überrascht, wechselten sie hinüber ins Württembergische. So einfach war das, die Sache wurde lässig gehandhabt, jede Seite war das Völkchen gern los und gönnte es deshalb der andern; nur gelegentlich wurde ein Exempel statuiert und der Stammesälteste eine Nacht lang in Arrest genommen.

Daß die Staatsdiener beider Seiten einmal gleichzeitig auf der Gemarkung erschienen, ist nicht überliefert; sie wären sonst zweifach an ihre Grenzen gelangt; wem hätte dann die Verfügungsgewalt über die in die Enge getriebenen Zigeuner zugestanden? Die hätten sich, bildlich gesprochen, in Luft oder Rauch auflösen müssen.

Jahre später, die innerdeutschen Gemarkungen hatten ausgespielt, man war deutsch geworden bis ins Mark, Jetzt gibts kein Entrinnen mehr für das Gesindel, hörte ich damals oft sagen, und ganz selten, Die armen Zigeuner. Obwohl Krieg war, die Welt stand in Flammen, an Millionen von Toten fehlte es nicht, wurden sie eingesammelt, erinnert sich Lohmann, und, man wollte das keinem Zeugen glauben, samt den Juden buchstäblich in Luft und Rauch aufgelöst.

Joachim Zelter

Wo bin ich?

Mit dem Fahrrad zu einem Schriftstellerkongress in Rottweil über dem Neckar

Ich fuhr nicht mit dem Auto, auch nicht mit dem Zug, sondern mit dem Fahrrad: von Tübingen nach Rottweil, auf dem Neckartalradweg …, schon seit vielen Stunden. Nun bin ich alles andere als ein talentierter Radfahrer. Meine zeitlupenhafte Langsamkeit bei den geringsten Anstiegen wird nur noch von meiner unerklärlichen Langsamkeit bei Abfahrten übertroffen. Trotzdem fahre ich, wenn möglich, zu all meinen Lesungen mit dem Fahrrad. Vielleicht weil die ewig langen wie langsamen Anfahrten wie ein Aufschub wirken. So als ließe sich eine missglückte Lesung mit einem Fahrrad noch vertagen, wenn nicht gar verhindern. Weil man zu spät kommt. Oder gar nicht ankommt – da man sich verfahren hat oder bei einer Rast eingeschlafen ist oder einfach nicht mehr weiter konnte.

Ich fuhr in quälender Langsamkeit – analog der Langsamkeit beim Schreiben eines Romans. Je näher ich Rottweil kam, desto langsamer wurde ich. Immer häufiger legte ich Pausen ein. Ich simulierte Reifenpannen. Ich stellte mich an rote Ampeln. Ich hörte den Spott vorbeifahrender Kinder. Sie spotteten zu Recht ob der Anmaßung meines Gerolsteiner-Trikots, das ich mir vor einigen Monaten gekauft hatte. Für jeden Beobachter meiner Fahrkunst ist dieses Trikot eine weithin leuchtende Provokation. Ich trug den Spott des Trikots im zunehmenden Anstieg des Radwegs, quälte mich stockend, von Spaziergängern überholt, nur noch meterweise und am Ende schlangenlinienförmig nach oben. Über mir die Ruine Hohenstein. Was für ein Name. Der Ruine Hohenstein folgte die Ruine Neckarburg. Ruine auf Ruine, gemäß meinem angeschlagenen Zustand. Und die eigentlichen Anstiege standen noch bevor: eine langgezogene Schleife unter dem verniedlichenden Namen Bergle, und dann plötzlich der Anblick der Stadt Rottweil selbst. Rottweil am Neckar. Es käme der Wahrheit näher zu sagen: Rottweil über dem Neckar. Ich stand am Neckar und sah das Schreckbild einer Stadt, das genaue Gegenteil einer Flachstadt, eine Stadt dunkler und schlimmster Steigungen. Die ganze Stadt scheint eine umfassende Steigung. In fragiler, fast beängstigender Schieflage liegt sie am Berg. So als könnte sie jederzeit ins Tal rutschen. Eine Stadt wie ein Peloton im Schlussanstieg eines Berges. Ein L'Alpe d'Huez des Neckars. Eine Stadt, die sicherlich geeignet wäre für eine Bergankunft einer Deutschlandtour. Bereits die Straßennamen sind bezeichnend: Omsdörfer Hang, Hochbrücktorstraße, Höllgasse ... Die Plakate zum Deutsch-Schweizer Autorentreffen sah ich im Fieber des Anstiegs als *19. Deutsch-Schweizer-Autorenrennen.* Der Sieger darf einen Roman bei Suhrkamp veröffentlichen.

Wie ich überhaupt nach Rottweil hochgekommen bin, habe ich vergessen: ob schiebend oder fahrend, im Taxi oder einem Besenwagen oder Krankenwagen. Auch erinnere ich mich nicht mehr, wie ich ins Hotel kam. Wer mich gefunden hat? Wie man mich getragen hat? Wer weiß?

Am nächsten Tag, auf meinen ersten Wegen durch Rottweil, sprach mich auf der Hauptstraße ein Rennradfahrer an, schweißüberströmt, doch immer noch bei Kräften. In tänzelnder Ruhelosigkeit fuhr er um mich herum. Ohne abzusteigen. Seine Beine steckten in Klickpedalen. Er trug ein Gerolsteiner-Trikot. Sein Rennrad hatte die Aufschrift

SIMONELLI. Er wirkte orientierungslos. Als hätte man ihn soeben aufgeweckt. Offensichtlich war er schon seit Stunden unterwegs, im Taumel einer atemberaubenden Tour, nach zahlreichen Steigungen und Abfahrten, kreuz und quer durch den Schwarzwald. Er fuhr in immer engeren Kreisen um mich herum und fragte:

»Wo bin ich?«

Wie bitte?

»Wo bin ich?«

Ich gab ihm die Antwort, und er fuhr weiter.

Walle Sayer

Angelplatz

Unbehelligt von mir selber,
verwachsen mit der Uferböschung,

warte ich darauf, daß die Stunde anbeißt,
die vergehen wird, während ich warte,

dem Andante lauschend, der Unbewegtheit
eines versunknen Fahrradrahmens,

trüb konturiert: als was Gegenwahres
zum Schlammgrund, unweit der Brücke,

im seichten Wasser, das auf seiner
Oberfläche das Fließen fortträgt.

Walle Sayer

Ansprache

Um ein paar Tage über die Zeit, um einen Methusalemseufzer zu früh. In einer Kammer geboren, die zu einer Straße hin lag, zu eng damals und zu verwinkelt für jeden Sattelzug, Milchwagen, Langholztransport. Und nun also, verlebt aussehend oder zusammengeschafft, lieber sich verneigend als einen Bückling machend, werden mit uns die Dinge ausrangiert. Und Ausrangiertes irgendwann erhoben dann zum Exponat. Merkst du endlich, flüstert Freund Tinnitus mir dazu ins Ohr, wie es rumort im Inneren der Stille. Einstmals, da Folgen und Gehorchen noch dasselbe war, bin ich davongefußelt als Kind durch eine in ihrem Offenstehen erschrockene Haustür. Wie um immer genau dort anzugelangen, wo ich mich gerade befand. In meinem falschgeschriebenen Neckar schwamm kein Delphin. Wirklich Tröstendes braucht es ja nicht. Allenfalls was tröstend Wirkliches.

Walle Sayer

Ein Dunkler Kanister

Erschöpfung, fokussiert auf den schwarzen Hautfleck vor Augen, auf das Schmerztaube neben dem eingewachsenen Nagel, wo die alte Frau sich über Nacht an der Bettflasche den fühllosen Zeh verbrannt hat. Schaufensterkrankheit, welch sonderbarer Name für ein Leiden. Von Auslage zu Auslage die Tasche abstellen, sich den Heimweg einteilen. Das Pochen in den verengten Venen zählt die Schritte mit. Ein paar wenige schließlich sind es bis zum Brückenbogen, unter dem der Fluß hindurchmuß. Und erkennbar das Mädchen, die Schulschwänzerin, die eben vorher in der Apotheke so überleis nach einem Schwangerschaftstest fragte, hinunterstarrt: auf das Wasser, auf dem, an den Enten vorbei, dem Stauwehr entgegen, abgebrochene Äste treiben, ein verlorener Ball, der Schatten eines Weidenkorbs, ein dunkler Kanister.

Hermann Hesse

Floßfahrt

Die Flößer gehörten offensichtlich zu den Unseßhaften, Wilden, Wanderern, Nomaden, und Floß und Flößer waren bei den Hütern der Sitte und Ordnung nicht wohlgelitten. Umgekehrt war für uns Knaben, sooft ein Floß erschien, Gelegenheit zu Abenteuern, Aufregungen und Konflikten mit jenen Ordnungsmächten. So wie zwischen Müllern und Flößern ein ewiger Krieg bestand, in dem ich stets zur Partei der Flößer hielt, so bestand bei unseren Lehrern, Eltern, Tanten eine Abneigung gegen das Flößerwesen, und ein Bestreben, uns mit ihm möglichst wenig in Berührung kommen zu lassen. Wenn einer von uns zu Hause mit einem recht unflätigen Wort, einem meterlangen Fluch aufwartete, dann hieß es bei den Tanten, das habe man natürlich wieder bei den Flößern gelernt. Und an manchem Tage, der durch die Durchreise eines Floßes uns zum Fest geworden war, gab es väterliche Prügel, Tränen der Mutter, Schimpfen des Polizisten. Eine schöne Sage, die wir Knaben über alles liebten, war die von einem kleinen Buben, der einst wider alle Verbote ein Floß bestiegen und damit bis nach Holland und ans Meer gekommen sei und erst nach Monaten sich wieder bei seinen trauernden Eltern eingefunden habe. Es diesem Märchenknaben gleichzutun, war jahrelang mein innigster Wunsch.

Weit öfter, als mein guter Vater ahnte, bin ich als kleiner Bub für kurze Strecken blinder Passagier auf einem Floß gewesen. Es war streng verboten, man hatte nicht nur die Erzieher

und die Polizei gegen sich, sondern leider meistens auch die Flößer. Schöneres und Spannenderes gibt es für einen Knaben nicht auf der Welt, als eine Floßfahrt. Denke ich daran, so kommt mit hundert zauberhaften Düften die ganze Heimat und Vergangenheit herauf. [...]
Schon in der Kindheit war es so. Man bekam nichts geschenkt, man musste für jedes Glück bezahlen. Und wenn ich heute nachrechne, in was das Glück einer Floßfahrt eigentlich bestand, wenn ich alle Beschwerden, Anstrengungen, Unbilden abziehe, so bleibt wenig übrig. Ein stilles, rasch erregend ziehendes Fahren auf dem kühlen, laut rauschenden Fluss, zwischen lauter spritzendem Wasser, ein traumhaftes Hinwegfahren unter den Brücken, durch dicke, lange Gehänge von Spinnweben, träumerische Augenblicke des Versinkens in ein unsäglich seliges Gefühl von Wanderung, von Unterwegssein, von Entronnensein und Indiewelthineinfahren, mit der Perspektive zum Neckar und zum Rhein und nach Holland hinunter – und dies wenige, diese mit Nässe, Frieren, mit Schimpfworten der Flößer, mit Predigten der Eltern bezahlte Seligkeit wog doch alles auf, war doch alles wert, was man dafür geben musste. Man war ein Flößer, war ein Wanderer, ein Nomade, man schwamm an Städten und Menschen vorbei, still, nirgends hingehörig, und fühlte im Herzen die Weite der Welt und ein sonderbares Heimweh brennen. O nein, es war gewiss nicht zu teuer bezahlt.

Sebastian Blau

Wir reisen.

Eine Fahrt durchs Schwabenländle

Unte' fließt durch Wies und Äcker
unser lieber alter Necker.
Von seim Berg rab glänzt ins Tal
s' Käpele im Sonnenstrahl.
Wißt ihr wo? Noh saget's schnell!
Ja, descht d'Wurmlinger Kapell.

Guck, do treibt ma's Vieh auf d' Alm,
Dort gibts saftigs Futter:
s'Allgäu macht aus jedem Halm
Milch ond Käs ond Butter.

Auf de Schweizer Berg liegt Schnee,
blitzblau glitzt der Bodesee –
so ists Dampfschiff-Fahre' schö'!
Aber wenn er stürmt – o Graus! –
Welle schlägt so hoch wia Haus,
fährt kei' Dampferle meh naus …

Send d' Schäfer sonst au net so flenk,
an Barthelmä do schmieret se d' Glenk:
vo'r Alb rab ond vom Necker rauf
pressieret se zom Schäferlauf.
Des ist e'Konst, des muass me könne':
ganz barfuß über d' Stopple renne'.

Ond wer der Schnellst ist, kriagt zorn Loh'
en Hammel ond e Messing-Kro'.

Flößer gibt's heut keine meh',
aber d' Stiftskirch und d'Allee,
Giebelhäuser, schief und bunt,
buckelige Gässle' und ...
Professore' und Studente'
und im Necker Gäns und Ente –
des ist alles heut noh so ...
Rot emole wo?

So ists Brauch bei älle Schwobe',
sei's am Necker oder drobe'
auf der Alb - wenn's an der Zeit,
daß es reife Äpfel geit,
wird en jedre Kelter gmostet –
dass es Gürgele net verrostet.

Hörsch des Juzge', hörsch des Lache'?
Hörsch des lustig Böllerkrache
en de Wengert überal?
Aelles ist beim Traubelese',
ond em ganze' Neckertal
steckt e jedes Baurehaus
morge' scho' de' grüne' Bese'
über sei're Haustür naus.

Weiße Wölkle', blauer Himmel,
weiße Schäfle', blauer Berg,
Burge', Höhlene' und Zwerg,
mittledrin in dem Gewimmel

mit der Schipp e' Schäfer und
sei' kohlrabeschwarzer Hund
Buchewälder rot und falb –
descht e' Herbstbild von der Alb.

Jedes Johr um d' Fasnet rum
ganget z' Rottweil d' Narre um:
»Biss« und »Schantle« und dersell Narr
mit de Glocke' ist der »Schell-Narr«.
Und se singet:
»Narro, Narro, siebe' Söh'«
und se springet
mit de Füaß dezua in d' Höh'.

Sebastian Blau

St. Nepomuk

En Raoteburg stoht uf dr Bruck
e' Heiliger Sankt Nepomuk.
Komm, so pressant hosch-s ete',
mr wend gschwend zua-n-em bette':

»O Heiliger Sankt Nepomuk,
bewahr me ao vor Schade'
beim Schwemme'-n-ond beim Bade'.
Gib uf de' Necker acht ond guck,
daß dren koa' Ga's ond Geit versauft,
ond daß r jo et überlauft,
et daß r mit seim Wasser
de' Weag en d Stadt ond d Häuser nemmt,
ond ao's de' Wei' em Kear rom schwemmt.
O Heiliger Sankt Nepomuk,
do tätest aos en baöse' Duck!

Ond loht se halt
mit äller Gwalt
s Hochwasser et verklemme',
noh hao' en Ei'seah', guater Ma'

ond fang mit überschwemme'
e bißle weiter donne' a':
dia Goge' nemmets et so gnau,
en deane ihren saure' Wei'
därf wohl e' bißle Wasser nei'
– ond evangelisch send se ao … «

Neckarkiesel

Dieses Neckartal da draußen! Diese Besen von Bäumen, diese abgeschabten, räudigen, triefenden Täler und Berge, wie ein Wasserstein, an dem allerhand Schmutz, altes Bohnenkraut, Plätschen und anderes Geschelfe und Gefräse herunterhängt. Pfui! Und so zwei Drittel des Jahres! Schnupfen, Catarrh, Rheumatismus, Hämmerhoiden (*sic!*) die Folge. Mein Geist trauert nach Neapels seligen, warmen, silbernen Buchten, nach Griechenlands Nachtigallen-Tälern.

Friedrich Theodor Vischer
Aus einem Brief an seine Schwester Nanny (1841)

Johan Wilhelm Snellman

Reiseeindrücke

Ich wünschte, ich könnte dem Leser anschaulich machen, wie friedlich und still das Leben in diesen doch auch wieder so betriebsamen Tälern ist. Das Neckartal wird auf der einen Seite von den tiefen Wäldern des Schwarzwalds begrenzt, auf der anderen Seite von den oft kahlen und wunderlich geformten Hängen der rauhen Alb. Aber das Land ist vom Tal bis zu den Spitzen der Berge hinauf bebaut. Oben stehen Obstbäume, dann kommen an den Hängen die Weinberge, weiter unten kommen dann Gärten und wieder Obstbäume, und ganz zum Schluß dann die saftigen Felder, und schließlich – ganz unten in den für Überschwemmungen anfälligen Talsohlen – kommen noch die Wiesen.

Wenn man dies alles an einem schönen Frühlingstag sieht, wenn die Obstbäume weiß wie Schneebälle glänzen – nicht nur von den Bergen, sondern auch entlang an allen Wegen und Stegen; wenn Rosenhecken und Narzissen ihr Rot und Weiß in den hübschen Gärten vermischen. Wenn die Wiesen ihr helles Grün zu den satten Farben der Äcker und den dunklen Kleefeldern fügen. Wenn die Weinstöcke wieder ihre großen Blätter geöffnet haben, und unter jedem Blatt einen Freudenbecher versprechen. Wenn vierstimmiger Hörnerklang mit einer Choralweise über die Äcker herüber klingt und ihm die Stimmen der Abendglocken aus den Dörfern antworten, die die müden Landleute nach Hause rufen.

Wenn diese dann aus allen Richtungen kommen und die

Alleen entlang eilen, und wenn die Störche, in ruhigweiten Kreisen segelnd, dann alle ihre Kirchtürme aufsuchen, auf deren Spitze man ihnen Nester gebaut hat. Und wenn dann alles still wird. Wenn keine Freudenstimme mehr schallt, kein ländliches Lied mehr erklingt und kein Posthorn. Wenn die Sonne nur noch den breiten Kranz der Bergspitzen, und auf diesen nur noch einen alten Turm oder eine hell glänzende Kapelle beleuchtet, und des Neckars Silberband aus dem dunkelnden Tal noch klarer schimmert. Wenn dann Nachtigallen in kleinen Wäldchen schlagen – dann ist es schön in diesem Land, das der Himmel mit einer reichen friedlichen Natur gesegnet hat und mit friedlichen Herzen.

Neckarkiesel

»Irgendwas hat mir an Tübingen gefallen.«

Friedrich Christian Delius, 1964

Theodor Lorenz Haering

Zum Schänzle

Doch auf der anderen Bank, unter dem zweiten Baum, da saß ja in der Tat jemand, den ich bei meinem Kommen oder dessen Kommen ich während meines Träumens ins Tal hinaus offenbar nicht bemerkt hatte: eine kleine, untersetzte Gestalt. Ich konnte von meinem Platz aus nicht feststellen, wie sie des näheren aussah: war sie jung oder alt? Eher wohl Mann als Frau ...

Aber es war zu dämmrig drüben, um das sicher zu entscheiden.

Eben wollte ich selbst die Stille brechen und fragen, als es, fast zu meiner Erleichterung, von dorther selbst einen Ton gab und eine zwar etwas ältliche und auch etwas rauhe, aber doch tief beruhigende und Zutrauen erweckende Männerstimme im unverfälschten Tübinger Schwäbisch sich vernehmen ließ:

»Der Mond braust durch das Neckartal ... Geltet Se: er hot doch reacht gheet, dr Späth Christian ...«

»Wer?« fragte ich und trat ermutigt einen Schritt näher.

»Dr Späth Christian ...« sagte es noch einmal, »ja, kennet Se den denn net? ... Sie send scheint's au net hiesig! Er isch ja jetzt freile au scho lang a Zwetschg ...«

»Wie meinen Sie?« sagte ich, nicht viel verständnisvoller durch diese Erläuterung; und er nahm sich freundlich meiner Schwachheit an:

»Ha, wisset Se«, erklärte er, »so saget mir halt, wenn einer auf em Kirchhof leit, wo so viele Zwetschgabäum gwöhnlich standet. Ond wenn er dann ›zu Erde wird‹, wie's en dr Bibel stoht, ›von der du genommen bist‹, ond auf sellem Wege der Natur halt dann schließlich au wieder amal selber a Zwetschg wird – Sie wisset scho: des heißt mr, glaub i, Stoffwechsel …«

»Und wer, sagten Sie, ist jetzt schon lang eine Zwetschge?« unterbrach ich seine philosophischen Betrachtungen.

»Ha, dr Christian Späth! – Hänt Se denn noh nie ebbes ghairt von seine ›Vaterländische Gedicht'‹? Er isch zwar sei's Zeichens oigentlich a Ochsametzger gwä. Aber so gut, wie die homerische Helda ond dr Volker em ›Nibelungenlied‹ au gsonga hänt und dr Taillefer beim Uhland, ehb se en d Schlacht zoga send – warom soll so a Metzger net au senga, ehb er s Messer wetzgt ond zom Schlachta goht?! Ond zur Stadtgarde zu Pferd hot r au ghört ond s hot schö ausgseha, wenn r em Schloßhof uf em Roß gsessa-n-isch en seiner Uniform ond so a nei's oiges Gedicht vorglesa oder au auswendig vortraga hot … bei dr Ei'weiheng von dr Eisebahn von Reutlinga nach Rottaburg zom Beispiel oder später beim ersta Gaslicht, des s z Tiebinga geba hot … Abr dr schönst Vers, den r gmacht hot, des isch halt doch der: ›Dr Mond braust durch das Neckartal …«

»Geht der Vers nicht weiter?«

»Ha, sell will i moina«, sagte der Alte, fast beleidigt, und brummte auch noch etwas Weiteres in seinen Bart; wenn ich mich nicht ganz täuschte, mochte es etwa heißen: »Meint des Rindviech, s geb ein Vers alloi!« Wenigstens fuhr er lauter in mild belehrendem Tone fort: »Ei' Vers alloi, des wär nämlich gar koi Vers, sondern Prosa. Aber, was a Dichter isch, der schwätzt koi Prosa, sondern bloß Poesie. Ond des ka' net a jeds, ond s isch was viel Noblichers als onser gwöhnlichs Gschwätz, was ei'm halt grad so ens Maul kommt. Also des, was i selber jetzt red«, setzte er erläuternd hinzu, »ond des, was au Sie emmer redet, au wenn Sie's net wisset, isch nämlich Prosa. Ond s isch an Onderschied grad wie zwischa ra Arbeitskutt ond em Sonntichhäs oder au«, er besann sich auf einen passenderen Vergleich, »ha, zwischa ra Knackwurscht ond (sein Gesicht wurde ganz zärtlich) so ama Schweinsbrätle, wo s bloß äll Jahr amal am Sonntich geit. Aber«, fügte er mit bedauerndem Kopfschütteln hinzu, »des verstoht fei' net a jedes, was Poesie ist; ond manch oiner, der hält so en Poeta, wo so noblich schwätzt, für net recht bacha; grad wie seller Leutnant, wo von onserm alta Uhland z Tiebinga gmeint hot: er hätt net so omständlich saga solla: ›Nun muß sich alles, alles wenden‹, sondern ei'fach ›Kehrt‹, wie auf em Kasernahof ... Ond drom hat dr Späth scho gwißt, was er tut und warom er net bloß sait: ›Der Mond scheint‹, wie onserei's, sondern ›Der Mond braust durch das Neckartal‹. Des battet! Aber grad so wonderherrlich, wie s a'fangt, goht s dann au weiter!« rief er begeistert; und, indem er sich in Positur vor mich hin auf die mondbeglänzte Straße stellte, auf der wir im Gespräch inzwischen stadtwärts auf dem Schloßbergrücken langsam weitergegangen waren, deklamierte er mit sichtlicher Ergriffenheit und in betontem Schriftdeutsch:

»›Der Mond braust durch das Neckartal,
Die Wolken sehen aus wie Stahl ...‹

Hänt Se scho so was ghairt?!« unterbrach er sich begeistert. »Da kommt a gwöhnlicher Sterblicher gar net druff! ... Wie Stahl! ... Wie Stahl!! ...« wiederholte er genußreich; dann deklamierte er vollends zu Ende:

»›Ond in den Straßen sieht man nix,
Als nur die Tücke des Geschicks ...‹

Da liegt die ganze Tragik der Menschheit drenn«, meinte er, nach einer kurzen erschütterten Pause. »Wisset Se, was Tragik isch? Des isch die Tücke des Objekts ...«

»Donnerwetter!« war das einzige, was ich im Moment herausbringen konnte, und dieser Achtungserfolg schien ihn zu befriedigen.

»Ja, a Dichter isch er scho gwä«, bestätigte er. »Au tronka hot er nicht zu knapp, wie halt die Dichter sind; wisset Se: dr Anakreon zom Beispiel. Des ghört scheint's zum Metier ...«

Ich fiel von einem Erstaunen in das andere: »Sie wissen etwas von Anakreon?« fuhr's mir heraus; und mir fiel ein, daß er vorhin auch schon einmal von Homer gesprochen hatte, als wäre das etwas Selbstverständliches.

»O wisset Se«, entgegnete er kühl, »wemmer sein ganza Lebtag onder Studenta lebt, wie mir z Diebenga – mr mißtet doch halt dömmer sei', als mr scho so send, wenn net au was drbei an ons hanga bliebt von dem verdammta Humanismus ... beim Zeus!« setzte er bekräftigend hinzu, »au wemmer net, wie dr Späth Christian, en seiner Jugend sogar selber en d Lateinschul ganga-n-ischt; wie-n-er au drom en der Einleitung zu seine ›Vaterländische Gedicht‹ so schö sait (mein Begleiter erhob seine Stimme und deklamierte wieder laut und feierlich): ›Ich habe den Lauf am Eurotas bei Tag und Nacht durchgemacht und die spartanische Blutsuppe gegessen‹ – Eurotas«, setzte er, gegen mich gewandt, erklärend hinzu, »wisset Se, isch nämlich dr Necker von Sparta gwä.«

Mir blieb die Sprache vollends weg; so hatte ich keine Mühe, nichts zu sagen. Aber dann fiel mir ein, wie auch sonst, schon in meiner Studentenzeit, Wunderdinge von solcher humanistischen Mimikry der hiesigen Urbewohner erzählt worden waren. Hatte doch zum Beispiel einmal sogar schon ein kleiner Junge aus der »unteren Stadt«, der sich mit seinen Kameraden gegen ein kleines Entgelt den theologischen Kandidaten droben in der Schloßkirche bei ihren katechetischen Versuchen wie üblich als Objekt zur Verfügung gestellt hatte, auf die (allerdings nicht sehr pädagogische) Frage des Kandidaten: »Was ist Religion?« – ohne Zögern (mit Schleiermacher) geantwortet: »Schlechthinniges Abhängigkeitsgefiehl« ...

Wir befanden uns jetzt an der Stelle des Schloßbergrückens, wo die Hauptstraße geradeaus, nach der Stadt hinunter, stärker zu fallen beginnt, zugleich aber rechts, am Saxonenhaus, ein Weg direkt auf der Höhe vollends zum Schloß hinüberleitet, während links ein schmalerer Feldpfad, hoch über dem Ammertal, im Bogen wieder zurück zum Bismarckturme führt.

»Da müsset Se nomgucka!« sagte mein Begleiter, indem er mir auf dem letzteren Weg ein paar Schritte voranging, bis der Blick ins Ammertal hinab frei wurde .

»Wisset Se, was dr Späth Christian vom Ammertal dichtet hot:

›Das Leben ist kein Jammertal,
Am wenigsten im Ammertal! ...‹

Stemmt's oder stemmt's net?« fragte er triumphierend.

Er hatte in der Tat recht, der Späth. Ich mußte ihm's zugeben. Wie es so dalag, glich das Ammertal einem Tal der Seligen. Hier »brauste« der Mond nicht, wie durch das Neckartal; sondern hier glitt er nur leise über die sanfter geschwungenen, bescheideneren Höhen, fast streichelnd, dahin und befeuchtete nur die Oberflächen friedlich mit seinem Schein, daß sie wie in eignem Schimmer zu leuchten begannen. Nie war mir dieser Unterschied der beiden Täler so deutlich vor Augen getreten wie unter diesem offenbarenden Lichte des Mondes. Mir fiel ein, wie mein Vater mir einst auf einem Gang hier heraus erzählt hatte, ein alter Tübinger Dichter habe einmal das Ammertal mit einer Braut, das Neckartal mit dem dazugehörigen Bräutigam verglichen. Ob das wohl auch der Späth gewesen war? Ich sagte es meinem Begleiter.

»Net schlecht«, geruhte er, nach einigem Nachdenken, zu sagen, indem sein Blick prüfend und fast zärtlich über die sanften Hänge ging. »Des könnt dr Chrstia' freile au fast gsagt haba; wenn er net lieber gsait hätt: s Neckartal sei dr Ochs ond s Ammertal d Kuh drzu. Aber des kommt auf ois raus, ob mr so sai t oder so; je nach em Gusto … s isch freile«, setzte er wohlwollend hinzu, »a arms Brautpaar, wo so getrennt marschiere mueß wie die zwei …«

Neckarkiesel

Das Schwimmen und Tauchen war nicht nur Kunst, sondern hatte gelegentlich auch praktischen Nutzen: In dem ersten Schwimmlehrbuch wird [...] berichtet, wie ein Flickschuster aus der Umgebung von Tübingen, durch seine Geschicklichkeit im Schwimmen und seine »gauklerische Kunst [...] im Zurückhalten des Atems wider die menschliche Natur sich in die tiefsten Neckarstrudel hinabstürzte und dort verblieb.« Was tat er dort? Er stahl die »allerbesten Fische« – zum Ärger der Fischerzunft, die ihm mit Knüppeln, Steinen und Pfeilen nachstellte.

Schwäbisches Tagblatt, 28.08.1999

James Henry

Ich blieb zehn Tage – zu lang!

Zwischen dem Neckar- und dem Ammertal,
Auf dem trennenden Hügel, liegt Tübingen,
Schmutzigste aller Städte; auf jeder Seite ein Sumpf.
Hier sah ich die schwäbische Alma Mater
Im Dreck sitzen; und von dem Poeten Uhland
Suchte ich vergeblich, mehr als das Äußre zu sehn;
In Herzog Ulrichs Schloss beim Tee
Mit Tafel, Philanthrop im Swedenborgschen Geiste,
Erörterte ich freundlich des Geistersehers Lehre;
Auf dem Spitzberg botanisierte ich mit Sigwart;
In der Naturkundlichen Sammlung der Alten Aula
Brütete ich mit starren Fingern über steinernen
Prä-adamitischen Konchylien, Ichthyosauriern,
Und Fußspuren, im Sand, von Vögeln und von Tieren,
Herrscher der Welt, bevor sie für Menschen gemacht war;
Auf dem Österberg mit Vischer schlendernd
Redeten wir vom Schönen, als ob unser Gang
Entlang des Ilissus ging, und nicht am Neckar,
Und allzu spät bedachte ich, wenn seine,
Wie viel dann erst meine Ästhetik-Suppe gut verdünnt
Sein müsse, bevor man sie dem Volk serviere.

Die ihr in fernen Landen habt den Ruhm vernommen
Von Tübingen, dem Protestantischen, Gelehrten –
Von Tübingen, der Kinderstube Melanchthons –

Von Tübingen, das sah den skrupelvollen Despoten
Protestieren gegen den Ablasshandel, und gleichzeitig,
Gegen bares Geld auf den Markt bringen, das
Was so wenig käuflich ist wie Gottes Gnade
– Das Recht auf Freiheit –

Die ihr in fernen Landen habt diesen Ruhm vernommen,
Deckt euch mit Riechsalz ein, das rat ich euch,
Eh ihr hierher kommt, setzt Atemfilter auf,
Grüne Brillen, feste Stiefel; und wenn ihr kommt,
Steigt nicht ab, wo ich abstieg, im Goldenen Lamm,
Neben dem Rathaus auf dem Marktplatz,
Wo halsbrecherische Stufen und schiefe Böden zeigen,
Unter dem Dreck von zweihundert Jahren, die Spuren
Der Crusius-Schüler, sich nach der Vorlesung drängelnd,
Zum Fressen, Saufen, Brüllen, und mehr Schädel
Als den des Priscian Zertrümmern;
Hier steig nicht ab, sei gewarnt, geh lieber zur Traube,
Öffne den Geldbeutel weit, und lebe vornehm;
Und auf dem Weg zur Neckarbrücke darfst du,
Ohne Anstoß zu erregen, auf Uhlands Tür
Schaun, wenn du willst, doch klingle oder klopfe nicht;
Und sollte dir ein Zufall Fichtes Sohn entgegenwerfen,
Er ist der Mann, der dir die Antwort gibt,
Warum die Söhne weiser Männer oft so – weise sind;
Tafel ist zu deinen Diensten, brauchst du was,
Und wohlbestückt die Bibliothek und gut geführt;
Die wenigen Gemälde in der Neuen Aula
Mögen die Anspruchslosen freuen; versäume nicht
Die lange Reihe der Porträts der Professoren;
Über den glücklosen Frischlin vergieße eine Träne,
Und erröte, dass du Mensch bist; mach einen Gang

Im exotischen Gehölz des Botanischen Gartens;
Im Lesesaal lies die neuesten Nachrichten;
Und bleib nicht lang, bedenke, Gesundheit ist kostbar;

Ich blieb zehn Tage – zu lang – dann wand ich nordwärts
Das Ammertal hinauf gen Calw den wandernden Schritt,
Schnupperte reinere Luft, und winkte ein Adieu
Zu Ulrichs Schloss, dem Rathaus und den Instituten,
Österberg, Spitzberg, und dem gastfreundlichen Tafel,
Dem Äußeren von Uhlands Tür – und Tübingen.

Wilhelm Hauff

Zur Erinnerung an die Neckarbrücke

Dort draußen auf der Brücke,
Da liegt ein schönes Haus,
Da fliegen Liebesblicke,
Sie fliegen ein und aus.

Dort draußen auf der Brücke,
Saßen wir wohl tausendmal,
Da streiften unsre Blicke
Hinab ins schöne Tal.

Wir sahn des Neckars Wogen
Im Abendrot erglühn,
Sahn, wie die Herden zogen
Im jungen Wiesengrün.

Da zogen Herrn und Damen
An unsrem Blick vorbei;
Sie wurden, wie sie kamen,
Gemustert nach der Reih.

Doch alle, welche kamen,
Waren nicht so interessant,
Als drei bildschöne Damen
Nicht weit vom Neckarstrand.

Nach ihrem Fenster drüben
    Ging wohl so mancher Blick,
Oft kam von den drei Lieben
    Ein holder Blick zurück.

Doch *einen*! ach! nur *einen*,
    Beglückt ein hold Gesicht;
Drei Sonnen taten scheinen,
    Uns leuchtet keine nicht.

Wilhelm Hauff

Die Seniade (Auszug)

Dort an dem Neckar hin liegt in geringer Weite
Der Wörth, ein Wiesenplan, zu Aug- und Magenweide
Für Menschen und fürs Vieh, die dorten sich ergehn;
Im Sommer, Lenz und Herbst ist alles dort zu sehn.

Dort geht der Professor, dort geht der Sohn der Musen,
Dort spröde Fräulein, wie die Magd mit vollem Busen,
Die Kuh, die voll Gefühl das stille Tal durchbrüllt,
Der Besen, dem ein »Ach!« das liebe Herzchen füllt;

Und dort poussiert der Hengst mit gleichem Recht die Stute,
Wie der galante Herr, in Handschuh, Frack und Hute,
Sich vor der Dame neigt, auf krummem Fußgestell
Und fragt: »Vermissen Sie vielleicht das Karussel??«

Karl August Varnhagen von Ense

Denkwürdigkeiten …

Wir finden die Stadt mit ihren Straßen und Häusern abscheulich, ein schmutziges Nest, schwarz, klein, baufällig; die Stuben, die man uns anbietet, sehen schrecklich aus, mittelalterige Fensterchen, schiefe Fußböden, klapprige Türen; zwei Stühle, ein Tisch, ein Bett, und einige Nägel, um Kleider oder auch sich selbst daran aufzuhängen, sind die Möbel. Was man verlangt, ist nicht zu haben, fremd, vom Hörensagen bekannt; man schämt sich, man scheint sich frech, so viele Ansprüche zu machen. Dagegen ist die Landschaft prächtig, das Neckartal und das Ammertal laden zu den schönsten Spaziergängen ein, die Hügel bieten die reichsten Aussichten, die ganze Gegend hat einen lieblich schwermütigen Charakter. Man zeigt ein Gartenhäuschen vor der Stadt, wo Wieland gedichtet haben soll. Wie reizend fänden wir dieses Stück Natur, wie genügend diesen beschränkten Umfang, könnten wir unser berlinisch Leben darin fortführen!

Eduard Mörike

Aus einem Brief an Johannes Mährlen (1827)

»Kaum sind es 4 Minuten seit ich durch das Neckarthor hereingefahren, die alte Thorlaterne gesehen und aus dem Gefärth gestiegen bin ... daß ich hier in einem Zimmer der WalkMühle sitze, wirklich wieder die alte Melodie des Wassersturzes höre, der mich so hundertmal an Deiner Seite eingesungen!

Als ich über die Neckarbrücke fuhr und die Häußer-FRONTE der Stadt am Neckar hinauf nach alter Weise erleuchtet und dann – Mich selbst ansah da falteten sich unwillkürlich meine Hände u. klemmten sich meine Finger ineinander – ich jauchzte, fast schaudernd in mich hinein.«

Isolde Kurz

Aus meinem Jugendland

[…] Da war es denn schließlich auch kein Wunder, wenn die gute Stadt Tübingen sich dagegen auflehnte, daß es in ihren Mauern eine Familie gab, die ihre einzige Tochter unter geistigen und körperlichen Übungen aufwachsen ließ wie ein Fürstenkind der italienischen Renaissance oder sagen wir schlechtweg: wie ein junges Mädchen des damals noch ungeborenen 20. Jahrhundert. Ein Tropfen brachte endlich die Schale zum Überfließen. Wenn ich in den heißen Sommern so Tag für Tag die Brüder zu dem großen Schwimmbecken, genannt die Badschüssel, eilen sah, während die Damen sich mit den engen Badehüttchen am Neckar begnügen mußten, ohne Gelegenheit, das Schwimmen zu erlernen, stieg in mir nach und nach der umstürzlerische Gedanke auf, den Senat zu bitten, daß wenigstens an einem Tag der Woche, und wäre es auch nur für eine Stunde, das Schwimmbad den Männern verschlossen und dem weiblichen Geschlecht zur Verfügung gestellt werde. Der städtische Schwimm- und Turnlehrer und eine liebenswürdige junge Professorengattin von auswärts waren meine Mitschuldigen. Den beiden schadete es in der öffentlichen Meinung weiter nichts, die ganze Entrüstung wandte sich gegen mich als die Anstifterin des unsittlichen Vorschlags. Wie, man wollte die Phantasie der männlichen Jugend beim Baden durch die Vorstellung vergiften, daß in diesem selben Wasserbecken sich kurz zuvor junge Mädchenleiber getummelt hatten?

Und wenn gar einer oder der andere sich im Gebüsch verstecken würde, um heimlich dem Schwimmunterricht der Damen zuzusehen? Der Untergang aller guten Sitten stand vor der Tür, wenn mir gestattet wurde, dem Unwesen des Reitens, dem man nicht hatte steuern können, das noch ärgere des Schwimmens hinzuzufügen. Eine würdige Matrone übernahm es, mir im Namen sämtlicher Mütter und sämtlicher Töchter ihr Quousque tandem, Catilina! – zu deutsch: Wo hinaus mit dir, du Schädling am Gemeinwesen? – zuzurufen.

Es war einer der schicksalsvollen Augenblicke, wo ein kleiner Anstoß eine lange verzögerte Absicht zum Durchbruch bringt. Sie hatte noch nicht ausgesprochen, so stand in mir der Entschluß fest, nunmehr Tübingen auf ganz zu verlassen.

Neckarkiesel

»Da fließt doch so ein kleiner Fluss durch Tübingen …«

Der lesereisende Autor Axel Hacke
am 14.10.2009 in Tübingen

Hermann Hesse

Die Novembernacht.

Eine Tübinger Erinnerung

Über Tübingen hing eine schwarze, verwölkte Novembernacht. Sturm und Sprühregen klirrte und zitterte durch die engen Gassen, aufflackernde rote Laternenlichter glänzten trüb auf dem nassen Pflaster wider. Trüb und schwarz mit zwei, drei kleinen roten Fensteraugen lag das alte Schloß wie ein halbschlafendes träges Untier auf seinem langen Hügel, Fetzen von Wolkenschleiern um die spitzen Dächer. In den großen, ernsten Alleen standen die alten Kastanien, Linden und Platanen kahl und hager im Sturm wie eine trübselig standhafte Armee von Greisen. Blätterwirbel trieben über die feuchten Wege, faul und grau lagen die großen Herbstwiesen, an den Rändern da und dort von einer windscheuen Laterne zackig und roh beleuchtet. Der langgezogene, müde Pfiff des letzten Reutlinger Zuges drang vom nahen Bahnhof durch die schwere Luft und paßte mit seinem heiseren, hinsterbenden Geräusch vortrefflich in die Tonart des ganzen Abends.

In den Pausen des Sturmes ward das kühle Rauschen des Neckars laut. Die Ufer lagen tief in graue, traurige Ruhe gehüllt, und von den vielen hellen liederlauten Sommerabendfesten war keine leise Spur mehr geblieben, so wenig dem breiten, traurigen Stiftsgebäude noch eine Spur von den zahlreichen, glänzenden Geistern anhing, die darin vor Zeiten schwärmerische, dämmernde Jugendsemester verlebten. Es seien denn einzelne nachklingende, elegische Laute aus der umflorten Harfe des armen Hölderlin. Stattdessen brannte dort die strenge, fleißige Gegenwart in zahlreichen Studierampeln über die ganze Breitseite des Stifts verteilt und glänzte mattrot durch die breiten, niederen Fenster. Dort lagen jetzt Kompendien, Wörterbücher und Texte ohne Zahl vor ernsthaften, jungen Augen aufgeschlagen; Ausgaben des Platon, Aristoteles, Kants, Fichtes, vielleicht auch Schopenhauers, Bibeln in hebräischer, griechischer, lateinischer und deutscher Sprache; vielleicht brütete hinter diesen Fenstern zur Stunde ein junges philosophisches Genie über seinen ersten Spekulationen, während zugleich ein zukünftiger schwergeharnischter Apologet die ersten Steine seines Trutzgebäudes legte.

Zwei junge Männer, die jetzt von der unteren Neckarbrücke her durch die Platanenallee gegangen kamen, blickten lachend hinüber und zeigten wenig Respekt vor der ernsten zukunftsschwangeren Geistesburg. Sie wandelten, in grauen Lodenmänteln, des Regens ungeachtet, langsam durch die stürmende Herbstnacht. »Hast du noch was drin?« fragte der Kandidat Otto Aber seinen Begleiter, worauf dieser, der Dichter Hermann Lauscher, eine bauchige Benediktinerflasche aus der Manteltasche zwängte und dem Kandidaten reichte.

»Der letzte Schluck!« rief dieser und schwenkte die Flasche gegen das jenseits des Flusses ragende Stift. »Prosit Stift!« Er leerte die Bouteille mit einem kurzen Schluck.

»Was machen wir mit dem Scherben?« fragte Lauscher.

»Wir könnten auf die Wache gehen und ihn der lieben Tübinger Stadtpolizei verehren.«

»Was Stadtpolizei!« lachte Aber. »Da!«, und er schleuderte die Flasche über den Neckar, daß sie an einem Pfeiler des Stiftsbaues zersplitterte. »Jetzt wohin?«

»Ja wohin?« sagte Lauscher nachdenklich. »In der ›Steinlach‹ krepiert man am Wein, in der ›Silberburg‹ ist die Schorschel nimmer da, im ›Kaiser‹ säuft der Roigel, in der ›Sonne‹ ist's zu voll, im ›Löwen‹ –«

»Hallo, in den ›Löwen‹!« rief Aber. »Mir fällt ein, daß der Säbelwetzer und der Elenderle heut abend dort sind und die Mensur vom Donnerstag verschwellen. Komm! Übrigens ist's ein Sauwetter.«

Der Kandidat zog seinen langen Mantel enger an sich und schlug ein rascheres Tempo an.

»Was rennst du!« rief Lauscher. »Für uns ist das Wetter lang gut genug. Mir paßt's so besser, als Lump im Sonnenschein zu spielen. Wenn der Benediktiner nicht ausgepfiffen hätte, wär' ich für eine Naturkneipe. Außerdem ist der Säbelwetzer langweilig, und der Elenderle wird schon bald wieder am Heulen sein. – Trinken sie Uhlbacher? Dann geh' ich nicht mit, der Uhlbacher vom ›Löwen‹ haßt mich. Aber was versteht ihr von Wein!«

»Weinprotz!« lachte Aber. »Nein, sie haben eine uralte Moselwette dort stehen, oder Winkler oder was Ähnliches. Jedenfalls was Besseres. – Dabei fällt mir ein: warum gründen wir eigentlich nichts? Wir vier oder fünf hocken doch ewig zusammen, man könnte den Appenzeller und so ein paar Bierhühner mitlotsen, es gäbe so was wie eine Ausstellung der Zurückgewiesenen.«

»Gründen?« brauste Lauscher auf, der damals das spätere *cénacle* noch nicht ahnte. »Lieber werd' ich Eremit.«

»Warum nicht gar! Es gäbe ein Kollegium von Ausgetretenen aus allen fashionablen Verbindungen oder von Rettungslosen aus allen Fakultäten. Der Elenderle würde die Sündenlast der Gesellschaft in Tränen umsetzen, der Säbelwetzer bekäme ein Dauerpaukwams und würde auf alle Waffen für uns losgehen, ich wäre die Bierkommission, du Schrift- und Weinwärtel ...«

»Und so weiter. Schon gut.«

»Der Appenzeller würde sich unübertrefflich dazu qualifizieren, Mitteilungen und Forderungen der Gesellschaft den Chargierten der Verbindungen zu überbringen. Der Nebukadnezar wäre ein *censor morum* ohnegleichen. Der Kaißer hat einen Onkel, der Weinberge besitzen soll; der Schnauzer ist reich und dumm –«

»Und dann würden wir eine Kneipe mieten und zweimal in der Woche ›Altheidelberg‹ und ›Es geht ein Lumpidus‹ miteinander singen. Und Füchse keilen. Und Präsidepauken schwingen. Ich danke.«

Warum? Wir könnten im ›Schwarzwälder‹ kneipen und im Komment alle anständigen Lokäler verbieten. Zum Beispiel: Wer im ›Ochsen‹ oder im Innern der Aula betroffen wird, zahlt eine Mark Buße. Wer fachsimpelt, zahlt zwei Maß ...«

»Nein, bitte, du fängst wieder an, nach Komment zu riechen.« Die Freunde waren auf der alten Brücke angelangt. Aus der Kneipe der Burschenschaft klang lauter Chorgesang. Der Neckar strömte wild um den breiten Brückenpfeiler, auf dem raschen Wasser glänzten unruhig die Laternenlichter, schwarz und großartig streckte sich die Platanenallee in die Nacht. Vom Turm der Stiftskirche tönte das Stundenhorn, zackig und wechselvoll beleuchtet stand die malerische Häuserreihe des hohen Neckarufers bis zum alten Stift hinab. Beide Freunde schwiegen, solange sie über die Brücke gingen. Vielleicht stieg beim Anblick der schönen, nächtlichen Stadt, beim Rauschen des Neckars und Singen der Studenten in beiden das Erinnern an die kaum vergangenen Tage auf, da ihnen noch die eigentümliche, romantische Schönheit und Stimmung dieser Stelle ahnungsvoll und freudig ans Herz gerührt hatte, da sie noch mit der Hoffnung und dem ganzen süßen, krausen Stimmungsduft der ersten Semester hier gegangen waren.

Sie bogen um die Brückenmühle, stiegen die steile Gasse zum Holzmarkt hinauf, gingen an der Stiftskirche vorüber, über die schmale Kirchgasse und den öden Markt an der »Sonne« vorbei und gelangten durch Nässe und Schmutz an die Hintertür des »Löwen«, durch welche man über drei steile Stufen hinab direkt in das »Nebenzimmer« tritt. Ehe sie eintraten, blickten sie durch eins der niederen Fenster in die schmale Stube hinab und sahen Elenderle und Säbelwetzer am letzten Tisch beim Wein sitzen.

»Sie trinken Winkler!« frohlockte Aber. »Hab' ich's nicht gesagt? Du meldest dich mit deiner Blume, wegen ungebührender Respektlosigkeit.«

»Prolet! Meinetwegen«, murrte Lauscher, und trat zuerst in die schmale Tür. Aber folgte nach, drehte unwillig ein an der Wand hängendes Gerolsteiner Mineralwasserplakat um und ließ sich von der herzueilenden Wirtstochter Mathilde den Mantel abnehmen.

Jetzt bemerkten die Weintrinker die Ankommenden.

»Höchste Zeit«, rief der Säbelwetzer. »Wollet ihr trinken? Wollet ihr ein Bad nehmen? Wollet ihr euch ersäufen? An Winkler fehlt es nicht. Mein Leben mach' ich keine solche Wette mehr. Fünfzehn Flaschen, ist's nicht zum Langweiligwerden?«

»Keine Angst!« rief Lauscher. »Mathilde, zwei Gläser!« Er prüfte eine der im Kübel stehenden Flaschen und schenkte ein. »Meine Blume, Aber!«

»Sauf's!«

»Na?« fragte der Säbelwetzer.

»Er ist gut«, gab Lauscher kurz zur Antwort, ließ den linken Arm über die Stuhllehne hängen, füllte seinen Römer nach und trank ihn mit einem langen sicheren Schluck hinunter.

»Wo spukt's wieder?« fragte der Säbelwetzer. »Du hast

deinen allerbeinernsten Schädel aufgesetzt.«

»Du weißt«, fiel Aber ein, »Schnaps verträgt er nicht. Der Benediktiner –«

Lauscher stieß durch die Zähne einen langen Pfiff

»Halt's Maul, Aberchen! Überhaupt fragt man nicht so dumm, Säbelwetzer.« Er trank ein neues Glas an. »Ihr seid eigentlich doch eine Schweinebande, liebe Freunde«, fuhr er dann langsam und ernsthaft fort, »und mich wundert's selber, daß ich allemal wieder bei euch bin.«

Elenderle lachte und trank dem Dichter zu.

»Aber was tun? Ihr seid wenigstens bloß langweilig und im übrigen gute Brüder.«

»Hm – hm –«

»Ja, brummt nur! Oder hat vielleicht einer von euch etwas anderes an Geist zu verbrauchen als die übrigen Brocken aus seiner Fuchsenzeit? Oder hat einer von euch eine Ahnung von Humor, von Philosophie, von Kunst? Oder –«

»Na, hör mal«, lachte der Kandidat Aber, »eh du so proletest, sei doch so gut und serviere uns einmal deine Kunst, deine Philosophie, deinen Humor! Er muß anderswo als in deinen sentimentalen Versen stecken –«

»Das tut er auch. Was Verse! Daß ich hier sitze und euren Wein mit euch trinke und eure desperaten Schädel betrachte, während ich Gold, Silber, Paläste, Märchen und Kleinode in mir liegen habe, das ist der Humor. Was verbummelt ihr? Was ersäuft ihr? Ein Examen, ein bißchen Vermögen, ein Ämtchen, in dem ihr euch geschunden und gelangweilt hättet. Warum? Weil es euch dämmert, daß es sich um solches Zeug nicht zu leben lohnt. Und ich? Schluck um Schluck ersäufe ich ein Stück blauen Poetenhimmel, eine Provinz meiner Phantasie, eine Farbe von meiner Palette, eine Saite von meiner Harfe, ein Stück Kunst, ein Stück Ruhm, ein Stück Ewigkeit.

Warum? Weil es sich auch um alles das nicht zu leben lohnt. Weil es sich überhaupt nicht lohnt zu leben; denn Leben ohne Zweck ist öd, und leben mit Zweck ist eine Plage.«

Elenderle lachte fortwährend. Aber nahm einen langen Schluck und sagte gutmütig: »Trink, Lauscher, und mach uns nix Blaues vor.«

»Aber sag«, redete er darauf Elenderle an, »was machst du denn jetzt eigentlich? Weiß dein Alter schon?«

»Was denn?« fragte Lauscher.

»Weißt du nicht? Er ist zum drittenmal nicht ins Examen gestiegen und außerdem relegiert. Na, Elenderle, was denkst du?«

»Denken? Ich hab' mich anwerben lassen.«

»Sackerlot! Anwerben?«

»Ja ja ja ja!«

»Zu was denn? Ist eine Deliriantenarmee gegründet worden?«

»Ganz so was! Ich meinte, ich hätte in meinen vielen Semestern genug Jammertränen vergossen, um mir dafür ein Freibillet in die Gefilde der Seligen zu kaufen.«

»Auch gut«, lachte der Säbelwetzer. »Das ist nicht mehr als billig. In die Hölle wärst du sowieso nicht gekommen, das weiß ich, denn ich habe einmal drei Semester württembergische evangelische Theologie studiert.«

»Aber wer hat dich denn angeworben?« fragte Lauscher.

»Ei wer? Ja, den möchtest du kennen! Ein Herr, sag' ich dir, ein feiner Herr –«

»Rindvieh!« rief Lauscher. »Was du einen feinen Herrn nennst! War er feiner als ich?«

»Viel, viel feiner! Ein Gentleman, sag' ich euch. Übrigens dummes Geschwätz! – er kommt heut abend her, er hat's versprochen.«

»Wa–as? Kein Schwindel? Auf dein Wort?«

»Natürlich, auf alle meine Wörter. Prost, Lauscher!«

»Prost, Elenderle!«

Lauscher zog ein Paket seiner Giftschlangen hervor, schwarze, lange, dünne Zigarren, und bot den anderen an. Er zündete sich eine an, blies Wolken, streifte die Asche ab, nahm hin und wieder einen schnellen Schluck und verfiel in eine träumerisch schwere Trägheit. Auch die anderen widmeten sich nun still dem Wein und der Zigarre. Eine bläuliche Wolke hing über dem Tische, man hörte die wenigen übrigen Gäste reden und lachen. Die Freunde tranken Glas um Glas und saßen einander versonnen und fast völlig stumm gegenüber, wie sie schon viele Stunden und viele ganze Abende und Nächte versonnen und stumm beisammen um irgendeinen Trinktisch gesessen waren.

»Ich bin doch neugierig auf deinen Werber«, sagte Aber nach einer langen, langen Pause.

Keine Antwort.

Mathilde öffnete zwei neue Flaschen. Der Säbelwetzer schenkte ein.

»Übrigens«, begann Aber wieder, »übrigens, meine Lieben, was könnte eigentlich aus uns noch werden? Wer wird uns anwerben? Sei's noch um zwei Semester, so ist bei mir die Gnadenfrist vorbei.«

»Und bei mir der Mammon«, sagte der Säbelwetzer. »Umsatteln kann ich nimmer.«

»Ich auch nicht«, gähnte Aber. »Mein Alter ist jetzt schon scheu – Amerika?«

Lauscher lachte.

»Afrika, Asien, Australien?« äffte er nach. »Das nenne ich Sorgen! Weißt du denn, ob du in zwei Semestern noch lebst? Zwei Semester! Bedenke, was in zwei Semestern alles anders werden kann!«

»Zum Beispiel?«

»Zum Beispiel könntest du gerade jetzt, wo du so unvorsichtig deine Zigarre anzündest, dem Mund zu nahe kommen und in Spiritusflammen aufgehen. Ein schöner Tod! Oder du gründest, was ich kommen sehe, deinen Klub, ihr baut ein Klubhaus, und du wirst Kellermeister –«

»Dunder!« rief Aber erregt. »Dunder, noch mal! Das ist eine feine Idee!«,

»Oder du gehst«, fuhr Lauscher fort, »du gehst –«

Er brach mitten im Satze ab und stierte blaß auf das gegenüber offenstehende Fenster.

»Na? Was ist los?« rief der Säbelwetzer.

Lauscher deutete mit dem Finger auf das Fenster.

»Da!« rief er stotternd. »Wir spielen doch nicht Freischütz.« Alle wendeten die Blicke dem ausgestreckten Finger nach. Im Fenster stand ein Mensch von schmaler, hoher Figur, regungslos, hager, frech, blaß, mit Spitzbärtchen am langen Kinn, hoher Stirn, stand und blickte aus hellen, stechenden, stahlgrauen Augen in die Stube.

Der Säbelwetzer war der einzige, der nicht erschrak.

»Sieht aus, als wüßt' er nicht, ob er Kaspar oder Samiel mimen soll«, lachte er. »Soll ich den frechen Bruder anrempeln?«

Der Fremde verschwand vom Fenster. Einen Augenblick später ging die Tür, und er trat ein, schritt durch die Stube und nahm am Tisch der Kameraden Platz.

Der Säbelwetzer wollte aufstehen und den Eindringling mit einer Grobheit fortweisen, da streckte über den Tisch herüber Elenderle dem Gaste die Hand entgegen und lachte. »Entschuldigen Sie, Herr, ich erkenne Sie eben erst. Darf ich Ihnen meine Freunde vorstellen?«

Mit schon etwas betrunkenen Gesten führte er die Vorstellung aus. Den Namen des Fremden vergaß er zu nennen.

Man saß wieder lange trinkend, stumm und träg am Tisch, bis Lauscher sich erhob.

»Ich gehe. Macht einer noch ein Billard mit?«

Die Freunde schwiegen.

»Ich, wenn Sie wollen«, sagte aufstehend der Unbekannte. »Wir könnten ja alle zusammen in den ›Walfisch‹ gehen. Ich kam eben dort vorbei, das Billard ist frei.«

Alle tranken nun aus und folgten dem Vorschlag. Draußen rann Regen, es war frostig naß und die Kornhausgasse ein Meer von Schmutz. Der »Walfisch« war bald erreicht. Elenderle ging voran die Treppe hinauf. Bei der Gasflamme im Gang hielt Aber den Fremden an.

»Einen Augenblick, wenn Sie erlauben!«

Er blickte nach der Treppe. Die anderen waren schon oben.

»Nun?« fragte der Lange.

»Elenderle hat von Ihnen gesprochen«, sagte Aber verlegen. »Sie werben für eine Gesellschaft?«

»Allerdings.«

»Ich könnte – es wäre möglich, daß – kurz, ich möchte Sie kennenlernen.«

»Freut mich. Ich bin nur heute hier, aber Ihr Freund kann Ihnen ja morgen Auskunft geben. Ich komme ziemlich jedes Semester einmal nach Tübingen.«

Sie stiegen den anderen nach in das räucherige, verrufene Café hinauf. Elenderle hatte oben schon Sekt bestellt und sich faul in ein Sofa geworfen. Lauscher kreidete schon seinen Billardstock. Der Fremde ergriff einen anderen. Er spielte brillant.

Die Partie war schnell zu Ende.

»Sie spielen hübsch«, sagte der Lange zum Dichter. »Wenn Sie sich Ihre Scheu vor dem Fiedelstoß abgewöhnen, werden

Sie vielleicht bald genial spielen. Hier fängt das Billardspiel erst an. Sehen Sie –«

Er ergriff noch einmal das Queue und tat einen seiner glänzenden, fabelhaften Stöße. Der Ball rollte, nachdem er den weißen Ball berührt, in einem eigentümlichen, unglaublichen Bogen zum roten.

Lauscher staunte. Dann setzten sie sich zu den anderen. Aber und Lauscher tranken Kaffee, die anderen Sekt und Sherry. Die kleine, unbändige Molly trank mit und freundete sich mit Elenderle auf dem Sofa an.

»Was halten Sie von ihm?« fragte der Fremde Lauschern, indem er leise nach jenem hindeutete.

»Ein Schwein«, flüsterte Lauscher, »ein komplettes Schwein. Aber seelengutmütig.«

»Und der?« Der Lange bewegte das Kinn gegen den Säbelwetzer.

»Nicht ganz so dumm«, urteilte Lauscher, »und auch nicht so geschmacklos. Aber ein Säbelheld. Er verschmerzt es nie, daß ihn die Burschenschaft an die Luft gesetzt hat.«

»Hm. Und der dritte?«

»Aber? Der beste von den dreien, nur ohne Rückgrat. Er hat im stillen heillos vor seiner Krisis Angst.«

»Sie sprechen nett von Ihren Freunden.«

»Warum nicht? Verschiedene Grade von Fäulnis, die verschieden phosphoreszieren.«

»Sie gefallen mir.«

»So?« Lauscher erhob sich. »Komm!« rief er Abern zu, »wir gehen.«

Der Fremde grüßte die Abgehenden mit einem blanken, häßlichen Lächeln. Der Säbelwetzer war eingeschlafen. Elenderle und Molly schienen die Anwesenheit anderer zu vergessen.

Aber und Lauscher irrten eine halbe Stunde lang im Regen durch die finsteren leeren Gassen. Der »Löwen« war geschlossen, in den »Schwarzwälder« mochten sie nicht gehen, es schlug drei Uhr.

»Komm, ich geh' nach Haus!« rief Aber endlich ungeduldig aus.

»Ich nicht.« Lauscher blieb stehen und blickte um sich. »Alles tot! Was diese Leute schlafen!«

»Komm, wir tun's auch.«

»Nein. Schlafen!« Der Dichter wendete sich um und blickte Abern in das breite, etwas angetrunkene Gesicht. »Du, Aber! Möchtest du jetzt nicht auch ›Pfui Teufel‹ zu allem sagen?«

»Hilft nichts. Lieber gehen wir in den ›Schwarzwälder‹.«

»Was dasselbe ist. Meinetwegen.«

Sie betraten das Lokal und ließen sich Gilka geben. Aber wurde allmählich von der traurigen Laune seines Begleiters angesteckt. Trüb und unzufrieden blickten sie mit toten Augen über die Zigarren weg in den Raum. Drei späte Bummler würfelten an einem Kaffeetischchen, am Büffet schlief die Kellnerin, eine einsame Winterfliege kroch am Gasrohr und schien jeden Augenblick in die Flamme fallen zu müssen, an den Fensterladen hörte man den Regen tropfen.

»Nicht sentimental werden!« sagte Aber nach einer Stunde.

Er stürzte sein Gläschen Gilka hinunter; beide verließen den öden Saal und stiegen die steile Judengasse hinab. Im Vorbeigehen hörten sie den Knecht im »Walfisch« die Türen schließen. Am Ende der Schmiedtorgasse, bei der alten Ammerbrücke, hielten sie einen Augenblick an.

»Gehen wir links!« gähnte Aber.

»Es ist näher über die Brücke«, meinte Lauscher heiser; sie gingen hinüber.

Jenseits der Brücke lag auf den Stufen zur Ammer köpflings gestürzt ein Mensch.

»Holla«, rief Aber lachend, »der hat einen guten Schlaf«

»Jedenfalls einer vom heiligen Verein«, sagte Lauscher und trat näher. »Er wird sich morgen über seinen Heiligenschein wundern.«

»Herrgott«, unterbrach ihn Aber plötzlich, »das ist ja der Elenderle. Kein Mensch in Europa besitzt einen ähnlichen Bratenrock.«

Sie stiegen einige Stufen hinab, Elenderles lag mit dem Gesicht auf den Stufen. Sie hoben ihn auf, geronnenes Blut war auf seinem ganzen Gesicht verschmiert.

»Der ist bös gefallen!« seufzte Aber. Da klirrte etwas am Boden. Aus der starren Hand Elenderles war ein Revolver gefallen, und nun sahen die Freunde auch an der rechten Schläfe eine kleine schwarze Wunde. Lauscher steckte ein Streichholz an.

»Bleib du hier«, sagte Aber mit verwandelter Stimme, »ich gehe zur Polizei.«

»Lassen Sie mich das besorgen«, rief da eine scharfe Stimme.

Der Fremde kam vom Ammerweg her die Treppe herauf Er rückte giftig lächelnd am Hut und blitzte die Freunde grinsend aus den frechen Augen eiskalt und höhnisch an. Beide erschraken bis ans Herz und rannten durch die Nacht davon.

Als sie am anderen Tag erwachten, glaubten beide den ganzen Spuk geträumt zu haben. Die Hauswirtin pochte an Lauschers Tür und kam mit dem Kaffee herein.

»Denken Sie, Herr Lauscher, der Jammer! Heute nacht hat sich ein Student das Leben genommen.«

Bruno Wille

Glasberg

Den Sommer und Herbst über hatte ich im Garten zu schaffen. Ein paar Beete mit Tisch und Bank unter der ragenden Tanne hatte mein Vater gepachtet; da wurden Erbsen und Bohnen, Salat und Blumen gezogen. Mir war's Freude, das Gewächs zu pflegen mit Hacke und Gießkanne. Das Wasser schöpfte ich hinter den Weiden aus dem Neckar, und dies stille Plätzchen gefiel mir. Kauernd starrte ich in den Fluß, der hier glatter war als draußen, und beobachtete die Fische, die als dunkle Stäbchen im flüssigen Braungold schwammen und, wenn ich mich regte, forthuschten.

Zuweilen wurde die Lauschigkeit jählings unterbrochen durch ein Floß Schwarzwälder Stämme, zu langem Zuge gereiht, von wasserstiefligen Kerlen stromab gelenkt mit Stoßstange und Hemmklotz. Rechtes Hemmen, genannt »Sperren«, war von Belang; konnte doch das Floß infolge einer Ungeschicklichkeit gegen einen Brückenpfeiler prallen oder eine Zickzackform bilden, einen Ailaboga (Ellenbogen). Diese Kunstausdrücke waren von den übermütigen Studenten aufgegriffen, um die rauhen Schwarzwälder zu foppen, während sie vom Strom an der Musenstadt vorbeigetrieben wurden, ohne sich wehren zu können. Das war eine Art Spießrutenlaufen durch einen Hagel von Spott. Kaum war das nahende Floß von einem Studenten gesichtet, als er schon aus dem Fenster brüllte: »Jockele spee – a – ee – a – ee – ar!« Dieser Ruf war für die benachbarten Burschen das Signal, ebenfalls zu brüllen, und so gereichte jedes vorbeifahrende Floß den Tübingern zum närrischen Zeitvertreib. Aus allen Häusern der Wasserfront, aus fast jedem Fenster des Stifts, von der Burg her, von der Platanenallee und der Neckarbrücke, von überall her scholl es: »Jockele spee – a – ee – a – ee – ar!« Ein Dröhnen von Gelächter, ein Summen, als ob Bienen stechlustig schwärmen. Auch durch Gebärden suchten die Musensöhne den Zorn der »Knoten« anzufachen. Wer Schaftstiefel besaß, winkte damit aus dem Fenster oder hing sie heraus – eine foppende Anspielung auf die gewaltigen Flößerstiefel. Die Söhne des Schwarzwaldes vergalten den Spott, wie ihnen der Schnabel gewachsen war.

Vom Uferplätzchen behorchte ich die Wortgefechte, die an geschwollene Reden homerischer Zweikämpfer gemahnten. »He Jockele!« rief ein Studio, mit der Pfeife winkend – »gebb mr gschwind dei Pfeifle her – i han koi Fuir!« Grimmig versetzte der Flößer: »Gang zu deim Professer – laß dir von seim Pfeifenröhrle de Hintre verschlage – na hoscht Fuir!« Vorübergeflogen war die Erscheinung, und neue Baumstämme kamen. Drauf stand einer, der trotz seines grauen Bartes noch hitzköpfig schalt: »Saufa, dees könnet 'r! Schulda macha! De Vatter bestehla! Gelt?« – »Hoho, Jockele! Obacht! 's geiht en Ailaboga!« – »Red du net vom Handwerk, elend fauler Bua! Nicks bischt – so kommt an nicks derzua!« Doch wie er sich anstrengte, die Musensöhne zu verletzen, unverwundbar lachten sie, und ihre Renommierhunde bellten dazu. Übrigens bildete die Aufregung einen Zeitvertreib, den die Flößer so wenig missen mochten wie die Studenten.

Albrecht Goes

Tübingen 1928

Im halben Licht des Nachmittages
Flußaufwärts rudernd und allein –
Du Spiegelglanz der Silberweide,
Ihr vielvertrauten Häuserreihn,

Mein Fenster dort, Torhof und Leben,
Sturmweg der Nächte, Jahr um Jahr.
Sind zwei im Boot: der, der ich wurde,
Und jener Andre, der ich war?

Wie, wenn ich jetzt die Ruder schweige?
Lautlos schier treibt es mich zurück.
O grüner Strom versunk'ner Jahre,
Lichtschatten du und Wolkenglück,

Und du, aus Wassers Tiefe steigend,
Du groß Erinnerungsgewalt –
Nein. Heute. Hier. Ich seh des Daseins
Unwiderrufliche Gestalt,

Die Stunde seh' ich, wie sie Träume
Wegweht und wie sie Wünsche stillt,
Seh' das Erreicht', das Unerreichte,
Und, fern von fern: das letzte Bild.

Joe Bauer

Liebe in Tübingen

Auf der Brücke über dem Fluss warfen mich die Musiker aus dem Auto. Es war schon dunkel am frühen Abend, die Musiker sagten, ich hätte genügend Zeit, bis die Show beginne. Die frische Luft, sagten sie, täte mir gut, ich solle mir Hölderlins Geist um die Nase wehen lassen. Dann fuhren sie davon.

Ich stand auf der Neckarbrücke in Tübingen und schaute aufs Wasser. Es schimmerte schwarz. Ich mag kein Wasser bei Nacht. Es erinnert mich an Clint Eastwoods »Mystic River«. Mein Gott, dachte ich, wie viele Leichen mögen in dieser Brühe schwimmen. Wie viele Abgründe tun sich hier auf.

Mein Blick löste sich vom Wasser, ich schaute mich um und sah ein Metallschild am Brückengeländer: »Fahrräder abstellen verboten«. Ich war zu Fuß, fasste mir ein Herz und ging über die Brücke.

Es war hundekalt, mich fror erbärmlich. Unglücklicher Friedrich, sagte ich, deine Liebe ist kalt und böse.

Ich wusste nichts mit mir anzufangen. Ich war hierher gekommen, um einen Abend zu Ehren des verstorbenen Musikers Johnny Cash zu besuchen.

Ich wollte hören, wie einer singt: »I'm just goin' over Jordan«, wollte über den Mystic River, nicht über den Neckar von Tübingen, wo man viel mehr verbieten müsste als Fahrräder. Studenten mit Mützen, Studenten, die nirgendwo so dämlich grölen wie in Tübingen.

Vermutlich haben viele längst dafür gebüßt. Vermutlich liegen auf dem Grund des Neckars die Leichen unzähliger Studenten, krepiert unter den Säbeln, Fahnen und Witzen der Burschenschaftler.

Es wurde kälter, ich ging zum Auftauen in die Osiandersche Buchhandlung. Vor den Regalen beschlich mich ein böser Gedanke. Nicht was Sie denken, ich wollte keine Bücher klauen, ich wollte es Tübingen zeigen – seinem Fluss, seinen Fahrräder-verboten-Brücken.

Ich sah ein paar früh gealterte Pulloverträger und die Taschenbücher-Neuerscheinungen. Philip Roth, Jonathan Franzen, Leon de Winter. Das wollte ich nicht. Dann hatte ich Glück. Ich sah etwas, das mir den Abend retten könnte: »Nächte in New York – Erotische Erinnerungen« von Diane di Prima. Ich blätterte darin, meine Nase begann zu tropfen. In diesem Buch war nichts verboten, gar nichts. Ich zahlte acht Euro neunzig und ging hinaus in den Weihnachtsbetrieb der Tübinger Innenstadt.

Ich suchte nach einem Platz, wo ich in Ruhe in meinem Buch lesen könnte, mich rächen an dieser Stadt, die so erotisch roch wie gefrorene Hühnerschenkel.

Ich stapfte vor mich hin, bis ich wieder vor der Neckarbrücke stand. Linker Hand ein gläsernes Wirtshaus mit Namen Neckarmüller. Ich bestellte saure Kutteln mit Bratkartoffeln und las die erotischen Erinnerungen: »Unser Kuss begann mit weichem Mund, entspannt, spielerisch, die Lippen streifend, der Versuch, ein Mund zu werden …«

Das ist gut, Tübingen, dachte ich, es wird bei diesem Kuss nicht bleiben heute Nacht, es wird eine Nacht, in der wir Fahrräder und Burschenschaftler knacken.

Als ich meine sauren Kutteln gegessen hatte, war es mir, als müsste ich die Toilette aufsuchen, bevor ich hinaus ginge ans

Ufer des schwarzen Wassers, um in ein Taxi zu steigen. Ich ging die Treppe hinunter zum Herrenklo.

Als ich wieder hoch kam, las ich links an der Wand einen säuberlich hingemalten Spruch: »Liebe ist – deiner Frau nicht ständig das frische Bier wegzutrinken«.

Ich presste »Nächte in New York – Erotische Erinnerungen« an mich und ging hinaus in die Nacht von Tübingen. »I'm just goin' over Jordan«, summte ich und stieg in ein Taxi. »Liebe«, sagte ich zum Taxifahrer, »Liebe ist, deiner Frau nicht ständig das frische Bier wegzutrinken.« Er sah mich an, nickte wissend, und er sah aus, als hätte er promoviert.

Als ich aus dem Autofenster sah, war mir, als hätte der schwarze Fluss gestöhnt wie nach einem harten Kuss. Womöglich aber hatte er gefurzt, entspannt, spielerisch, die Löcher dieser Geschichte streifend, der Versuch, ein Arsch zu werden.

Seit diesem Abend weiß ich alles über die Liebe in Tübingen. Über die Unmöglichkeit, jemals in dieser Stadt ein frisches Bier zu trinken.

Johannes R. Becher

Tübingen oder Die Harmonie

Könnt ich so dichten, wie hier alles klug
Verteilt ist, jedes steht an seiner Stelle.
Des Dunklen nicht zuviel, genügend Helle,
Die Burg, die Brücke, und der Straße Zug.

Zur Burg hinauf: verborgen nicht zuviel
Und sichtbar doch nicht alles. Auch die Wellen
Des Neckars halten Maß: in ihrem Spiel
Erscheint das Meer schon, und zugleich der Quellen

Ursprung ist spürbar. So geordnet ist
Dies alles, einfach, und doch reich gegliedert.
Wie ewiges Gespräch. Darin vermißt

Man keine Stimme. Alles wird erwidert.
Zur Brücke spricht die Burg. Die Brücke spricht
Hinab zum Fluß. Ins Dunkel spricht das Licht.

Hermann Hesse

Abends auf der Brücke

Abends muß ich auf der Brücke stehen,
Nieder in den dunkeln Strom zu sehen,
Wie er strömt und zieht und mit Gebrause
Sehnlich weiterstrebt – wohin? Nach Hause?

So viel Jahre bin auch ich gegangen
Ohne Rast mit sehnlichem Verlangen,
Wandernd mit den Strömen, Wolken, Winden,
Eine Heimat, eine Rast zu finden.

Weiter noch, so wird die Stunde schlagen,
Daß sie mich im weißen Linnen tragen.
Wanderschaft ade und Stromgebrause!
Stille trägt man mich – wohin? Nach Hause?

Friederike Mayröcker

dieses Kind diese Parze dieser Ligusterhain

vor meinem Fenster die weiszen Lilien ungeschriebener
Briefe wachsen herzu bis an mein Bett Levkojen Iris und
Tausendschön ich weisz warum ich so traurig bin
mein vorletzter Zahn das Blut stillt sich nicht es flieszt
aus Mund und Nase es flieszt
der Neckar mit Trauerweiden umflort – ich war dort an der Brücke
bin an der Brücke gestanden : im Wasser : eines Hundes gewellter
Schatten : mein eigener war es, zwischen den Hollerbüschen
bin ich gegangen gegen den Turm, während in meinem Rücken
der Lärm der Motoren –
ich war dort am Neckar bin an der Brücke gestanden habe
des Toten gedacht habe geträumt von dem Freund aber
die Begegnung ..
mein eigenes Blutwasser getrunken, aus tiefem Brunnen der
Hafner der Imker der Brunnen- nein : Blumenbinder
bin beschäftigt mit Rasereien des Schreibens auf der
Müllkippe oder Holunder (Hortensie)   es beginne
des Gartens Tugend.
für Eva Hoffmann
10.–25.6.99

Tatjana Kusowljewa

Tübingen, Turm

Bin plötzlich im Mittelalter,
wische die Schicht
der Jahre fort, suche
des Wahnsinnigen Spur.

Sie haben mich
zum Turm gewiesen.
Dort steh ich im Fenster,
grüble, versteh:

Schon immer war's
ungefährlicher für alle,
die Dichter einfach
für verrückt zu erklären.

Hier, über dem gelben Fluß,
beweinte er seine Liebe,
Randbewohnerin auch sie,
wie die Verse, die anachronistische Rede.

Wer in diesen Abgrund schaut,
verliert den Verstand.

Friedrich Christian Delius

Tübingen 1964

Kaum wechselt April
die Fakultät – schon
promoviert der Neckar
vor seinem breiten
Auditorium
auf den belesenen Mauern.

Ein denkender Tag genügt:
Zitate und immer wieder Zitate.

Stift und Jens,
Schloß und Bloch.
Hölderlin, Stipendium
auf immer,
dreht sich im Turm und
sucht einen Reim auf Osiander.

Christa Hagmeyer

Am Neckar

Die Stadt ist ins Wasser gefallen
samt Hölderlinturm
Wo Weiden baden gehn
gleitet ein Kahn
Da läuft die Geschichte aus
Die Lacher schunkeln
und stochern weiter
durchs Aquarell.

Friedrich Richter

Am Neckar

Am Necker, am Necker,
Do ischt a Jedes gern;
Wer d'Hoimet hot am Neckar,
Der sehnt se net in d'Fern',
Juhe! la la la la la la la la la,
Der sehnt se net in d'Fern.

Am Neckar, am Necker,
Do grünt und blüht es fei,
Juhe, am lieba Necker,
Do wachst a guter Wei,
Juhe! la la la la la la la la la,
Do wachst a guter Wei!

Am Necker, am Necker
Der Vogel fliegt und singt;
Er badet sich im Necker,
Sei Liedle net verklingt,
Juhe! la la la la la la la la la,
Sei Liedle net verklingt.

Am Necker, am Necker
Bleib' i mei ganze Zeit,
Und wo n'er rauscht, der Necker,
Sei au mei Grab net weit,
Juhe! la la la la la la la la la,
Sei au mei Grab net weit.

Joachim Zelter

How are you, Mister Angst?

Frau Wenturis empfing mich mit ihrer Reisegruppe vor dem Silcherdenkmal, an dem ich (nach langen brieflichen Beratungen) meinen Vortrag halten sollte, nicht so sehr wegen Silcher, sondern wegen der imponierenden Stadtkulisse im Hintergrund. Sie empfing mich überschwänglich. Auch die um sie herumstehenden Damen winkten mir zu. Ein Raunen schien durch ihre Reihen zu gehen. Ich trug ein einfaches Jackett, keinen Talar. Ich bin mir sicher, Frau Wenturis wäre über einen solchen Aufzug begeistert gewesen.

Sie führte mich wie einen alten Bekannten (vielleicht ein Studienfreund aus früheren Studententagen) von Gesicht zu Gesicht: »Frau Storm, Frau Olpe, Frau Wöhler, meine Nichte …« Ihre Nichte, die mir ihre Hand reichte, bevor mich Frau Wenturis auf ein Stück Rasen führte, wo ich mit meinem Vortrag beginnen sollte. Sie umrahmte mich mit ausholenden Armbewegungen, sprach mit aufgerissenen Augen ihre einführenden Worte: Ich Professor. Ich ein ausgewiesener Akademiker. Ein Dramen- und Theater- und Goethekenner, Autor einschlägiger Monographien, Herausgeber und Begründer einer Publikationsreihe. »Professor Konrad Monteiro.« Ich hörte die anerkennenden Stimmen ihrer Gruppe, erlebte vereinzelte Blitzlichter gezückter Kameras – sah noch den langen Blick von Frau Wenturis' Nichte. Dann wurde es still. So begann mein Vortrag, der erste Vortrag meines Lebens, den ich ohne jede Vorbereitung, ohne Konzept und Plan hielt.

Zwei Stunden vor dem Vortrag hatte ich beschlossen, den Vortrag als akademischen Offenbarungseid zu halten, oder als akademischen Selbstmord (ein überflüssiges Wort), den ich vor ihren Augen begehen würde. Ich hatte entschieden, in völliger Planlosigkeit vor mein Publikum zu treten, nicht wissend, was ich im nächsten Moment sagen würde, ob ich überhaupt irgendetwas sagen würde, außer dem Satz, dass ich nichts zu sagen habe, nach all den Jahren, nach all den Vorlesungen ... Ich habe nichts zu sagen. Wie bitte? Nichts. [...]

Ich begann den Vortrag mit dem Offensichtlichsten: Wer ich bin. Und wo ich stand. Ich stand ohne einen Plan vor mir unbekannten Menschen. Ich stand vor dem Silcherdenkmal. Ich sagte, wer Silcher war. Und wann sein Denkmal erbaut wurde. Und wo das Denkmal steht. Es steht auf der Neckarinsel. Ich sprach nur das Alleroffensichtlichste. Auf dem Neckar sah man Stocherkähne. Indem ich dies aussprach, schien es so, als wäre ich es, der dieses Bild herbeigeschafft oder ermöglicht hatte oder es wenigstens mit irgendeinem Sinn erfüllte. Stocherkähne. Einige Damen machten Fotos. Im Sommer, so sagte ich, findet das Leben der Stadt auf Stocherkähnen statt. Es finden dort sogar Seminare und kleinere Vorlesungen statt. An manchen Tagen sieht man ganze Vorlesungsflotten ... Ansonsten sprach ich nur das, was man ohnehin sah. Man sah die Eleganz, die Ruhe, die aristokratische Lässigkeit vorbeigleitender Stocherkähne. Man sah die Leichtigkeit der Gondolieri, die auf dem Heck ihrer Kähne standen und den schweren Stocherstab fast beiläufig, mit einer einzigen Handbewegung, aus dem Wasser zogen, in die Luft wirbelten, ihn wieder ins Wasser fallen ließen und dann kraftvoll den tonnenschweren Kahn fortbewegten. Dies machte Eindruck. Statt davon zu sprechen, dass Generationen von

Denkern und Dichtern an Ufern wandelten, sprach ich davon, dass diese Denker und Dichter auf dem Wasser stocherten. In Gedanken stocherten. Oder in stochernden Gedanken auf dem Wasser kreisten. Oder sich einfach treiben ließen. Hymnen sind darüber geschrieben worden. Meist vergebliche und längst vergessene Hymnen, aber immerhin Hymnen …

Für einen Moment war ich orientierungslos. Ich deutete – dem Stottern nahe – auf die um uns stehenden Parkbänke und zitierte den Satz von Ernst Bloch: »Nichts ist menschlicher als zu überschreiten, was ist.« Die Damen nickten und machten sich Notizen. Nichts ist menschlicher als zu überschreiten, was ist. Wie wenig dieser Satz für Parkbänke gilt. Besonders, wenn Menschen auf ihnen sitzen. Auch jetzt saßen wieder einige Studenten auf diesen Parkbänken. Nicht anders als sonst. Jeder für sich. Ohne einen Blick für den anderen. Kein Meter Abstand wird zwischen diesen Bänken je überschritten. Kein Meter. Weder mit Schritten noch mit Blicken. Vielleicht nicht einmal in Gedanken. Jahrelang erlebte ich die Unerbittlichkeit dieser Bänke: ihre Unverrückbarkeit, ihre strenge Privatsphäre, ihre ganze Vergeblichkeit. Generationen von Menschen, überwiegend Studenten und Studentinnen, saßen all die Jahre mit mir, und ich mit ihnen. Insgesamt saßen wir Tausende von Stunden, mit Büchern oder ohne Bücher, alleine oder mit irgendeinem Nebensitzer. Kein Meter Rasen wurde in all den Jahren überschritten. Kein Meter.

Natürlich schrieb ich diese Gedanken nicht mir zu, sondern Bloch: Sagte Ernst Bloch … Notierte Bloch … Und die Damen nickten, geradezu erleichtert, je öfter ich den Namen Bloch nannte. Sagte Bloch, meinte Bloch, nicht im Prinzip Hoffnung, sondern in seinen weniger bekannten Schriften. Sowie in einigen noch unveröffentlichten Notizen … Oder, wenn nicht Bloch, dann Uhland oder Hegel. Sagte Hegel, meinte Hegel, nicht in der Philosophie des Rechts, aber in einem Brief an eine geliebte Freundin: »Den Neckar werde ich für dich bis zum Trauf der Schwäbischen Alb aufstauen …« Ich zitierte Fiktionen oder fingierte Zitate. Auch deshalb, weil Frau Wenturis Beispiele hören wollte. Beispiele für eine Stocherkahn- oder Neckarhymne.

Mit einem Schwenk wechselte ich das Thema und deutete auf das Inbild der vor uns liegenden Kulisse: Der Turm. Der Turm aller Türme. Hölderlins Turm. Sie nickten vehement, so als hätten sie die ganze Zeit auf diesen Schwenk gewartet. Ein Irrturm. »Wie bitte?« Hölderlin hauste in einem Irrturm. Sie verstanden nicht, doch sie nickten. Vielleicht aus Höflichkeit. Mit einem Fernglas versuchte eine Zuhörerin das Turmzimmer genauer zu sehen. Vielleicht hoffte sie, irgendein Möbelstück oder Accessoire des berühmten Dichters zu erhaschen. »Hat Hölderlin wirklich in diesem Turm gelebt?«, fragte sie und blickte andächtig durch das Fernglas. Und ich antwortete: »Ich weiß es nicht.« Woraufhin eine prekäre Pause entstand und ich hinzufügte: »Hölderlin war nicht in Tübingen.« Wie bitte? Und ich fuhr fort: »Er ist nicht hier gewesen.« Die Damen wirkten perplex. »Er hatte hier nichts zu finden. Er schaute nicht aus dem Fenster. Er las keine Bücher. Er zog nichts nach sich. Er hinterblieb nicht.« Frau Wenturis schaute mich fragend an. Und ich erklärte ihr, es handle sich um ein Gedicht. »Ein Gedicht?« Ja, ein Gedicht. Sie wirkte erleichtert, und ich zitierte weiter:

Er zog keinen Hut
Er ging nicht über die Brücke
Er legte seinen Arm um nichts

Er ist nicht hier gewesen
Er lebte um keinen Preis

Eine der Damen fragte mich: Ob dieses Gedicht von Hölderlin sei? Nein, antwortete ich, es ist von einer heutigen Dichterin. Und ich fügte hinzu: »Die unwirklichsten Dichter, sie leben nicht nur in derselben Stadt, in derselben Straße, sondern im selben Haus.« Und: »Es gibt hier Dichter wie Sand am Meer. [...] Frau Wenturis' Nichte blickte ernst, doch es gab Damen, die lächelten. Selten erlebte ich derartiges in meinen Vorlesungen. Zustimmendes Lächeln. Ich sprach mich entlang von Anekdoten und Zitaten. Ein Gedanke fügte sich zum nächsten. Gedanken zu Hegel führten zu Gedanken über Marx, führten zu eigenen Gedanken, die ich nicht mir selbst zuschrieb, sondern als fest etablierte Zitate hinstellte: Sagte Vaihinger. Schrieb Fichte. So wie ich umgekehrt die entlegensten Zitate, die mir in den Sinn kamen, als eigene Bonmots ausgab. All das war zugegebenermaßen sprunghaft und erratisch, doch voller Überzeugungskraft und Leben. Ich sah den Vortrag nun nicht mehr als akademischen Selbstmord, sondern als Abschiedsvortrag oder als Abschiedsvorlesung. Manche Sätze sprach ich Häusern oder öffentlichen Gebäuden zu. Ich deutete auf die angeblichen Portalinschriften entfernter Gebäude, die die Dame mit ihrem Fernglas zu entziffern versuchte. »Sehen Sie es? Können Sie es erkennen?« Ja, sie glaubte es zu erkennen. Beispielsweise den Satz: Geh mit der Zeit, doch komme von Zeit zu Zeit zurück. Oder: Kein Künstler sollte je von seinem Podest steigen. Nichts dergleichen stand auf diesem Haus, doch die Dame mit dem Fernglas ließ es sich nicht nehmen, den Satz Wort für Wort zu entziffern und den anderen vorzulesen. So begann ich, meinen Vortrag immer weiter zu verräumlichen, indem ich Wörter und Sätze an Giebel und Torbögen und Kirchen heftete. Fast jedes zweite Gebäude wurde zu irgendeinem Satz (Sätze von Tolstoj bis zu Vaihinger und Nietzsche), die meine

Zuhörerinnen mit gereckten Köpfen und lang andauernden Blicken auf sich wirken ließen. Sie nickten, sie murmelten, sie notierten, sie schwiegen. Und sie befragten mich zu immer weiteren Gebäuden, auf denen sie Worte oder Sätze zu sehen glaubten. Die ganze Stadt schien ihnen eine Aufeinandertürmung von Worten und Inschriften und Sentenzen.

Ich hörte Applaus. Als ich mit meinem Vortrag schloss, hörte ich ernsthaften Applaus. Frau Wenturis wirkte zufrieden, wenn nicht gar angetan. Sie bedankte sich mit ausgestreckten Händen und mit lauten Worten, lobte den außerordentlich interessanten und geistreichen Vortrag, fragte die anderen, ob es noch Fragen gebe, von denen es gar nicht wenige gab, die ich gerne beantwortete. Ich beantwortete sie überzeugender als ich das in meinen Vorlesungen vermocht hätte. Frau Wenturis' Nichte meldete sich nun. Sie schien etwas sagen zu wollen. Doch sie verstummte. Stattdessen trat sie schweigend auf mich zu. Sie reichte mir ihre Hand. Dann umarmte sie mich.

Ich hörte zum zweiten Mal Applaus. Daraufhin spürte ich die Hand von Frau Wenturis, die sich bei mir bedankte. »Danke, Professor Monteiro. Danke für alles.« Sie erinnerte mich an den Umtrunk. »Vergessen Sie den Umtrunk nicht.« Ihre Nichte war schon weitergegangen. Ohne sich umzudrehen war sie als eine der Ersten Richtung Bus gegangen. Irgendwann stand ich alleine, unter Silchers Denkmal, nur von einigen wenigen Studenten auf den umliegenden Parkbänken beäugt.

Eva Christina Zeller

Stiftsgarten

9
erste schritte auf der kreiselnden erde
der schwankende grund
du spürst ihn
noch ist balance
eine kunst und alles
muß gelernt sein gehen
auf schwankendem kahn auf dem fluß
den zweig in der hand auf mich zu
stolz dein geschenk vor dir her
der weidenzweig vom ölbaum am neckar
konnte noah sich heller freuen als die taube geflogen kam?
die sintflut ist überall staudämme tückisch
die ufer begradigt sie täuschen sich nur
ich höre die flut und ich sehe mein kind
einen zweig in der hand

11

was tut der neckar fragt das kind?
er geht er fließt er bleibt nicht
wie du
steine machen kreise breiten sich aus laufen weg
aber sie sprechen hörst du
weich sprechen sie
und du winkst
den kreisen nach
wie klug du bist
ein kreis verwandelt
von allem anfang an

15

der baum über mir mit seinen sommeräpfeln
duldet mich
wie schön er mich anschaut
bist du lieb fragt mein kind?
du bist nicht bös sagt es
der baum ist
schenkt äpfel schatten trost
gespräche mit vögeln
alles was ich brauche
der neckar mit seinen fischen
weder lieb noch bös
ein grab
so grün und sanft
bin so frei sagt der neckar
er kann nicht sprechen

Charles Juliet

Accueils. 8 octobre

C'était une très belle journée d'automne. Une lumière or, légèrement voilée. Le saule pleureur sur la berge. (Arbre si bien nommé, dont les graciles et molles branches retombantes semblent pleurer sur ce manque de vitalité qui les empêche de se dresser dans le ciel. Arbre las, exténué, qui parait ne plus désirer vivre, et dont la vue suscite immanquablement en moi une poignante mélancolie.) La vigne vierge d'un rouge vif sur la tour ocre au pied de laquelle glisse l'eau lente du Neckar, emportant déjà des feuilles plaquées comme des flammèches à la surface de l'eau.

Es war ein sehr schöner Herbsttag. Von goldenem Licht, leicht verschleiert. Am Flussufer die Trauerweide. (Der Name passt vortrefflich zu diesem Baum, dessen grazil und weich herunterhängende Zweige ihre Antriebslosigkeit zu beweinen scheinen, die sie daran hindert, sich himmelwärts zu erheben. Erschöpfter, entkräfteter Baum, der lebensmüde wirkt, und dessen Anblick bei mir unweigerlich eine tiefe Melancholie hervorruft.) Der leuchtend rote Wilde Wein am ockerfarbenen Turm. Darunter fließt das langsame Wasser des Neckar, der bereits die wie Flämmchen auf der Wasseroberfläche züngelnden Blätter mit sich nimmt.

Marcus Hammerschmitt

Umzug

Die Kleider liegen wie kraftlose Menschen.
Es ist, als sei schon alles gepackt.
Das Zeug steht im Weg wie wertlose Beute.
Die Bilder sind von den Wänden gesackt.

Ich bin eine Handvoll Stimmen.
Die sagen nicht alle dasselbe.
In Tübingen fließt der Neckar.
In Hamburg fließt die Elbe.

Bernd Kohlhepp

Neckar Sonett

Wenn du ein Mädle möchtesch dir erringen
zur kurzen Weil und um die Zeit dir zu versüßen
beginne zaghaft, scheu und mit verschämten Grüßen
selbscht überrascht, gilt's ohne Eile vorzudringen

Doch lischtig lege sorgsam deine Schlingen
an des Neckars Ufer, wo Dir dein nahes Glück verhießen,
dort, wo der Ammer Fluten in seine alten Arme fließen
und heisere Erpelrufe an alte Wände klingen

Sieh zu, dass ihr euch auf flechtengelbe Quader setzt
Guckt schweigend dem Treiben braunen Wassers zu
auf Steinen, von tausend Pärchen glatt gewetzt.

Der Sonne Strahlen erwärmen sie im Nu
Wann sie umarmen? Ich sage es dir: jetzt!
Gelingt's hier dir nicht – dann lass sie ganz in Ruh.

Alexander Würtenberger

Der Neckargeist

In des Sommers Johannisnacht hört man oft an den kühlen Ufern des Neckars ein eigentümliches Singen und Rufen aus den Tiefen des Wassers. Zuweilen ist es dem einsamen Wanderer auch, als vernehme er den ängstlichen Hilfeschrei eines dem Ertrinken nahen Menschen. Er hüte sich aber, dem Geschrei nachzugehen oder zu antworten. Denn der Rufer ist der uralte Neckargeist, der in jener Nacht auf ein Menschenleben ausgeht. Wer seinem Rufe folgt, den lockt er mit zauberischem Singsang in den Fluss und zieht ihn zu sich in die kalte Tiefe. Umsonst erwarten ihn seine Lieben zu Haus; der Geist lässt ihn nicht lebendig entkommen.

Wer aber gar in jener Nacht in den frischen Fluten ein Bad sucht, der ist fast unrettbar verloren. Einzig ein besonderer Schutz Gottes vermag ihn vor dem tollen Wüten des aufgebrachten Geistes zu wahren. Mit wilder Gewalt ergreift es ihn an den Füßen und zieht ihn nieder zum steinigen Grunde des Flusses. Nur die Kleider finden die Seinen am anderen Morgen am Ufer liegen; denn erst am dritten Tage wirft er den Leichnam ans Land. Um den Hals des Toten sieht man dann einen blauen Ring. Das ist ein sicheres Zeichen, dass ihn der Neckargeist in der Johannisnacht erwürgt habe.

Justinus Kerner

Der Wassermann

Es war in des Maien mildem Glanz,
Da hielten die Jungfern von Tübingen Tanz.

Sie tanzten und tanzten wohl allzumal
Um eine Linde im grünen Tal.

Ein fremder Jüngling in stolzem Kleid
Sich wandte bald zu der schönsten Maid;

Er reicht ihr dar die Hände zum Tanz,
Er setzt ihr aufs Haar einen meergrünen Kranz.

»O Jüngling! warum ist so kalt dein Arm?« –
»In Neckars Tiefen da ist's nicht warm.« –

»O Jüngling! warum ist so bleich deine Hand?« –
»Ins Wasser dringt nicht der Sonne Brand!«

Er tanzt mit ihr von der Linde weit;
»Laß, Jüngling! horch, die Mutter schreit!«

Er tanzt mit ihr den Neckar entlang;
»Laß, Jüngling! weh! mir wird so bang!«

Er faßt sie fest um den schlanken Leib:
»Schön Maid! du bist des Wassermanns Weib!«

Er tanzt mit ihr in die Wellen hinein:
»O Vater und du, o Mutter mein!«

Er führt sie in einen kristallenen Saal.
»Ade, ihr Schwestern im grünen Tal!«

Anonym

Die Wasserfräulein

Am schönbuchseitigen Neckarufer, unweit von Walddorf und Altenriet, liegt der Hof Hammetweil. Ganz früher stand bei diesem auch ein Schloß. In der Nähe des Hofes badeten oft drei Meerjungfrauen im Neckar.

Manchmal hörte man sogar ihren Gesang. Nachts aber besuchten sie oft die Wohnungen der Menschen und halfen ihnen bei der Arbeit. Besonders gern buken sie Brot, wenn man ihnen abends Milch, Mehl und Salz bereitgestellt hatte.

In Walddorf wurden sie wegen ihrer schneeweißen Kleidung, und weil sie Kränze aufhatten wie Bräute, die »Hochzeiterinnen« genannt. Sie hatten pechschwarze Haare und verbargen ihre Füße ständig in Schuhen, da sie, wie man erzählte, denen von Wasservögeln ähnelten. Wenn sie nach Altenriet kamen, wurden sie Erdweible genannt. Man hat auch versucht, sie zu fangen, aber es ist nie gelungen. Wenn sie aus dem Wasser stiegen, sah man, daß sie so klein wie Kinder waren. Es hieß, daß niemand sie anreden durfte, denn sonst kämen sie nie wieder.

War es Weihnachtszeit, hörten die Menschen sie fleißig Windeln waschen. Die Fräulein gingen auch oft spazieren, nie aber weiter als bis zur Neckarbrücke nach Mittelstadt.

Es hieß auch, daß sie im Wasserfall im Merzenbach lebten, kurz bevor dieser in den Neckar floß.

Friedrich Hölderlin

Da ich ein Knabe war …

Da ich ein Knabe war,
Rettet' ein Gott mich oft
Vom Geschrei und der Rute der Menschen,
Da spielt ich sicher und gut
Mit den Blumen des Hains,
Und die Lüftchen des Himmels
Spielten mit mir.

Und wie du das Herz
Der Pflanzen erfreust,
Wenn sie entgegen dir
Die zarten Arme strecken,

So hast du mein Herz erfreut,
Vater Helios! und, wie Endymion,
War ich dein Liebling,
Heilige Luna!

O all ihr treuen
Freundlichen Götter!
Daß ihr wüßtet,
Wie euch meine Seele geliebt!

Zwar damals rief ich noch nicht
Euch mit Namen, auch ihr

Nanntet mich nie, wie die Menschen sich nennen,
Als kennten sie sich.

Doch kannt' ich euch besser,
Als ich je die Menschen gekannt,
Ich verstand die Stille des Aethers,
Der Menschen Worte verstand ich nie.

Mich erzog der Wohllaut
Des säuselnden Hains
Und lieben lernt' ich
Unter den Blumen.

Im Arme der Götter wuchs ich groß.

Peter Härtling

Herzwand

Es war einmal – ich atme ein und habe den Geschmack eines ganzen Julitags auf der Zunge, sonnenlind und kräuterherb, 1947, ich renne die Jahre zurück, und wieder spannt der Grind am Knie, weil ich, als ich die Böschung zum Wasser hinunter wollte, hinschlug und Hände und Knie schürfte.

Es war einmal, und es ist topografisch noch vorhanden und doch nicht mehr: wahr, ein Stück Fluß, ein Abschnitt zwischen zwei Wehren, der Neckar zwischen Neckarhausen und dem Nürtinger Elektrizitätswerk. Auf meiner, auf der Nürtinger Seite, läuft ein im Sommer staubiger Weg unmittelbar neben dem Fluß, vorbei an den rasselnden Trommeln des Kieswerks, vorbei an Schrebergärten, dem Fußballplatz und den Tennisplätzen, mit einem Blick aufs Zementwerk, dessen Kamin unermüdlich grauen Staub auf die Dächer speit, schließlich zwischen Wiesen und Gestrüpp hindurch, dort, wo ich unter der handgreiflichen Anleitung von Joseph T. einen enormen Wurzelstock tagelang aus dem Erdreich grub, Heizholz für den halben kommenden Winter, vorbei an dem in den Fluß hinauswippenden, immer brüchig knirschenden Sprungbrett; drüben, wo der Galgenberg, ein langgestreckter Buckel zwischen der Korkfabrik Greiner und den ersten Häusern Neckarhausens, den Blick auffängt, läuft die Straße nach Tübingen. Hin und wieder lärmen Autos, der tägliche klapprige Bus, öfter aber sehen wir den Ochsenfuhrwerken nach, den Radlern.

In der Erinnerung erscheinen alle Flüsse, in denen ich schwamm, voller Kinderkraft. Sie locken kühl, Licht schluckend, die Köpfe schwimmen wie Bojen, wie dicke Blüten auf dem Wasser. Zuerst war's ein Teich im sächsischen Hartmannsdorf, die Schwazawa in Brünn, dann die March bei Olmütz, der Zwettl-Fluß im Waldviertel; jetzt der Neckar.

Ich will Euch nicht mit den Versen, durch die meine Flüsse fließen, schrecken, obwohl sie Euch womöglich mitrissen. Doch daß ich mich in jenem Grasgarten tummelte, in dem Hölderlin mit seinem Halbbruder Karl spielte, dort wo sich sein »zweiter Vater«, als der Neckar über die Ufer trat, den Tod holte, das könnt Ihr in Gedichten lesen.

Eben hab ich im Gras gelegen, drüben, und bin auf einem schmalen Balken über den Fluß balanciert, da die hölzerne Brücke abgerissen wird, einer steinernen weicht. Ich habe mich mit Jungen aus der Klasse getroffen, wir nahmen ein Stück räudiger Uferwiese in Beschlag, warfen uns auf alte Decken, noch naß, die Sonne trocknete den Rücken schnell.

Immer überfiel mich der Hunger, ein Hunger, der den Magen drückte und preßte und in den Kopf schoß, ihn leerte und gleichzeitig füllte mit dem Wunsch zu kauen, zu schlucken, und der erst nachließ, wenn ich aufsprang, mir den Ball angelte, mit dem die anderen spielten, und wieder ins Wasser stürzte, in den Neckar, der, floß er sommerlich träg dahin, ohne Mühe zu überqueren war, der aber, sobald ihn der Augustregen anschwellen ließ, tückisch strudelte, Unrat mit sich schleppte, totes Vieh, und das Wasser färbte sich aasig grün, wurde schwarz unter Gewitterwolken. Ans andere Ufer gelangt, hüben oder drüben, ging mir der Atem schwer. Ich warf mich hin, prustete, oder lehnte mich gegen einen Baum, rieb meinen Rücken an der Rinde, das Herz schlug gegen die Rippen, und ich hörte es, wie ich es nun höre beim Schreiben.

Mir fällt ein, daß ich, das Schwimmen im Fluß preisend, Euch von einem Jungen erzähle, der bei weitem jünger ist, als Ihr jetzt seid, und daß es mir nur mit Mühe gelingt, Euch in mein Flußalter zurückzuversetzen, und ich fürchte, daß Ihr Euch kein Bild machen könnt von unseren Flüssen, denn mein Neckar, unser Neckar fließt heute vor Euren Blicken anders. Noch immer kein Rinnsal, sicher, und noch immer juligrün und augustgewitterschwarz, und vielleicht kann man sogar noch in Ruderkähnen auf ihm fahren, ich weiß es nicht. Längst schwirrt nicht mehr das Geschrei badender Kinder über den Ufern. Das vergiftete Wasser strömt ruhig zum Wehr. Drüben auf der Straße jagen die Autos. Hüben haben sich Erinnerungen abgelagert, eine Bilderschicht unter neuen Bildern. Es kann sein – darüber haben wir neuerdings oft gesprochen – daß Ihr zur Zeit Eurer Enkel schon Masken tragen müßt, um Eure Lungen vor der gesäuerten und giftigen Luft zu schützen. Den Enkeln wird das so selbstverständlich sein, wie es für Euch ist, nicht mehr in Flüssen baden zu können.

Um mir die Zeit zu vertreiben, werde ich diesen Brief an Euch morgen ins Reine schreiben.

Die Nacht redet hier mit unvertrauten Stimmen, die lauter kleine Schrecken auslösen.

Kommt, wenn Ihr Lust habt, badet mit mir hier im See! […]

Wann immer ich fort will aus der Stadt, renne ich in sie hinein, verkralle mich. Es ist meine Stadt, wie es keine andere je sein kann. Ich hebe sie aus den Angeln und baue sie in Gedanken neu. Durchsetze sie mit Elementen aus anderen Städten, in denen ich wohnte, Olmütz, Brünn, Dresden, Zwettl. Es sind nicht Häuser, Plätze, Brücken, die ich hinzufüge, es sind Gefühle, die mich überkommen, wenn ich an eine bestimmte Gasse denke. Es ist, zum Beispiel, das wildernde Glück, das den Dreizehnjährigen mitnimmt, wenn er allein die im Sonnenstaub sich auflösende Hauptstraße von Zwettl hinunterrennt zum Brunnen, zur Pestsäule, die es auch in Olmütz gibt. Vielleicht kann er sie vertauschen und hier in Nürtingen zwischen Stadtkirche und Lateinschule ins Pflaster pflanzen, egal ob die aus Olmütz oder Zwettl.

Dennoch treibt die Stadt ihn aus und er sie sich. Sie will ihn nicht haben, er sie ebensowenig.

Bis heute nehme ich den Blick auf die Häuserfront mit, die über den Neckar hochsteigt. Ohne diese Ansicht komme ich nicht aus. Bis auf den Tag steckt der Junge in mir, dem immer wieder erklärt wurde, daß er nichts tauge, daß er kuschen und sich fügen solle. Hier hat er die ersten Verse geschrieben, sich als Trümmerclown seiner Liebsten empfohlen, hier hat er unter Anleitung von Fritz Ruoff sehen gelernt, hier, wo das vom Krieg ausgekotzte Kind noch einmal zu spielen anfing, vergebens, und wo es, um nicht zynisch zu verbiestern, in die Metaphet Yamin schlüpfte, hier, wo einem Geiger die Maschinenpistole aus dem Arm wuchs, mit der er in einem nachträglichen Schwenk die Schatten aus seinen Alpträumen niedermähte. Es ist meine Stadt.

Peter Härtling

Nürtingen, Neckarbrücke

Nur das Spiegelbild
im Neckar:
die Haut der Häuser,
die Wasserhaut der Häuser,
die ein Taucher
ahnungslos verletzt –
zurückgekehrt vom Grund,
treibt er
die Schwäne
ins alte Wirtshaus
und nimmt den Zeigern
an der Turmuhr
ihren Halt.

Peter Härtling

Landschaft unterm Hohenneuffen

Wenn die Bläue mir fehlt,
dunkler überm Absturz der Felsen,
wenn der Neckar
in meinem Gedächtnis
das Morgenlicht nicht mehr
wendet,
wenn die Zeiger der Turmuhr
meinen Traum teilen,
fange ich an
heimzukehren,
in eurer Sprache zu reden
vor dem
verschütteten Tal.

Otto Rombach

Der Postmichel

Neun oder zehn Jahre war ich alt, als ich das erste Theaterstück sah. »Der Postmichel von Esslingen« hieß es. Aber mir blieb von dem schaurigen Schauspiel nur eine Szene im Gedächtnis: Wie der unschuldig hingerichtete Postreiter Michel am Haus des unentdeckten Mörders vorbeiritt, den abgeschlagenen Kopf unter dem Arm und so auf seinem Posthorn blies. Marchthaler war der Name eines reichen Esslinger Bürgers, des Opfers jener Mordtat.

In seiner Patrizierstube, wo der durch seine Mordtat reich gewordene Neffe mit seiner »Schaloste« verstummte, als die Posthornweise und der Hufschlag näher kamen, war es zusehends dunkel geworden, während das Fenster blutrot aufzuscheinen begann. Nur noch als Schattengestalten waren die zwei erkennbar, die auf den gespenstischen Postmichel starrten, und natürlich war der gruselerregende Reiter nicht zu sehen. Aber mir ist erinnerlich, wie die Leute im Saal gepackt auf die Bühne blickten, weil wohl jeder in seiner eigenen Phantasie den kopflosen Reiter zu sehen vermeinte, auch ich. Anschwellend klang die volksliedartige Trompetenweise immer lauter, bis sie den ganzen Raum geradezu quälend durchtönte und, als der Geisterhafte weiterritt, in der Ferne verhallte. Nun trabte er nämlich über die Esslinger Steige nach Stuttgart hinein, um dort auch seinen Richter mit seinem gräßlichen Lied und Aufzug aus dem Schlaf zu schrecken.

Aber erst neuerdings ist mir das blutige Volksstück, von dem ich jahrzehntelang nur das rot aufscheinende Fenster und den entsetzlichen Mann auf dem Roß im Gedächtnis behielt, wieder ganz zum Bewußtsein gekommen. Ein Nachbar hatte mir über den Gartenzaun ein altes Sagenbuch gereicht. Da war auf einmal das unvergeßbare Jugenderlebnis wieder lebendig geworden, meine erste Begegnung mit dem Theater. Nun fesselte mich die Postmichel-Sage erneut, die ich zum ersten Mal gedruckt zu Gesicht bekam. Aber kein Schauder, der sich später über die Rampen großer Theater hinweg ausbreiten sollte, keine rot aufzuckenden Lämpchen in der Finsternis modriger Gänge, die wohl zur Themse führten, auch keine andere künstlich gewollte Gruseligkeit schien mir vergleichbar mit jener brandroten Postreiterszene. So untersucht man unwillkürlich, wie tief sich solch ein Eindruck in der Kindheit eingeprägt und wie man ihn bewahrt hat. Denn sicher war es keine bedeutende Truppe, die in unserer schwäbischen Landstadt gastiert hat. Auch war der Saal, der zum Gasthaus »Krone-Post« gehörte, nicht so geräumig, wie er mir nachmals vorgekommen war. Dort hätte jedoch im Posthof, wo noch der Postillion seinen Gaul einstellte, auch jener sagenhafte Postreiter Michel Banhard aus Deggingen leibhaftig von seinem Pferd steigen können, dem Schimmel. Außerdem hatten die Fuhrleute, die einst mit ihren Gespannen von Esslingen, Ulm und Reutlingen aus zur Messe nach Frankfurt reisten, gern in dem alten Fachwerkhaus unfern der Brücke eine Rast gemacht. Das wußten wir aus der Heimatkunde, Bezüglichkeiten genug, die der Postmichel-Sage einen Anschein von Wirklichkeit zu geben vermochten.

Aber war es nur eine Sage? In jenem Werk von vier Bänden, »Württemberg wie es war und ist«, das um die Jahrhundertwende neu aufgelegt worden war und viele Geschichten und Sagen enthält, zeigt nämlich eine Zeichnung das hohe, einfache Steinkreuz, das damals noch in Stuttgart an der Esslinger Steige an einer Weinbergmauer stand. Dort, am Ort der Untat, war auch die Jahreszahl noch lesbar: 1491. Aber den eigentümlichsten Hinweis darauf, daß die Begebenheit wahr sein soll, gab der Erzähler durch die Bemerkung, die er seiner Geschichte vorangestellt hatte: »Aus der Hauschronik des Hans Marchthaler in Esslingen, † 1595«. Offenbar haben jedoch die Fachgelehrten diese Chronik nicht auffinden können. Dagegen blieb in der noch immer mittelalterlichen Stadt am Neckar der unglückselige Postreiter nicht nur im Namen einer Apotheke, sondern auch durch einen Brunnen gegenwärtig, den man neuerdings freilich auch Fischbrunnen nennt.

Wie die Handlung jenes gruseligen Stücks, von dem noch mehr zu sprechen sein wird, auf der beengten Bühne ablief, wo die Kulissen über der Bühne aufgerollt hingen, wieviel Personen, welche Szenenbilder nötig waren, das alles hat sich mit derselben Unerforschlichkeit, mit der uns das Gedächtnis oft mit genauen Bildern überrascht, in der Erinnerung verloren. Nur jene Szene mit dem brandrot angestrahlten Fenster und dem geköpften Reiter auf dem Schimmel, den ich zwar nicht gesehen hatte, aber dennoch durch die Bannkraft des Erlebten oder Vorgestellten bildhaft vor mir sah, blieb mir ein Leben lang vor Augen.

Im Gasthaus »Krone-Post« mit seinem damals neuen Anbau, der als Festsaal und Theater diente, saß man im Sommer unter Kastanienbäumen. Über die Brücke ratterte manchmal »die Post«, hochräderig, mit einer Staubspur. Mitunter blies der Postillion. Aber manchmal gab es auch im Kastaniengarten Blasmusik, wo unter dem Maschendraht des kleinen Fontänenrondells Forellen standen. Abends war vielleicht

Tanz im Saal. Einmal hatte bei einem Fest auf derselben Bühne, hinter der ich später den Postmichel blasen und reiten hörte, die Turnerriege eine Pyramide dargestellt, die bengalisch angeleuchtet wurde, rot, grün und silberblau. Vier Mann hoch stand sie unbewegt, bis man nach dem Verlöschen des magischen Lichtes den obersten herunterklettern und dann die anderen auf den Boden hüpfen sah, als breche ihr dekoratives Gebilde aus Menschenleibern zusammen. Dies alles gehört, als Hintergrund einer Jugend, zu jenem erregenden, ersten Theatererlebnis.

Aufgeschrieben wurde die Sage, wie sie durch Nacherzählungen erhalten blieb, um 1844 von einem Pfarrer Munder in Eltingen, einem um diese Zeit noch kleinen Ort im Glemstal, wo sich heute die Autobahnen von Karlsruhe her und von Heilbronn im weiten Bogen um Stuttgart vereinen. Siebenmal mußte in einem halben Jahrhundert das über zweitausend Seiten umfassende Werk, das auch die Erzählung »Das Steinkreuz auf der Esslinger Steige bei Stuttgart« enthielt, neu aufgelegt werden, und sicher hatte der Autor des Stücks, das eine wandernde Truppe in unserer Kleinstadt spielte, die Erzählung des Pfarrherrn im Glemstal gekannt.

»In diesem Pfarrer von Eltingen«, schrieb der selber dichtende Schwabe Carl Weitbrecht, der anno 1898 die beliebte Sammlung neu herausgab, »steckt doch ein gutes Stück von einem rechtschaffenen Poeten«. Und wahrlich, so ist man in seiner Art zu sagen versucht, wenn das Erfinden von Gruseligkeiten ein Gradmesser ist, dann hat es dem schwäbischen Pfarrherrn nicht an Schauder erregender Phantasie gefehlt. Denn offenbar hat er, wer weiß in welcher Folterkammer, alle hochnotpeinlichen Marterwerkzeuge genau studiert, mit denen man den verdächtigen Postreiter Michel gequält hat, und man fragt sich angesichts dieser ausführlich geschilderten Grausamkeiten, wie wohl die Predigten waren, die der ländliche Kirchenmann seiner Gemeinde hielt? In seiner Erzählung hatte er kunstreich, obwohl man die Wahrheit bald ahnen konnte, die endliche Lösung der Spannung bis zum Ende hin aufgespart.

Lustig fing die Geschichte mit einem Richtfest in Stuttgart an, wo der wohlhabende Esslinger Gast, Herr Amand Marchthaler, bekannt als lediger, lebensfreudiger Herr in den sechziger Jahren, gern manche »Kanne stürzen« half, wobei er zum Abschied den Handwerksleuten zwei Pfund Heller schenkte. Es wurde gesungen und dazu »dürr Holz gespielt«. Also »gegeigt«, erklärte der dichtende Pfarrer, der mit Vorliebe altertümliche Wörter gebrauchte, die manchmal nicht ohne Reiz sind. »Genetzelt« hatte die zwanzigjährige Maid, die aufs Heiraten aus war, den zwei Jahre jüngeren Marchthaler-Neffen, also in ihre Netze gezogen. Als seine »Schaloste« erscheint sie in der Erzählung, ein Wort, das von dem noblen Scholastika abstammt. So nannte man Lehrerinnen. Hörte man nicht aus dem Wort Schaloste etwas Verschlamptes heraus? Unschwer kann man deshalb vermuten, was die beim Tanzen »netzelnde« Jungfer den ihr gefügigen Burschen gelehrt haben mag, der im Haus seines wohlhabenden Onkels wohnte. Er lebte von ihm. Er würde, das wußte das ungute Paar, das der Onkel nicht dulden wollte, sein Erbe bekommen. Aber sie brauchten es bald. Als man nach jenem Richtfest in Stuttgart den schrecklich zu Tode Gebrachten, der sich verzweifelt gewehrt haben mußte, an der Esslinger Steige fand und erkannte, und als nachher der Neffe heran gestürmt kam, ein plötzlich von seinem guten, hilfreichen Onkel allein gelassener, junger Mensch, glaubte ihm jeder seine Entsetztheit und seinen Jammer. Wer mochte dabei an das große Vermögen denken, das ihm nun zufiel:

das schöne Stadthaus, die Äcker. Dankbar ließ er für seinen Onkel ein teueres Epitaph ausmeißeln. Anscheinend war es ein grausam beendeter Raub gewesen. Denn man hatte bei dem so gräßlich Erschlagenen auch dessen kostbaren Ring vermißt. Aber man mußte die Kerle laufen lassen, denen man eine solche Schreckenstat zutrauen konnte. So vergingen zwei Jahre, ohne daß der Täter entdeckt worden war.

Ungenau, wie das Gedächtnis auch vergessene Bilder manchmal wieder sichtbar werden läßt, stellte sich nun, an das Bühnenstück denkend, doch die Erinnerung an teuflisch hintersinnige Gespräche der Schaloste mit dem haltlosen, jungen Matthäus und an die Väterlichkeit des Herrn Marchthaler ein. Unwillkürlich hatte wohl der Erzähler, wie der Verfasser des Volksstücks, das Kunstgesetz angewandt, den Leser oder Beschauer mehr ahnen oder wissen zu lassen, als den Personen der Handlung bekannt sein konnte, die vergeblich den Täter suchten. Man wußte, daß es der Neffe Matthäus war.

Um so mehr Mitleid zog der einfache Postreiter Michel aus Deggingen auf sich, der eines Tages – welch ein Fund – an der Esslinger Steige einen Ring am Boden blitzen sah. Er hätte ihn abliefern müssen, und das wollte er auch. Er hatte nicht an die fast vergessene Untat gedacht. Aber er gab der Versuchung nach, sich einige Zeitlang, indem er den Ring des öfteren an seinem Finger blitzen ließ, an seinem kostbaren Fund zu erfreuen, bis einer im Posthaus den Ring erkannte. Dann nützte dem Postmichel keine Beteuerung mehr, schuldlos zu sein. Zudem folgten nun nacheinander die immer grausiger zupackenden Vernehmungen und jene Quälereien in der Folterkammer, die er nicht mehr ertragen konnte, so daß er endlich ein Geständnis machte, das er aber nachher widerrief. Mitsamt den schaurigen Geräten, wie sie damals üblich waren, hat sie der Pfarrherr von Eltingen der

Reihe nach blutdunkel ausgemalt, erfüllt von der Verfinsterung des Mittelalters. Denn er beschrieb ja jene Geschichte in der Zeit der deutschen Romantik, die aber auch die Zeit des bürgerlichen Aufbegehrens gegen die alten Obrigkeiten mit ihrer Willkür war. Vergleicht man jedoch, welche Greuel in unserer Zeit von Menschen an anderen Menschen begangen werden, dann lebt die Dumpfheit, die man dem Mittelalter immer wieder andichtet, erbärmlich weiter.

Ungerührt, eher erleichtert, und ohne ein Wort für den zu Unrecht verurteilten Postreiter einzulegen, hatte der Neffe Matthäus vom Fenster aus mit seiner Schaloste dem finsteren Aufzug zugesehen, als man den armen Michel auf seinem Schimmel zum Richtplatz reiten ließ. Daß er, der reiche Erbe, kein Mitleid für ihn habe, hatte der arme Teufel dem jungen Marchthaler zugerufen, das sollte ihn wohl nicht ruhen lassen. Aber er blase ihm noch ein lustiges Stücklein zum Abschied. Das tat der Michel, während der herzlose Bursche auf seinem Fensterkissen, so drückte es der Erzähler altmodisch aus, »tändelnde Schmoller gegen sein Maid machte«.

Auch auf dem Richtplatz blies der Michel, als eine letzte Vergünstigung, noch seine Posthornweise. Die werde auch er, der Scharfrichter, künftig noch so lang vor seinem Haus in Stuttgart hören, bis man den Mörder gefunden habe, sagte der Postmichel. Aber mitten in seinem Lied schlug der Scharfrichter zu.

Da glaubte man gleich darauf, jenseits am Neckar, wo die Straße nach Stuttgart verlief, ein Posthorn blasen und einen Reiter traben zu hören, »der sich nach und nach hinter den Bergen verlor«. Monate später, um Mitternacht, ritt dann in jener gespenstischen Szene, die jedem in unserem Theatersaal einen Schauder einjagte, der Postmichel blasend vor den Fenstern des offenbar doch von Gewissensbissen gequälten

Matthäus vorbei. Denn wenn man den Kern der Sage herausschält, dann gibt die Erzählung eigentlich nur den Wahn des Verfolgten wieder, der das Horn zu hören und den kopflosen Schimmelreiter wohl nicht nur in dieser Mitternachtsstunde zu sehen meinte. Innerlich wurde er wohl von dem Wahnbild immer als Inbegriff seiner Schuld verfolgt. Bald raffte er nämlich alles erreichbare Geld zusammen und was er sonst an Wertvollem mitnehmen konnte und verschwand aus der Stadt. Seine Anstifterin, die Schaloste, ließ er zurück, die nachher in den Neckar ging. Allzu verstörend, wie eine tägliche Anklage, waren für ihn ihre Gegenwart und die Erscheinungen des Reiters gewesen, die er später als leibhaftig gehört und gesehen gebeichtet hat.

Denn nach sechs Jahrzehnten kam er unter falschem Namen in seine Stadt am Neckar zurück, ein Unbekannter, den schließlich der Postreiter Michel zur letzten Beichte zwang. Überall, wo der unstete Flüchtling Vergessen oder den Tod zu finden gehofft hatte, ob im Gemetzel von Kriegen oder im Leben mit Pestkranken, überall hatte er seinen kopflosen Postmichel reiten und blasen gehört und ihn vor sich gesehen. Angeblich war der Michel nun auch um die Geisterstunde im Hof des Stadtspitals erschienen, wo der ausgemergelte Mann nur noch hilflos herumliegen konnte. Zwar sei das Hoftor verriegelt gewesen, sie hätten dagegen wahrhaftig einen das Posthorn blasenden Reiter gehört und gesehen, der »nicht bekopfet« gewesen, behaupteten einige Leute. Man habe trotzdem am Morgen keine Spur entdeckt.

Auch dieser Bericht gehört wohl der Sage an, die um das anscheinend wahre Geschehen durch viele Nacherzähler aufgewuchert ist. Denn erst dieses erneute Erscheinen des Postmichels hat den von Krankheiten schwachen Spitalgast endlich dazu gebracht, seine Schuld zu bekennen. Dann hat er wohl bei dem Geständnis, das er zäh hinausgezögert hatte, auch dieses Spukerlebnis mitgeteilt – verwirrte Wahngesichte, die aber für ihn mit den inneren Augen geschaute Wirklichkeit waren.

Nichts lag dann für die Nacherzähler näher, von denen jeder mehr dazu erfunden hat, als diese schaurigen Verfolgungsbilder als wirkliche Begebenheiten darzustellen. Manche Sage hat sich so um einen wahren Kern geschichtet. Jetzt, in der Erzählung und Tragödie, haben nämlich auch die Nachbarn angeblich wahrgenommen, was von dem alt gewordenen Totschläger als seine eigenen Dämonien überliefert wurde. Wie gern glaubte man die Unerklärlichkeiten, nachdem die Erzähler behaupteten, so sei es gewesen und schließlich: »So ist es gewesen!« Sonst hätte das Geständnis im Spital nur einen Seelenforscher fesseln können. Aber als Wirklichkeit mit dem kopflos blasenden Reiter, der aus Verfolgungsphantasien stammte, war die Geschichte so hintergründig geworden, daß sie über das Mitleid hinaus jeden durch jenen schrecklichen Schauder gepackt hat, der von allem Unheimlichen ausgeht. Oder war es so, wie die Sage berichtet?

Mit dieser Frage trat wohl auch mancher aus dem kleinstädtischen Theatersaal der »Krone-Post« in die Nacht hinaus. Immer braucht man ja Zeit, wenn die Unwirklichkeit des Theaters uns in eine andere Welt versetzt hat, auch wenn es auf der Bühne um unsere eigene Wirklichkeit in der Gegenwart ging. Liest man dann nach, was man gehört und gesehen hat, und sei es erst nach Jahrzehnten, dann kommt uns vielleicht ein neues und anderes Verständnis dafür. Damals hat man das Spiel so hingenommen, wie es war, und man wünscht sich vielleicht, es im Abstand nochmals zu sehen, wie ich den unvergessenen »Postmichel von Esslingen«. [...]

Heinz Piontek

Die Küfer …

Die Küfer
hinter den Spionen:
Geister des Glockenspiels.
Die Berge
sind aus den Scherben
grüner Weinflaschen.
Der Neckar
im Herbst phantasievoll
wie ein Müller.
Die Züge
fahren pünktlich
vorbei.

Neckarkiesel

Ich möchte nicht tot und begraben sein
Als Kaiser zu Aachen im Dome,
Weit lieber lebt' ich als kleinster Poet
Zu Stukkert am Neckarstrome.

Heinrich Heine in seinem »Wintermärchen«

Neckarkiesel

»... wir sind eben aus Stuttgart in die frischere Neckarluft von Cannstatt herübergesiedelt.«

Ferdinand Freiligrath am 29.07.1874 an Julius Wolff

Anonym

Schwäbisches Volkslied

Auf'm Wase graset d' Hase
Und im Wasser gambet d' Fisch,
Lieber will i gar koi Schätzle,
Als no so en Flederwisch.

Muetter, muscht mer, schlah me s' Blechle,
Türleshosa macha lau',
Daß i au so Türleshosa
Wie der Herr Provisor hau'.

Gang mer weg mit Sametschühla,
Gang mer weg mit Bändela
Bauramädla send mer liaber,
Als so Kaffeebembela.

Wo'n i hau no kratzt und bissa,
Hot mi wölla koina küssa;
Seit i nimme kratz und beiß,
Krieg i Küssla dutzendweis.

Kleine Kügela muß mer gießa,
Wenn ma Vögela schießa will;
Schöne Mädla muß mer lieba,
Wenn mer schöne Weiber will.

Wo'n i hau' mei Schätzle gnomma,
Hot mei Muetter grausig tau',
Hot mi bei de Aura gnomma,
D' Stiega abe fliege lau!

Sag du no zu meiner Schwieger,
Sui soll mi passiera lau',
I werd' schau' mei Schatz versorga,
Sell werd sui en Dreck a gau!

Hinter meiner Schwiegermuetter
Ihrem graußa Himmelbett
Stot a ganzer Sack voll Sechser,
Wen i no die Sechser hätt!

Hinter meinem Schwiegervatter
Seinem graußa Sekretär
Stoht a dicker Oichaknippel
Wenn den no der Deifel hett!

Auf der Maura laura Baura,
Pfeife wia die Haselmäus.
Laßt das Laura, ihr Saubaura,
Machet mir jo do nix weis!

Carl Theodor Griesinger

Ins Bad! Ins Bad!

»Ins Bad! Ins Bad!«

»Aber ich habe Geschäfte, unaufschiebbare Geschäfte!« »Pfui Satan; wer wird von Geschäften reden, wenn vom Bade die Rede ist. Verschieben Sie Ihre Geschäfte, ernennen Sie einen Stellvertreter, lassen Sie Alles liegen und stehen, wie es liegt und steht, halten Sie um Urlaub an, Herr, Sie müssen ins Bad …«

»Aber warum muß ich denn gerade ins Bad? Könnte ich nicht auch eine Reise machen?«

»Nein, mein Herr, Sie müssen ins Bad und sollen keine Reise machen. Sehen Sie, im Bade sammeln sich gegenwärtig alle Notabilitäten. Da lernen Sie Menschen kennen, die Ihnen für die Zukunft nützen können. Da lernen Sie Mädchen und Weiber kennen, von denen Sie, wenn Ihre Frau einmal stirbt, später eine auswählen können. Da sind Sie frei voll allen Geschäften und gewöhnen sich sogar ans Nichtsdenken, was bei Ihrer Carriere so nothwendig ist. Da erholen Sie sich von Ihren Strapazen, kurz, da werden Sie ein Mann von Weltton, ein Mann der Mode, ein gebildeter Mann …«

»Auch recht. Also Gott befohlen; im Bade sehen wir uns wieder!!«

Heinrich Ebner

Das Volksfest

Wenn Jemand am 27. und 28. September genügend hoch stationirt wäre, um ganz Schwaben wie eine Landkarte zu übersehen, so müßte dieser Jemand einen ganz merkwürdigen Anblick haben. Er müßte sehen, daß ganze Menschencarawanen, einzelne Gruppen, Fuhrwerke jeder Art und Benennung, endlose Eisenbahnzüge, Reiter, Fußgänger in allen denkbaren Radien dem Mittelpunkt des Landes, Stuttgart-Cannstatt, zustreben. Alle Wege zum »Wasen« sind bedeckt mit Menschen und Gefährten, die Eisenbahnverwaltung leistet Riesiges, jeder Bahnzug speit Hunderte und wieder Hunderte von Menschen aus, der Stuttgarter Droschkenkutscher wird immer gröber, der Fiaker immer verlotterter, sie setzen den letzten Atemzug ihrer Pferde daran, von dem Menschen- und Geldstrom möglichst viel in ihre Vehikel, beziehungsweise Taschen zu leiten, das Menschenreservoir der Hauptstadt hat sich in den »Wasen« entleert, zurückgeblieben sind nur Kranke und Gebrechliche, Säuglinge und Greise und solche, deren schwarzgallige Natur den Anblick so vieler heiterer Gesichter, den sinnverwirrenden, aber lustigen Lärm da unten nicht ertragen kann. Gegen 11 Uhr ist fast nicht mehr durchzukommen, eine halbe Stunde später füllt ein betäubendes, über den ganzen Festplatz hinrollendes Hoch! die Luft: der König und die Königin sind in den riesigen Circus eingefahren, wo außer den offiziellen Personen das sonstige, zu Tausenden auf den Bänken sitzende Publikum schon seit einigen Stunden in der Sonne schmort.

Die Damen sind in großer Toilette, die Herren in Uniform. Indessen nun hier die offizielle Seite des Festes Vorführung des Preisviehs, Auszeichnung der Aussteller, Besichtigung der Ausstellung etc. und schließlich auch die Wettrennen, sich abspielt, pulsirt außerhalb des Circus in den durch Wirthschafts- und Krambuden, Menagerien, Kunstreitercircen, photographische Ateliers etc. gebildeten Gängen ein merkwürdiges Leben. Das ist ein Wogen, Treiben, Begrüßen, Dudeln, Singen, Schreien, Musiciren! Hier grölen die Besitzer von »Morithaten« hier deklamiren Guckkastenmänner, dort laden mit Trommelwirbel und Trompetenstößen Seiltänzer und Kunstreiter zum Besuch ihrer Arenen ein, die Taschenspieler und Schnurranten martern die Ohren mit allen erdenklichen Mitteln, der Homme-orchestre gibt die ganze Ouvertüre aus Martha zum Besten, der polnisch Bär tanzt nach dem dumpfen Schlage der Pauke, das Dromedar läßt sein ungehobeltes Schnarchen und Gebrüll hören und in den Wirthschaftsbuden sind – gequält wie durch Muskito's von Violinisten, Harfenisten, böhmischen Musikern, Fulder Virtuosen, feuerverschlingenden Genies und anderen problematischen Naturen – vergnügungssüchtige Residenzler, Männer und Frauen aus der Provinz mit verschollenen Gewändern und eigentlich unmöglichen Toiletten beschäftigt, bei einer colossalen Kneiperei, bei Sauerkraut und »Spätzle«, Blutwurst, Schweinefleisch, neuem Bier und neuem Wein, Kuchen, Trauben, Käse und Nüssen, sich den Magen in nie geahnter Weise zu verderben.

Manfred Rommel

Als Meister des Bierfaßanstichs …

»Jungfrau, schmück dich mit dem Kranze,
Pudel, wedle mit dem Schwanze,
Jüngling, bügle rasch dei Hos',
denn jetzt geht das Volksfest los.«

Das Cannstatter Volksfest ist das schwäbische Kulturereignis. Es ist das schwäbische Bayreuth. Obwohl wir Schwaben zu nüchtern sind, um der Wagnerschen Mystik zum Opfer zu fallen. Der Cannstatter Wasen ist ein reellerer Ort als die Gralsburg. Hier schäumt das Bier und nicht die Symbolik. Parzival war kein Schwabe. Er hätte eine schwäbische Mutter gebraucht, die ihm den »Roscht runterdo« hätt.

»Nach seinen Lebensplänen gefragt,
hat Parzival seiner Mutter gesagt:
Ich höre schon der Rosse Hufschall,
das Rittertum is mei Berufswahl.
Die Mutter meinte ziemlich bitter:
Du wirst ein Postbot' und kein Ritter.
Statt von Schwert und Spieß zerrissen,
wirst du nur vom Hund gebissen.
Und überdies: Der Pfefferspray
macht dich von jedem Kläffer frei.«

Das Cannstatter Volksfest ist auch das württembergische Woodstock, wo unsere Volksseele sich findet, neu begreift und von ihrer besten Seite zeigt. Hier braucht man sich nicht einmal im Dreck zu wälzen wie in Woodstock, um sagen zu können: Ich war dabei. Trotz der Wahlen, die ihre Schatten vorauswerfen, braucht man sich auch nicht mit Dreck zu bewerfen. Im Übrigen:

Wenn schon mit Dreckbollen geworfen wird, kommt es nicht darauf an, möglichst oft zu treffen, sondern möglichst wenig getroffen zu werden.

Aber die Politik hat natürlich auch ihr Gutes. Ein Amerikaner hat sogar einmal gesagt, die Politiker hätten Ruhe und Frieden in sein Heim gebracht – seine Familie sei dauernd unterwegs, um zu demonstrieren.

Man muß ja froh sein, wenn bloß einer schwätzt und nicht mehrere gleichzeitig, obwohl, wenn mehrere gleichzeitig reden, das in einer Gesellschaft, in der ohnehin niemand zuhört, Zeit spart.

Wenn ich auf dem Volksfest reden muß, bekomme ich regelrecht Lampenfieber. Es ist nämlich kaum möglich, einen Witz zu machen, durch den sich keine Gruppe in ihrem Ansehen beschädigt wähnt. Selbst Gastronomen sind nicht so robust, wie die meisten von ihnen äußerlich wirken. Ich habe mal erzählt, daß sich in einer Wirtschaft zwei unterhalten haben. Einer von ihnen sagte: »Und dreimal im Jahr mache ich Ölwechsel.« Da meldete sich ein Herr am Nebentisch zu Wort und fragte: »Entschuldigen Sie, was für ein Auto fahren Sie?« Da sagte der: »I hab koi Auto, i hab a Pommes-frites-Bude.« Schon hat mir ein Gastwirt nahegelegt, solche Bemerkungen künftig zu unterlassen.

Vor einigen Jahren habe ich hier im irrigen Glauben, es fühlte sich niemand betroffen, erzählt, daß ein Mann angeklagt war, seine Gattin ermordet zu haben. Der vorsitzende Richter habe gemeint, er könne manches verstehen, aber nicht, weshalb er seine Frau mit Pfeil und Bogen erschossen hatte. Da habe der zartfühlende Angeklagte gesagt: »Herr Richter, i wollt doch die Kinder nicht aufwecken.« Schon hat mir eine Dame geschrieben, das hätte sie nicht von mir gedacht, daß ich so frauenfeindliche Witze verzähl. Wenn ich aber den Witz so umgearbeitet hätte, daß sie ihn und nicht er sie verschossen hätte, dann wär's au net recht gwä.

Auch die Justiz ist empfindlich. Zum Beispiel habe ich neulich den Witz vom schielenden Richter erzählt, vor dem drei Angeklagte gestanden sind. Der Richter hat den ersten gefragt: »Wie heißen Sie?« Daraufhin hat der zweite gesagt: »Johannes Kräutle.« Da hat der Richter gesagt: »Sie habe ich nix gefragt.« Drauf sagte der dritte Angeklagte: »I hab au nix gsagt.« Scho lag ein Zettel in meinem Briefkasten, ich soll wenigstens die Justiz in Ruhe lassen; die einzigen Witze, die ich machen könnte, wären die über Beamte. Zum Beispiel: »Wer schafft im Rathaus? Das Holz.«

Auch des dät net stimme, denn das Stuttgarter Rathaus ist aus Beton und der schafft net. Auch bin ich selber Kommunalbeamter, und wo kämet mir hin, wenn d' Leut anfangen täten, über sich selber zu lachen.

Unkritisiert kann man heute nur noch eine Trauerrede halten. Aber auch bei der kann ebbes Dumms passieren. In verhältnismäßig kurzer Zeit sind einmal zwei Angehörige der Familie Korn gestorben. Bei der Beerdigung vom zweiten hat der Pfarrer in seiner Predigt gesagt: »Schon wieder hat es unserem Herrn gefallen, einen Korn zu sich zu nehmen.« Das hat au net so recht paßt.

Manche sind beruflich fast überfordert. Da gehöret mir Beamte dazu. Aber auch Kellnerinnen im Bierzelt. Ein Herr hat im Bierzelt a Weckle bestellt. Wie des komme ist, war es ziemlich feucht. Da hat der zur Kellnerin gesagt: »Frollei, des Weckle ist ja ganz naß.« Da hat die ihm aber rausgebe: »So isch's recht, in jeder Hand fünf Maßkrüg und noch zwei Weckle unter de Ärm und net emol schwitze dürfe.«

Ich bin nicht bloß Kommunalbeamter, sondern auch Politiker. Das ist noch schlimmer. Deshalb bin ich besonders verwundbar. Mir Politiker wollet es nämlich recht machen, aber die Leut drohet uns, daß sie uns nimmer wählen. Das nützt bei mir nix. Denn mit 68 muß i in den Ruhestand, und bis dahin bin i gewählt.

Auf einer Wahlkampfreise sah einmal ein prominenter Kandidat eine ältere Dame am Straßenrand stehen mit einem Blumenstrauß in der Hand. Er ließ anhalten, schüttelte der Dame die Hand, nahm den Blumenstrauß und stieg wieder ein. Da erklärte die Dame: »I ben froh, daß er mir wenigstens mei Gießkännle gelassen hat, i hab nämlich grad zum Friedhof wolle.«

Möge dieses Volksfest der Verfeinerung der schwäbischen Sitten und Gebräuche dienen, damit wir uns vor den Badenern nicht genieren müssen. Möge diese Stätte der kulturellen Veredelung dazu beitragen, die gröberen Worte in unserer Sprache in den Hintergrund zu drängen und sie durch feinere zu ersetzen. Bei einem Spätzleverzehr im Familienkreise sagte der Sohn zum Vater: »Vatter, dir hangt ebbes am Rüssel.« Darauf warf die feinsinnige Mutter ein: »Sait mer au zu Vatters Gosch Rüssel?«

Müssen die auf die Sitzfläche bezogenen Ausdrücke in dem Maße, in dem dies leider noch der Fall ist, die Umgangssprache gerade auch der Gebildeten beherrschen?

Eine junge Dame kehrte nach längerem Aufenthalt in der Landeshauptstadt in ihren Heimatort zurück und wurde von einem Bekannten gefragt: »Bärbel, was hascht denn gelernt in Schtuegert?« Daraufhin sagte sie: »Bildung und feine Lebensart, du Arschloch.« Muß das sein? Ist der ständige Gebrauch des l. m. A., des sogenannten schwäbischen Grußes, notwendig im Zeichen des zusammenwachsenden Abendlandes? Kann man nicht einfach sagen. »Mein Herr, Sie können mir gestohlen bleiben«?

Sie sehen, ich erwarte viel von unserem Volksfest, das nicht ohne Hintersinn in Cannstatt stattfindet, dem feinsten Platz in unserer Stadt.

Möge auch dieses Volksfest den Volksgeist heben, die Herzen höher schlagen lassen und die althergebrachte Gesittung wiedererwecken, damit die schwäbische Identität unbeschädigt in die Zukunft gerettet wird. Vor allem möge es dienen dem Respekt der Jugend vor dem Alter. Eine Mutter mußte kürzlich ihrer Tochter sagen: »So isch's recht, mit sechzehn schon einen Freund haben, aber den 32. Geburtstag von der Mutter vergessen.« Ein Familienbesuch des Volksfestes und der Fahrgeschäfte mit anschließendem längeren Aufenthalt in einem Festzelt stellt die althergebrachte Achtung der Jugend vor dem Alter wieder her. Und da ich auch nicht mehr der Jüngste bin, lege ich darauf den größten Wert.

Jetzt hoffe ich, daß viele hierherkommen auf den Cannstatter Wasen, und daß sie hier glücklich sind. Und daß sie gut wieder heimkommen. Ein Volksfestbesucher ist, nachdem er auf dem Heimweg noch einige Wirtschaften aufgesucht hatte, um ein Uhr bezecht nach Hause gekommen. Die Gattin hat schon mit dem Nudelholz auf ihn gewartet und hat ihm, als er die eheliche Wohnung betrat, mit den Worten eine übergezunden: »Beim Gongschlag ist es eins.« Da meinte er: »Bin i froh, daß i net scho um zwölfe heimkomme bin.«

Als Meister des Bierfaßanstichs werde ich nun meines Amtes walten. Ich bitte zurückzutreten und die ersten Sitzreihen zu räumen.

Werner Veidt

Uf dr Neckrbrück

Uf dr Neck'rbrück stoht ganz verzweifelt e Ma',
Der schluchzt so bitterlich vor sich na'.
I kann's net sehe, wenn e' Mannbild weint.
Wie i na'guck, war's dr Karle, mei Fraind.
I hab mi buchstäblich für en geniert.
»Ja, Karle«, frag i, »was isch denn passiert?«
»O«, hat der gjammert, on' die Träne sind gloffe:
»An der Stell ischt beim Bade mei Weib versoffe.«
»Ja freilich«, sag i, »dees war e Malheur,
Aber erschtens isch's jo scho so lang her.
Ond zweitens, Reschpekt vor deiner Treue,
Hascht doch seit letscht Jahr wieder e' Neue.
Die Gret', die ischt doch au fleißig ond recht.«
»Dees scho«, moent do dr Karle ond secht:
»Do gibt's kein Zweifel, reacht wär se, mei Gret',
Bloß dees ischt dr' Deifel, sie badet halt net.«

Joe Bauer

Am Neckar

Mit der Linie 2 fuhr ich am Morgen einige Stationen weiter als üblich durch Stuttgart und stieg erst in der Mercedesstraße aus. Nicht weil ich verschlafen hatte. Ich musste nach Bad Cannstatt, die Hochwasserlage prüfen. Hochwasserlage, hatten sie im Fernsehen gesagt, Hochwasserlage, wie Hanglage. Bald würde es wieder regnen. Das war gefährlich.

Als ich von der Brücke aus die Brühe unter mir sah, wurde mir schlecht. Die Hochwasserlage hielt sich in Grenzen, aber der Neckar sah aus, als ob er kotzte und kochte vor Wut. Drei Männer an der Schleuse stocherten mit Stahlstangen im Wasser sie versuchten den angeschwemmten Haufen Unrat zu zerkleinern, damit das Grobzeug weiter treibe.

Autoreifen, Bauschutt. Alles im Fluss.

Ich hätte einen Drink gebraucht und einen Hocker in der Bar zum Krokodil.

Als ich ungefähr einen Meter groß war, habe ich mir einen Fluss gewünscht. Einen, auf dem man Floß fahren könnte wie Huckleberry Finn. Ich wohnte nicht wie Huckleberry Finn am Mississippi. Ich wohnte an der Rems. Nichts Halbes, nichts Ganzes. Die Rems hätte nur bei guter Hochwasserlage ein Floß getragen.

Die Rems, dieser Möchtegernfluss, aus dem kein Hund freiwillig saufen würde, überflutete gerade die Keller von Waiblingen, als ich auf der Neckarbrücke stand. Der Waiblinger ist ein Problem, ich weiß.

Die Rems ist ein Ausfluss an Schäbigkeit.

Als ich am Neckar aus der Straßenbahn stieg, sah ich auf der Brühe einen Frachter, er lag steuerbord. Am Bug stand der Name Emma. Ich glaube nicht, dass ich Lust hätte, auf einem Schiff namens Emma anzuheuern. Emma klingt nach Strandgut. Ich hätte Emma gern gefragt, warum sie Emma heißt, aber es gibt keinen richtigen Zugang zum Neckarufer in Cannstatt. Die Stadt hat ihren Fluss vergessen.

Backbord entdeckte ich drei Schilder mit drei Hinweisen: È Assolutamente Proibito Pescare, Ribanje Zabranjeno, Balik Avlamak Yoser Tir. Jetzt möchten Sie wissen, was das auf Deutsch heißt. Ich sage es Ihnen: »Angeln verboten«.

Ich wollte nicht angeln. Ein guter Seemann fischt nicht im Trüben. Ich wollte den Neckar fragen, warum er schäumte und kackbraun war im Gesicht. Er schäumte nicht wegen Emma.

Dann ging mir ein Licht auf: Dies war seine letzte Warnung. Wenn nicht bald etwas passiert, wollte der Neckar sagen, dann habt ihr Ahnungslosen da draußen auf dem Trockenen ein Problem. Das Problem heißt Hochwasserlage. Ich mache ernst. Ich bringe mehr Menschen um als die Rems. Eines Tages wird der Neckar aus seiner Haut fahren. Er wird sich rächen. Weil er behandelt wird wie ein nasser Hund. Missachtet, verletzt.

Der Neckar ist der Huckleberry Finn der Flüsse. Keiner kümmert sich um ihn. Bei Hochwasser nicht und bei ruhiger See auch nicht.

Gut, da ist Emma, aber Emma schwankt im Wasser wie eine betrunkene Kellnerin in der Bar zum Krokodil.

Ute Harbusch

Die Neckarschlacht

Das Drama beginnt mit dem Auftritt Verlaines. Er setzt die Phantasie der Biographen, Romanciers und Theaterautoren erst so richtig in Bewegung:

»Im März geschah etwas Unerwartetes. Tatsächlich erschien mein guter Paul auf der Bildfläche. Er kam einfach so herein (…). Wir lagen uns in den Armen. ›Mein lieber Paul, war es schön im Gefängnis?‹ sagte ich. Er schluchzte auf und preßte seinen kahlen Kopf gegen meine Wange.« *(Henning Boëtius)* Oder so: »Ein Windhauch ließ das schwächliche Weinlaub an der Hauswand erzittern; Verlaine nieste und zog sein Taschentuch hervor. Ein Rosenkranz fiel zu Boden. Er konnte ihn eben noch schnell genug aufheben, bevor Rimbauds schwerer Schuh näher kam. Die Blicke der beiden Männer trafen sich.« *(Françoise d'Eaubonne)* Sie »traten in die kleine Kneipe an der nächsten Ecke. Arbeiter lehnten am Ausschank und andere saßen mit ihren Frauen an den blanken Tischen.« *(Alfred Wolfenstein)* »Zwischen den Tischen bewegten sich lachende Kellnerinnen in plissierten Unterröcken, mit dicken Hintern, roten Armen und von entmutigender Reinlichkeit. An ihre Mieder, die aus allen Nähten platzten, drückten sie Bündel schäumender, funkelnder Krüge; im Steingut spiegelten sich die Lampen, und drei Tiroler in festem Schuhwerk kratzten ein Liedchen auf der Geige.« *(Françoise d'Eaubonne)* Die beiden soffen in einer nicht enden wollenden Kneipentour ein Bockbier nach dem andern *(Alfred Wolfenstein)*, oder Rimbaud machte Verlaine absichtlich betrunken *(Ernest Delahaye)*, oder Verlaine kam schon torkelnd daher *(Paul Zech)*, oder Rimbaud kippte sich zwölf Schnäpse hinter die Binde *(Andreas Marber)*. »Wenige Stunden später« *(Paterne Berrichon)*, oder am letzten Abend *(Paul Zech)*, »geschah, was geschehen mußte. Unser Sadist wollte sich seinen sexuellen Gewohnheiten überlassen« *(Colonel Godchot)*, oder Verlaine »riskierte eine allzu zärtliche Geste« *(François Porché)*, jedenfalls »mußte er auf seine ›Gottesgesten‹ verzichtet haben« *(Isabelle Rimbaud)*, oder die beiden gerieten »in äußerst heftige und hitzige Diskussionen über Religion.« *(Enid Starkie)*. Vielleicht sogar war Verlaine gekommen, »als Brigant kostümiert (zur Erinnerung!), um auch Arthur zu bekehren und ihn zugleich abzuholen.« *(Adolf Christian)*. »Nochmals zog es ihn zu dem ungebundenen Leben der Landstrasse. Er glaubte in sich den Landstreicher und das Gotteskind vereinen zu können. Rimbaud aber hatte sich von der Vergangenheit gelöst.« *(Hedwig Kehrli)* »Du bist die Vergangenheit, das bist du für mich, und dies ist ihre letzte Nacht. Ich will es ihr besorgen, ich will sie spätestens bis zum Morgen totschlagen.« *(Alfred Wolfenstein)*

Da kommt es »bei einem Spaziergang in die Umgebung« *(Colonel Godchot)*, »in einem Wäldchen extra-muros« *(Pierre Petitfils)*, »in Stuttgart-Degerloch, oben auf der Waldhöhe, an der Stelle, wo jetzt das Restaurant ›Onkel Toms Hütte‹ steht« *(Paul Zech)*, »mitten auf der Hauptstätterstraße« *(Emil Belzner)*, »in den Neckarauen bei Bad Cannstatt« *(Erinnerungsplaketten, Presseinformation)* zum Kampf. Rimbaud schlägt auf Verlaine ein. »Wie eine besoffene Nutte, die nach ihrem impotenten Liebhaber mit dem Lacktäschchen schlägt. Woran man sieht, daß das Leben nicht die Kunst imitiert sondern den Kitsch.« *(Andreas Marber)* »Weit außerhalb Stuttgarts« endet der Streit »in einer Schlacht nicht mehr aus Worten, sondern aus Faustschlägen, nachts im Schein des Mondes am Ufer der Necker [sic!], deren Fluten sich in nur zwei Schritt Entfernung dahinwälzen und dem phantastischen Roman dieser beiden Besessenen einen allzu natürlichen Epilog zu bieten scheinen. Völlige Einsamkeit, kein anderer Zeuge des Kampfes als die gespenstische Masse der Tannen des Schwarzwalds [sic!] am Horizont.« *(Ernest Delahaye)* »Beide waren in ihrem eingeborenen Recht, und lediglich das Schicksal vollzog den bösen Ausgang. Verlaine blieb auf der steilen Uferböschung liegen: ein geschundener blutüberkrusteter Haufen Fleisch.« *(Paul Zech)* »Rimbaud ging davon. Er wandte sich der Stadt zu und ließ den Ohnmächtigen in der eisigen Nacht liegen. Ihm war, als liege da am Ufer des Neckar die Literatur in Person, von ihm verprügelt.« *(Alfred Wolfenstein)*

»Bei Tagesanbruch finden Bauern auf dem von wütendem Getrampel verwüsteten Boden einen halbtoten Mann. Sie tragen ihn in ihre ärmliche Hütte, pflegen ihn, holen ihn ins Leben zurück. Wer ist dieser Fremde, dessen Sprache sie nicht verstehen und der nicht ein Wort der ihren spricht? Opfer, Handelnder in welchem Drama voller Geheimnis?« *(Ernest Delahaye)* »Eine Art heiliger Schrecken schwebt über dem Bild: Zwei Dichter, die wie zwei geile Böcke sich bekämpfen, oder wie zwei Satyrn im Mondenschein.« *(François Porché)* »In Stuttgart bekam die Poesie kalte Füße. Ein kleines Welthistörchen.« *(Emil Belzner)*

Friedrich Theodor Vischer

Ein Fang

oder Was sich bei Kannstatt am Neckar im Jahr 1796 zwischen einem kleinen französischen Schützen und einem österreichischen Reiter begeben

Bei Kannstatt an der Brucken,
Da war das Schießen groß,
Als aufeinander stießen
Östreicher und Franzos.

Haubitzen und Granaten
Brummten den Baß mit Macht
Und das Musketenfeuer
Dazwischen klatscht und kracht.

Bei den Franzosen drüben
Ein kleiner Schütze war,
Der zielte wie ein Falke,
Er fehlte nicht ein Haar.

Er schoß, er lud, er spannte,
Legt' an und drückt' und traf,
Und mancher von den Feinden
Sank in den Todesschlaf.

Ein kaiserlicher Reiter,
Der nahm ihn recht aufs Korn:
»Manndl, dich muß ich kriegen!«
Dacht' er in stillem Zorn.

Am Abend ward es stille,
Das Schießen hörte auf,
Da nahm das kleine Schützlein
Zum Neckar seinen Lauf.

Es putzte seine Flinte
Dort an dem Wasser klar,
Dieweil sie von dem Schießen,
Gar sehr verrußet war.

Der Reiter nicht verdrossen,
Erspäht es auf der Stell',
Sagt's keinem Kameraden,
Setzt sich zu Pferde schnell.

Er ritt am Fluß hinunter,
Kam an einen Ort allda,
Wo er konnt' übersetzen,
Daß es der Feind nicht sah.

Wie er herübergeschwommen,
Kam er ganz leis' heran,
Wie eine Katze schleichet,
Die eine Maus will fah'n.

Das Schützlein stand gebücket,
Nur auf sein' Arbeit sicht,
Es putzt an seiner Flinte
Und putzt und merkt es nicht.

Der Reiter stieg vom Pferde,
Schlich an des Ufers Rand,

Das Schützlein nahm er am Kragen
Mit seiner schweren Hand.

Es schreit, es flucht, es zappelt,
Der Schrecken, der war groß:
Hat alles nichts geholfen,
Er zog es auf sein Roß.

Hielt es allda recht feste,
Reit't fort, so schnell er kann,
Setzt wieder über's Wasser,
Kommt wohlbehalten an.

Er nahm das Schützlein kleine
Daselbst in sein Quartier,
Gab ihm für seinen Schrecken
Von seinem Wein und Bier.

Neckarkiesel

Ja, ja! – Der Neckar, den Sie haben,
Ist hübsch für einen Fluß in Schwaben!
Friedrich Haug in seiner »Glosse eines reisenden Fr.«

Felix Huby

Bienzle und der Champion

Die ganze Nacht hatte es weiter geschneit, auch jetzt, in der frühen Morgendämmerung, fielen die Flocken noch dicht und schwer. Der Scheibenwischer vor dem Fenster der Kommandobrücke schaffte es kaum mehr, die Schneemassen auf die Seite zu schieben. Die »MS Erika« fuhr in die Cannstatter Schleuse ein. Noch zwei Kilometer bis zum Hafen.

Der Schiffer Wuttke aus Duisburg stand am Steuer und kaute auf einem kalten Zigarrenstummel herum. Bei so schlechter Sicht fühlte er sich in der Schleusenkammer nicht wohl. Überhaupt mochte er den Neckar bei Stuttgart nicht. Wuttke konnte die ganze Gegend nicht leiden, und mit den Schwaben hatte er auch nichts im Sinn.

Auf einmal spuckte er den Zigarrenstummel in weitem Bogen aus. Einen Augenblick war er wie gelähmt. Einen Augenblick zu lang! Der Mann, der da draußen an einem dicken Seil unter der Schleusenbrücke baumelte, klatschte gegen die Frontscheibe der Kommandobrücke. Wuttke stieß einen langen Fluch aus und zog den Hebel auf »Volle Kraft zurück«. Wasser rauschte auf. Das Schiff schien einen Moment lang zu torkeln. Der Körper vor dem Fenster löste sich von der Scheibe und drehte sich nun hin und her wie eine Vogelscheuche im Wind.

Wuttkes Frau Hertha, die gerade in der Kombüse das Frühstück vorbereitet hatte, kam an Deck. Sie schlug vor Schreck die Hände vor den Mund, tat dann aber doch resolut das

Notwendige. Hertha warf das Haltetau über einen Poller und zog das Schiff Hand über Hand an die Schleusenwand heran. Sie war eine stämmige Fran und nahm es, wenn es sein musste, mit jedem männlichen Schiffer auf.

»Muss ja ein ganz schöner Schreck für Sie gewesen sein«, sagte Bienzle eine halbe Stunde später. Er stand breitbeinig an Deck des Motorschiffes, den breitkrempigen Hut tief in die Stirn gedrückt, auf den Schultern schon kleine Schneeberge, die Hertha Wuttke – »Darf ich grade mal, Herr Kommissar oder wat Sie sind?« – mit der flachen Hand herunterwischte.

Auf der Brücke hatten zwei uniformierte Beamte damit begonnen, das Seil zu lösen.

»Langsam ablassen!«, rief ihnen Gächter zu, der am Ufer dicht bei der Brücke stand. Aber das Seil war von Eis überzogen, und die Hände der Polizisten waren klamm vor Kälte. Der Körper des Erhängten rauschte ins Wasser und musste umständlich von einem Schlauchboot aus geborgen werden.

»Wenn ihr ihn nicht ins Wasser getunkt hättet, wär's einfacher«, sagte Dr. Hermann Kocher ein paar Stunden später in der Pathologie des Polizeipräsidiums. Er war genauso schlecht gelaunt wie Bienzle, hatte er sich doch eigentlich für diesen Tag frei nehmen wollen, um eine Wanderung auf der Schwäbischen Alb zu machen. Bienzle vermutete, dass Hannelore Schmiedinger den Pathologen begleitet hätte, und freute sich klammheimlich, dass der Mediziner nun festgehalten wurde.

Aber dann fragte Kocher plötzlich: »Wie geht's denn der Frau Schmiedinger? Ich hab lang nix mehr von ihr g'hört.«

»Ja, ich denk, sie wohnt bei Ihnen!«

»Schön wär's«, sagte Kocher und zog seine Untersuchungsergebnisse zu sich heran. »Der Mann ist zuerst stranguliert und dann erhängt worden. Stranguliert wurde er in einem Raum mit mindestens zweiundzwanzig Grad Innentemperatur und mit einem Strick, der einen anderen Durchmesser hatte als das Seil, an dem man ihn von der Brücke hinuntergelassen hat. Außerdem war der Durchmesser variabel ...«

»Wie variabel?«, wollte Gächter wissen.

»Der Strick war an einer Stelle verdickt, will ich mal sagen ... Er war aus einem Hanf-Kunststoff-Gemisch. Das Seil unter der Brücke besteht aus reinem Hanf ... Todeszeitpunkt vermutlich zwischen null Uhr dreißig und zwei Uhr in der vergangenen Nacht. Übrigens kenn ich den Mann!«

Bienzle fuhr zu Kocher herum. »Und das fällt Ihnen jetzt erst ein?!«

Kocher zuckte die Schultern. »Wir sind zusammen bei den Schlaraffen ... gewesen, muss man jetzt wohl sagen. Direktor Dr. Gerald Wanner, Vorstandsmitglied der Heimat- und Bodenbank.«

Bienzle ging wortlos hinaus.

Thaddäus Troll

Immer der Nase nach

Do kennet Se gar net fehla
fahret Se oifach dr nos noch
glei lenks om s eck wo s so beschtialisch
schtenkt noch dr sauerkrautfabrik
ond weiter na gradaus
wo s so brenzelich schmeckt
do schtoht d gaskokerei
glei an dem schtoibruch
neba dr zementfabrik wo de ganz gegend
grau verschtaubt isch
wi-a kuacha mit puderzucker
do goht s etzt noch rechts
au wieder dr nos noch
s mäuchelet scho vo weitem noch tote fisch
ond Se sehet na glei da Necker
dem fahret Se noch bis zur millverbrennong
wo aus dem hoha kamee
schwarzer rauch rauskommt
dees lasset Se lenks liega ond Se schmecket
scho da gillagruch von dr kläralag
aber so weit brauchet Se gar net z fahra
denn glei an dem platz
wo dia verkehrsampel isch
do send Se grad recht am hotel Ochsa
dees mo Se suachet. schlofet Se guat!

Äffle ond Pferdle

Pferdle: »'s lauft scho viel Wasser dr Neckar nonder!«
Äffle: »Ha ja, weil's net nufflaufa ka!«

Neckarkiesel

»Sagen Sie mal, wenn ich hier runterfahre, dann ist doch da unten der Neckar, wa?«

»Freilich, aber der isch au dô, wenn Sie dô net nonderfahret!«

Samuel Beckett

Neckarstraße

Ne manquez pas a Stuttgart
la longue Rue Neckar
du néant la l'attrait
n'est plus ce qu'il était
tant le soupçon est fort
d'y être déjà et d'ores

Vergeßt nicht beim Stuttgart-Besehen
die Neckarstraße zu gehen.
Vom Nichts ist an diesem Ort
der alte Glanz lange fort.
Und der Verdacht ist groß:
hier war schon früher nichts los.

Häberle und Pfleiderer

Auf dr Neckarbrück

Häberle: So ebbes …! Der Herr Pfleiderer!

Pfleiderer: Der Herr Häberle …! Sososo …

Häberle: Jaja …

Pfleiderer: Soso …

Häberle: Der Herr Pfleiderer!

Pfleiderer: Dr Häberle …

Häberle: Jaja … Das ischt ein sonderbarer Zufall, daß ich Sie grad mitte auf der Neckarbrück treff, Herr Pfleiderer!

Pfleiderer: I ben gege Zufäll!

Häberle: Da habet Sie recht! Saget Sie, Herr Pfleiderer, gucket Sie au so gern ins Wasser? I guck gern da nonter … gucket Sie au emal – sehet Sie? Wasser – nix wie Wasser …

Pfleiderer: I ben aufm Weg zu meim Schwager – er hat mir en Stallhase versprocha.

Häberle: Jaja – es ischt ein sonderbares Gefühl, wenn mr so em Neckar zuguckt, wie er fließt – ond wie er so dahinfließt, na begleit i ihn in Gedanke … hinaus in die Ferne … in den Ozean … in die Unendlichkeit!

Pfleiderer: Er kann mir ruhig en Stallhase gebe, in han ihm im Sommer mindestens zwanzig Rucksäck voll Löwezahnblätter zupft …

Häberle: Das ischt ebbes ganz wunderbares, wenn mr

se bedenkt, das älles des Wasser aus de Wolke kommt!

Pfleiderer: Er hat mir sein Guschtävle versproche. Der Kerle gibt gewiß a Pfund Schmalz!

Häberle: So ischt's. Ond wenn mr bedenkt, daß der Neckar aus de Wolke kommt – ond daß er infolge Verdunschtung im Meer wieder zu Wolke wird – na wird einem ganz sonderbar zu Mut ...

Pfleiderer: Mir tut ja s' Guschtävle au leid – aber so ischt's halt em Lebe ...

Häberle: Immer rondom geht's – immer rondom ...

Pfleiderer: Vom Fell will sich mai Frau a Krägle auf ihren Wintermantel mache lasse ...

Häberle: Jaja ... es ischt ein Naturereignis ... immer rondom.

Pfleiderer: Herr Häberle!! Da – gucket Sie nonter, da dronte staht a Hecht!! Und was für a Kerle!!

Häberle: Jaja ... immer rondom fließt es Wasser – ond wenn mr so auf einer Brücke staht on dem Wasser nachguckt. Da kommet ebe die Gedanke – da denkt mr ond denkt mr – ond z'letzt weiß mr vor lauter Denke nimme, was mr eigentlich denkt ...

Pfleiderer: Der Hecht da dronte wiegt mindeschtens a Pfond! Also der ischt emal schön! Sehet Sie ihn?

Häberle: Wen?

Pfleiderer: Den Hecht?

Häberle: Wo?

Pfleiderer: Dort! Seht Sie den gelbe Hafescherbe, nebe dem Potschamberle – grad danebe staht er, der Hecht! Ob der ons au sieht? – Er regt sich net ... i spuck emal nei – vielleicht regt er sich dann?

Häberle: Jaja, Herr Pfleiderer, a großer Dichter ond Denker

hat emal gesagt. »Die Welt ischt rund und muß sich drehn – Die Welt ischt schlecht, muß untergehn …«

Pfleiderer: Au! Jetzt hat er sich geregt!

Häberle: Jaja – sich rege muß mr em Lebe – aber warom mr sich rege muß, darüber macht sich ein tiefsinniger Mensch wie ich, ebe seine Gedanke …

Pfleiderer: Jetzt regt sich der Donder auf einmal!!

Häberle: Des eine musst mr halt rausbringe: warom mr eigentlich auf dr Welt ischt …!

Pfleiderer: Ond fett ischt der Kerle – der ischt fett! Der hat onter Brüder sein 2 Pfund! Onser Neckarwasser ischt halt doch kräftig.

Häberle: Jeder Mensch hat sein Schicksal – genau wie's Wasser. Sehet Sie, wie unschuldig des Wässerle dahin fließt – ond was denket Sie, was da schon Glück ond Träne neigflosse send …

Pfleiderer: Jaja … das Volksfescht …

Häberle: Eebe, ebe! Jaja – wir verstandet ons halt! I sag immer. Der Herr Pfleiderer ischt halt der Herr Pfleiderer! Sie sind mir sehr sympathisch!

Pfleiderer: Sie mich auch! I sag's immer, dr Herr Häberle ischt halt doch au a guter Freund zu mir!

Häberle: Des bin i au! Aber auf die Mensche im allgemeine ischt heutzutag kein Verlaß mehr! Ihr Freund Scheiffele zum Beispiel, ischt au a ganz schlechter Denger – denket Sie nur, der hat mich geschtern verleite wolle, ebbes Schlechts über Sie z'sage!

Pfleiderer: Wieso??

Häberle: Ha – er hat wisse wolle, wie i über Sie denk! Aber i han mei Maul ghalte! Na hat er gsagt, i sei a Sempel!

Pfleiderer: Des dürfet Sie net tragisch nehme – der schwätzt au bloß nach, was die Andere sage! – Oh, wenn i den Kerle da onte fange könnt – da lauft mr schon s'Wasser im Maul zsamm!

Häberle: Arg aneinander vorbei schwätze tun die Leut halt … Da könnt mr oft meine, der eune ischt in Stuttgart ond der andere in Berlin – so schwätzet die vorbei an einander – ond derweil stehet sie nebenander, grad wie wir zwei hier!

Pfleiderer: Salzkartoffle dazua – das wär a Sach! Fisch ischt gsond – au für's Hirn!

Häberle: So? Da muß i au emal ein esse – was könnet Sie mir da em beschte empfehle?

Pfleiderer: Ihne …? En Walfisch! – Au!!! Grad hat er wieder zappelt!

Häberle: Jaja … so zappelt mr im Lebe … i han au schon bessere Täg gsehe …

Pfleiderer: Wir wollet net vom Wetter schwätze … Sie send übrigens au nie z'friede – so geschickt wie jetzt hat mr's früher net ghätt. Wie i noch Soldat war han i mit meinem Mädle bis in Salonwäldle – i war in Ludwigsburg Soldat – laufe müsse, weil's überall so hell war – heut braucht mr nur vor's Haus naus – ond schon ischt's dunkel!

Häberle: Jaja – da schafft mr ond schafft mr ond weiss net, warom …

Pfleiderer: Berta – hat sie gheisse … dann hat sie an Bäck aus Asperg poussiert – en Bäcke!

Häberle: Jaja – immer rondom geht's – ond worom?

Pfleiderer: Der Bäck ischt dann onter a Hanomögle komme – na hat sie en Gärtner aus Schwieberdinge gheirat – der Berta ihr Älteschte ischt a netts Mädle worde – mir wie aus em Gsicht schnitte ...

Häberle: Ond wenn mr bedenkt, dass des Wasser älles aus de Wolke kommt ...

Pfleiderer: Jetzt schwimmt der Kerle a bissle weiter! Bei dem Stiefel nebe dem Kinderwägele ischt er jetzt! Was die Leut älles in Neckar schmeisse ...!

Häberle: Wir zwei verstandet uns schon arg gut! Was mich interessiert, interessiert Sie au!

Pfleiderer: Ond wenn i wohin geh, ganget Sie au wohin!

Häberle: So ischt's! Ond wo Sie bleibet, bleib i au! Jetzt steh i schon gschlagene 3 Stond bei Ihnen da auf der Brück und guck Ihrem Hecht zu!

Pfleiderer: Hano! Des ischt aber au a schöner Kerle! Der – der hat mindestens seine 5 Pfund!

Häberle: (stimmt übereifrig bei) Da hent Sie recht Des ischt wahr! A wunderbarer Kerle! So en Hecht sieht mr selte!

Pfleiderer: Was ...?

Häberle: I mein, Sie hent recht! Der Hecht da dronte wiegt mindeschtens 5 Pfund ...

Pfleiderer: Hano!!! Sie spinnet ja! Der Hecht hat doch keine 5 Pfund! Der hat höchstens a halbs Pfündle – ond überhaupt ist der Hecht kein Hecht, sondern a ganz a gwöhnlicher Weissfisch! So a saudumms Gschwätz!

Häberle: Jaja, so ischt's ebe – immer rondom! Mr muss sich frage, worom mr lebt ...!

Friedrich Karl von Gerok

Der Rotenberg

Seht ihr dort die Bergkapelle
Goldbekreuzt im Abendstrahl!
Friedlich glänzt sie, himmlischhelle
Niederwärts ins grüne Tal.

Sei gegrüßt, erlauchter Hügel
Herzblatt unseres Schwabenlands!
Lieblich in des Neckars Spiegel
Malt sich ab dein Rebenkranz

Fühlst den Hauch entschwundner Zeiten
Leis um deinen Scheitel wehn,
Sahst der Erde Herrlichkeiten
Kommen und Vorübergehn.

Bist du doch die Königswiege,
Trugst das alte Grafenhaus
Wo dereinst zu Kampf und Siege
Zog der Wirtemberger aus.

Nimmer wehn des Krieges Fahnen
Droben jetzt in stiller Luft;
Denn die Wiege hoher Ahnen
Ward geweiht zur Fürstengruft.

Doch die Traube reift noch immer
Frisch an deiner Rebenwand;
Und gekrönt vom Sonnenschimmer
Blickst du auf ein schönes Land.

Und das goldne Kreuz dort oben
Ruft dem Volk im Tale zu:
Wenn der Erde Glanz zerstoben,
Droben winkt die Sabbatruh'.

Ludwig Uhland

Auf der Überfahrt

Über diesen Strom, vor Jahren
Bin ich einmal schon gefahren.
Hier die Burg im Abendschimmer,
Drüben rauscht das Wehr, wie immer.

Und von diesem Kahn umschlossen
Waren mit mir zween Genossen:
Ach, ein Freund, ein vatergleicher,
Und ein junger, hoffnungsreicher.

Jener wirkte still hienieden,
Und so ist er auch geschieden;
Dieser, brausend vor uns allen,
Ist in Kampf und Sturm gefallen.

So, wenn ich vergangner Tage,
Glücklicher, zu denken wage,
Muß ich stets Genossen missen,
Teure, die der Tod entrissen.

Doch was alle Freundschaft bindet,
Ist, wenn Geist zu Geist sich findet;
Geistig waren jene Stunden,
Geistern bin ich noch verbunden. –

Nimm nur, Fährmann, nimm die Miete,
Die ich gerne dreifach biete!
Zween, die mit mir überfuhren,
Waren geistige Naturen.

Christian Friedrich Daniel Schubart

Die Aussicht

Schön ist's, von des Tränenberges Höhen
Gott auf seiner Erde wandeln sehen,
Wo sein Odem die Geschöpfe küßt.
Auen sehen, drauf Natur, die treue,
Eingekleidet in des Himmels Bläue,
Schreitet, und wo Milch und Honig fließt!

Schön ist's in des Tränenberges Lüften
Bäume sehn, in silberweißen Düften,
Die der Käfer wonnesummend trinkt;
Und die Straße sehn im weiten Lande,
Menschenwimmelnd, wie vom Silbersande
Sie, der Milchstraß' gleich am Himmel, blinkt.

Und den Neckar blau vorüberziehend,
In dem Gold der Abendsonne glühend,
Ist dem Späherblicke Himmelslust;
Und den Wein, des siechen Wandrers Leben,
Wachsen sehn an mütterlichen Reben,
Ist Entzücken für des Dichters Brust.

Aber, armer Mann, du bist gefangen;
Kannst du trunken an der Schönheit hangen?
    Nichts auf dieser schönen Welt ist dein!
Alles, alles ist in tiefer Trauer
Auf der weiten Erde; denn die Mauer
    Meiner Veste schließt mich Armen ein!

Doch herab von meinem Tränenberge
Seh' ich dort den Moderplatz der Särge;
    Hinter einer Kirche streckt er sich
Grüner als die andern Plätze alle: –
Ach! herab von meinem hohen Walle
    Seh' ich keinen schönern Platz für mich!

Hans Christian Andersen

Die alte Kirchenglocke

Im deutschen Lande Würtemberg, wo die Akazien so lieblich auf der Landstraße blühen und wo Aepfel- und Birnbäume im Herbste unter dem Segen der Reife sich beugen, liegt eine kleine Stadt, *Marbach*. Sie gehört zu den ganz geringen Städtchen; schön aber liegt sie am Neckarfluß, der an Städten, alten Ritterburgen und grünen Weinbergen vorbeiströmt, um seine Gewässer mit dem stolzen Rhein zu mischen.

Es war spät im Jahre, das Weinlaub hing herab mit rothen Blättern, Regenschauer fielen und der kalte Wind wurde immer stärker; es war nicht die erquicklichste Zeit für die Armen. Die Tage wurden finster und noch finsterer war es drinnen in den alten kleinen Häusern. Eins von diesen lag da mit dem Giebel zur Straße gewandt, mit niedrigen Fenstern; arm und gering war es anzusehen, und so war auch die Familie, die es bewohnte, aber brav und fleißig und mit Gottesfurcht in der Schatzkammer des Herzens. Noch ein Kind wollte der liebe Herrgott ihnen bescheeren; die Stunde war da, die Mutter lag in Schmerzen und Noth; da drang zu ihr hinein vom Kirchenthurme ein Glockenklang …

Und das Kind wuchs heran und um ihn herum wuchs die Welt. Zwar zogen die Eltern nach einer andern Stadt; aber liebe Freunde blieben in dem kleinen *Marbach* zurück und daher kamen auch Mutter und Sohn eines Tages dort zum Besuche. Der Knabe war kaum sechs Jahre alt …

Bei dem ersten Besuche in *Marbach* hatte sich die Stadt

nicht besonders geändert, es war ja auch nicht gar lange her, seitdem sie fortgezogen waren; die Häuser standen wie früher mit den spitzen Giebeln, den schiefen Wänden und niedrigen Fenstern; auf dem Friedhofe waren neue Gräber hinzugekommen und dort, hart an der Mauer, stand jetzt unten im Grase die alte Glocke. Sie war von ihrer Höhe heruntergefallen, hatte einen Sprung bekommen und konnte nicht mehr läuten; eine neue hatte ihre Stelle eingenommen ...

Wie ging es dem jungen Manne? Wie ging es der alten Glocke? ...

Die wurde aus *Marbach* weggebracht, wurde als altes Kupfer verkauft und sollte im bayrischen Lande in den Schmelzofen geworfen werden. Wie und wann kam sie dahin? Das mag die Glocke selbst erzählen, wenn sie es kann, es ist nicht von großer Wichtigkeit; gewiß aber ist es, daß sie nach der Köngisstadt Bayerns kam. Viele Jahre waren verflossen, seitdem sie vom Thurme herabfiel; jetzt sollte sie eingeschmolzen und mit zum Gusse eines großen Ehrendenkmals verwendet werden – für deutsches Volk in deutschem Lande! – Hört nur, wie es sich traf: wunderlich und herrlich geht es doch zu in dieser Welt! Droben in Dänemark, auf einer der grünen Inseln, wo die hohen Buchen wachsen und die vielen Hünengräber stehen, lebte ein ganz armer Knabe, der in hölzernen Schuhen ging und seinem Vater, der auf der Schiffswerfte in Holz schnitzelte, das Essen in einem alten Tuche zubrachte; dies arme Kind war der Stolz seines Vaterlandes geworden, er stellte in Marmor Herrlichkeiten dar, daß die Welt staunte, und eben ihm ward der ehrenvolle Auftrag, im Thone eine Gestalt der Größe und Schönheit zu formen, die in Metall gegossen werden sollte, das Bild Desjenigen, dessen Namen der Vater in seine Bibel eingeschrieben hatte. Und das Metall floß glühend in die Form, und die alte Glocke – ja, es dachte

Niemand an ihre Heimath, an ihr hingestorbenes Läuten – die Glocke floß mit in die Form und bildete Haupt und Brust des Standbildes, das jetzt entschleiert dasteht in *Stuttgart* vor dem alten Schlosse, auf dem Platze, wo der, den es vorstellt, im Leben, im Kampf und Streben, von der Außenwelt gedrückt, herumging, er, das Kind aus *Marbach*, der Karlsschüler, der Flüchtling, Deutschlands großer, unsterblicher Dichter, welcher da sang von dem Befreier der Schweiz und der gottbegeisterten Jungfrau Frankreichs.

Es war ein schöner, sonniger Tag. Fahnen flatterten von Thürmen und Dächern im königlichen Stuttgart, Kirchenglocken läuteten zum Fest und zur Freude; nur eine Glocke schwieg, sie leuchtete im hellen Sonnenschein, leuchtete von Gesicht und Brust der Ruhmesgestalt; es waren grade hundert Jahre verflossen seit dem Tage, da diese Glocke im *Marbacher* Thurm der leidenden Mutter Freude und Trost zuläutete, als ihr das Kind geboren wurde, arm im armen Hause, der reiche Mann, dessen Schätze die Welt segnet, er, der Dichter des edlen weiblichen Herzens, der Sänger des Großen und Herrlichen: *Johann Christoph Friedrich Schiller*.

Ottilie Wildermuth

Der alte Frey

Die schönste Zierde der freundlich gelegenen kleinen Stadt bildet »der schimmernde Gürtel des Schwabenlandes«, der gute, heimische Neckarfluß. Ich glaube kaum, daß er sonst irgendwo auf kurzer Strecke so mannigfache und reizende Ansichten bietet wie hier. Einmal, an einer Biegung zwischen dunklem Weidengehölz, wo er nach der Volksmeinung so tief sein soll, »daß es über ein Haus hinaus ginge« (ein recht dehnbarer Begriff), gleicht er einem stillen, geheimnisvollen See, so unmerklich fließt er dahin, so unbewegt spiegelt sich das Ufergebüsch in seiner lautlosen Flut. Bald rauscht er gar fröhlich über helle Kieselsteinchen und schlingt sich um die schattige Nachtigalleninsel, wohin im Frühling die romantische Jugend rudert, um Veilchen zu pflücken und dem Philomelengesang zu lauschen, oder die schöne und vornehme Welt der nahen Garnisonsstadt auf buntbewimpelten Schiffen Lustfahrten macht. Leiser zieht er vorüber an der grünen Bleichinsel, und gelbe Seerosen mit ihren saftigen Blättern decken das stille Gewässer; dann fließt er wieder stolz hinaus ins offene Land und achtet nicht der stillen Murr, die durch eine gespenstische Brücke zwischen dunklen Weiden sachte herbeischleicht, um ihr trübes Wasser mit seinem klaren zu vereinen. Selbst da noch bleibt er schön, wo er als Kanal durch Menschenhände für praktische Zwecke in Anspruch genommen ist; silberschäumend stürzt er sich eine künstliche Schleuse hinab, durch die der Horkheimer Schiffer seinen bescheidenen Kauffahrer und der »Jokele« sein Floß schwellt. Und wie belebt ist sein Gewässer zur Sommerzeit! Nicht nur durch die stattlichen Enten- und Gänseherden des Müllers, sondern auch durch das lustige Völkchen der »Wasserkinder«, die Sprößlinge der umwohnenden Fabrikarbeiter und Müller, ein fröhliches Nereidengeschlecht, das den ganzen lieben Tag, aller überflüssigen Hülle beraubt, im Wasser plätschert oder im Uferkies spielt, wenn sie nicht als ungebetene Hilfe das rastlose Schiff des Fährmanns schieben und zum Schreck seiner Passagiere in ihrem Naturzustand unter die anständige Menschheit hineinhüpfen.

Oh, ich könnte euch tagelang erzählen von den Schönheiten meines heimatlichen Neckars, zu Nutz und Frommen all derer, die nicht Zeit und Geld haben, eine Rheinreise zu unternehmen.

Das war nun aber zunächst nicht meine Absicht, sintemal wir gegenwärtig gar reich sind an Naturstudien.

Wenn ihr vom Neckarstrand aufseht zu dem grünen Rebenhügel, von dem das Städtchen über seine altersgrauen Mauern hinunterblickt, so fällt euch wohl ein hübsches stattliches Haus in die Augen, das sich außerhalb der Mauer an diese anlehnt und zwischen Traubengeländen und Obstbäumen gar einladend aussieht. Daneben hat es etwas Geheimnisvolles, indem man nirgends einen Eingang sieht; erst seitwärts erblickt man eine Türe, die über einen gepflasterten Hofraum ins Haus führt, was ihm ein fast orientalisches Ansehen gibt.

Der Eigentümer dieses wohlumschlossenen Besitztums hauste zur Zeit, als ich ihn kannte, fast ganz abgeschieden, ohne Verkehr mit der Außenwelt, in seinem Hause und Garten; ein rüstiger Greis mit einem rötlichen, stark ausgeprägten Gesicht, der seine geistige und körperliche Frische aus manchem Strudel gerettet, an dem minder kräftige Naturen gescheitert wären.

Er wollte nicht viel mehr von der Welt hören, der alte Frey, er hatte sie gründlich satt bekommen! Nur wenigen, bei denen er noch an aufrichtiges Wohlmeinen glaubte, stand seine Pforte gastlich offen. Unter diese wenigen gehörte mein Vater, und zwischen ihm und dem alten Frey fand ein steter Austausch kleiner Aufmerksamkeiten und Freundlichkeiten statt, bei dem wir Kinder bereitwillig das Botenamt übernahmen. Bald schickte der alte Frey selbsterzogene, schöngefiederte Kapaunen, die mit einem Gegengeschenk von uraltem Kirschengeist vergolten wurden; dann wieder köstliche Trauben, auf die ihm der Vater seltene Obstsorten mit wunderbarlichen Namen: Götterapfel aus der Moldau, rosenfarbener Sommertaubenapfel usw., als Gegengruß sandte; oder kam zur Weihnachtszeit auserlesenes Hutzelbrot, das Herr Frey eigenhändig verfertigt hatte und zu dessen Erwiderung die Mutter eine Pastete verfertigen mußte.

Für uns fiel dann stets ein reicher Botenlohn an Leckerbissen aller Art ab; namentlich erinnere ich mich eines schönen Morgens, an dem wir beschlossen, den Tag über zu fasten, um uns in der Enthaltsamkeit zu üben, wie in Campes Robinson geschrieben steht, wo aber selbige edlen Vorsätze elendiglich untergingen an den Regensburger Striezeln und Nürnberger Kringeln, die uns der alte Frey verehrt hatte. Gar manchmal hat uns auf dem Heimweg vom Neckarbad ein freundlicher Ruf in seinen Garten gelockt zur freien Weide unter den Johannis- und Stachelbeeren. Die Kindheit, leichtherzig und vergeßlich, wie sie scheint, bewahrt doch solche Guttaten in treuem Gedächtnis; darum sind die wohlfeilen Freundlichkeiten, die ein Kinderherz erfreuen, gewiß nicht in Sand gesät.

Der alte Frey hatte nicht jederzeit so abgeschlossen in seiner

Feste gehaust, nicht immer seine Freundlichkeit auf so wenige beschränkt. Es gab eine Zeit, wo die grünen Hügel um seinen Weinberg her widerhallten von dem Gekrach der Herbstschüsse, von dem Jubel fröhlicher Zecher; wo die Fluten des Neckars rot erglänzten von den Raketen und Feuerkugeln, die bei seinen Herbstfesten emporstiegen; wo man Champagner aus Schoppengläsern trank und die Holderküchlein gebacken am Baume hingen; wo der alte Frey, damals in Fülle der Manneskraft, mit fürstlichem Übermut Geldmünzen unter die balgende Straßenjugend warf.

Solche Zeiten übersprudelnder Lebenslust und stürmischer Gastlichkeit pflegen wohl am leichtesten zu der Salomonischen Weisheit zu führen: »Alles ist eitel«, und mehr als ein Timon ist aus solch teurer Schule hervorgegangen.

Wer aber war denn der alte Frey, und woher stammte der Reichtum, den er mit so vollen Händen um sich warf? In den Augen des Volkes gibt ein schnell erworbener Besitz häufig ein dämonisches Ansehen, und so hörte man allerlei geheimnisvolles Geflüster über ihn, solange er noch in der Fülle seines Wohllebens war. Unheimliche Gerüchte liefen um über die Quelle seines Reichtums, zumal da man behauptete, er glaube an keinen Gott und keinen Teufel; man sehe ihn nachts wie wütend in seinem Garten umherrasen, er habe seine Seele den Mächten der Finsternis verschrieben um Geld und Gut; auch verstehe er zu »knüpfen«, d. h. den Fall der Würfel im Spiele zu lenken. Ja auch das Geheimnis, das den Tod seiner ersten Gattin deckte, sollte eine dunkle Tat verhüllen; man flüsterte davon, er habe sie in einem Wutanfall mit der Papierschere erstochen.

Wir aber wollen diese Geheimnisse ruhen lassen und uns an die Wirklichkeit halten. Der Frey war kein Engländer und kein indischer Nabob, er war sozusagen »nicht weit her«, ein eingeborenes Stadtkind. Aber von erlauchtem Geschlecht war er doch, wenngleich nur eines schlichten Bäckers Sohn; der erste Dichter des Schwabenlandes, der Ruhm und Glanz der kleinen Stadt, war sein leiblicher Vetter; ja, Freys Mutter hatte eine Zeitlang den Kleinen der Frau Hauptmann Schiller, ihrer Base, mit ihrem eigenen Knaben zugleich gestillt, und so hatte Frey dieselbe Muttermilch mit ihm getrunken. Und er war stolz auf diese glorreiche Verwandtschaft; ja er rühmte sich selbst eines Funkens von dem Dichtergeiste seines großen Milchbruders. Zeuge des waren einige poetische Inschriften, die da und dort an Bäumen und auf Steinen in seinem Garten angebracht waren; ich glaube aber seinem Dichterruhme mehr zu nützen, wenn ich der Phantasie des Lesers überlasse, sich diese Verse selbst vorzudichten, als wenn ich sie anführe.

Vor langen Jahren war der Frey als ein rüstiger Bäckergesell in die Welt hinausgewandert, ein rasches, heißes, junges Blut und ein heller Kopf; es ging Wien zu, dem Athen der Bäcker. Wie es ihm in der Fremde ergangen, das kann ich im einzelnen nicht erzählen, aus dem einfachen Grunde jenes Juden: »i weiß aa nit«; er kam in die stürmische Periode der Kriege mit Frankreich, und wenn er sich nicht als Krieger ins Schlachtgetümmel stürzte, so gelangte er doch dazu, sich selbst und dem Vaterlande zu dienen als Proviantkommissär.

Die Sage verlautet nicht, daß er jemals persönlichen Anteil am Kampf genommen; zum Pulverriechen kam er jedenfalls. Der Glanzpunkt seiner Erinnerungen war, wie er einmal ganz in der Nähe des Generals Wurmser eine Talschlucht hinabgeritten, in einen Grund, wo das österreichische Heer sich aufstellen sollte. Mit dem praktischen Scharfblick, der ihm überall eigen war, sah er bald, wie höchst unsicher die Position da unten werden würde; er teilte die Bemerkung leise einem Subalternoffizier mit, der hieß ihn schweigen; er wagte sich an den Adjutanten. »Was Donnerwetter will so ein Mehlwurm wissen!« schnauzte der ihn an; da faßte er sich ein Herz und ritt an den General hinan: »Aber Herr, so gehen wir alle zum Teufel!« Der schaute ihn mit großen Augen an, fluchte aber nicht; nach einer Weile ließ er halten und untersuchte mit dem Fernrohr nochmals das Gelände. »Und Gott straf mich, er hat's geändert!« rief der alte Frey im höchsten Triumph; »weiß Gott, wir wären alle zum Teufel gegangen!«

Mit einem Orden ist trotz dieses Verdienstes der Frey nicht heimgekehrt, wohl aber mit Errungenschaften von greifbarem Werte.

Eine geraume Zeit war verstrichen, seit der muntere junge Bäckerknecht in die Fremde gezogen, als eines Tages in das alte Städtchen ein stattlicher, wohlgekleideter Herr einfuhr, in dem wenige den Frey erkannt hätten. Er zeigte sich bald als der alte aufgeräumte Bursche, freundlich und treuherzig gegen alte Jugendgenossen; aber seine Lebhaftigkeit hatte sich zur Heftigkeit gesteigert, und eine eigentümliche innere Unruhe schien ihn zu rastloser Beweglichkeit zu treiben. Er nahm das Erbe seiner Väter in Besitz, führte einen neuen Bau dazu auf, vergrößerte Garten und Weinberg und begann nun ein Leben herrlich und in Freuden, wie das des reichen Mannes im Evangelium.

Das Gerücht von dem Bäcker, der als Millionär aus der Fremde gekommen, verbreitete sich mit reißender Schnelligkeit in der Gegend, und der Frey durfte nicht verlegen sein, wie er's angreifen wolle, ein Haus zu machen; Gäste und Besuche von nah und fern kamen dieser Absicht freundlichst entgegen. Ob's just eine Million war, die er erworben, wollen wir nicht behaupten; doch wäre ein gewöhnlicher Wohlstand in wenigen Wochen aufgezehrt worden von dem Leben und Treiben, wie er's daheim führte.

Zum alten Handwerk wollte er nicht mehr zurück, obwohl er als Ehrenbezeigung zum Obermeister der Zunft ernannt wurde und das Geschäft, das er so gut verstand, zum Privatvergnügen bis zu seinem Tode mit Lust und Liebe getrieben hat; zu wissenschaftlichen Beschäftigungen befähigte ihn weder seine frühere Laufbahn und Erziehung noch seine stürmische Natur, und so wurde er bald in Kreise getrieben, die seinen Durst nach Lebensgenuß und sein hingebendes, offenes Wesen noch mißbrauchten und steigerten.

Da der Frey seinen Reichtum beim Militär und durch das Militär erworben, so hielten die Krieger der nahen Garnisonsstadt sich verpflichtet, die Nemesis zu spielen und ihm diesen verjubeln zu helfen. Seit Menschengedenken war's in keinem Hause zu Marbach so in Saus und Braus hergegangen wie nun unter dem Dache des Frey. Zu Fuß, zu Roß und zu Wagen besuchten ihn seine kriegerischen Freunde, bald mit einem Pferde, bald mit einem Hunde, die zu verhandeln waren, bald zu einer Spielpartie, bald zu einem Schmaus ohne Titel. In den Zwischenzeiten fuhr oder ritt Frey in die Garnisonsstadt und bewirtete sie dort im Gasthof. Der Dämon der Spielwut faßte ihn mit festen Krallen und hätte wohl seinem Reichtum ein schnelles Ende gemacht, wenn er nicht wirklich mit fabelhaftem Glück gespielt hätte, was ihn, wie schon gesagt, in den Verdacht magischer Spielkünste brachte und bald einmal zu einem tragischen Schluß geführt hätte. Ein reicher Wirt der Gegend hatte bis tief in die Nacht mit ihm gespielt und furchtbar verloren. Wütend über Frey, dem er die Schuld daran beimaß, führte er auf diesen, der arglos neben ihm stand, als er zum Heimritt aufstieg, einen gewaltigen Hieb mit der Reitgerte: »Da, das gehört auch noch dein!« und ritt im Galopp davon. Der Frey aber war nicht der Mann, der sich solches bieten ließ; er riß einem dabeistehenden Offizier den Säbel aus der Scheide und rannte dem Wirt nach, mit so wütender Hast, daß er nur mit äußerster Mühe eingeholt und abgehalten werden konnte, sich tot zu rennen.

In den Augen des Volkes galt er, wie ich schon erwähnte, für eine Art von Doktor Faust und sein Reichtum für eine Gabe finsterer Geister, und gar viele schüttelten bedenklich den Kopf, wenn der Jubel und Trubel aus seinem Hause und Weinberge herüberdrang. Minder übernatürliche Vermutungen schien man in Wien über den Ursprung seines Besitzes zu haben: das Militärgouvernement, das es für ein ausschließlich soldatisches Vorrecht hielt, aus Kriegszeiten Vorteil zu ziehen, beschied ihn nebst einigen andern ehemaligen Proviantkommissären vor eine Untersuchungskommission nach Wien. Sie waren aber alle gar nicht neugierig, zu wissen, was man ihnen dort mitzuteilen habe, und sind samt und sonders ungehorsamlich ausgeblieben.

»Der Krug geht so lange zu Wasser, bis er bricht«; geht er zu Wein, so mag's wohl noch rascher mit dem Brechen gehen. Ob dem Frey plötzlich oder allmählich die Augen darüber aufgingen, daß er auf dem Wege zu gänzlichem Ruin an Leib und Seele sei, das ist mir unbekannt. Aber aufgegangen sind sie ihm, und mit all der Energie seiner starken Natur entschloß er sich, mit seiner bisherigen Lebensweise ganz und gar zu brechen, und er tat es rasch, entschieden, solange es noch Zeit war, recht anständige Trümmer seines Vermögens zu retten.

Mit den Herbstfesten und Champagnermahlzeiten, mit der gefüllten Spielbörse und den durchjubelten Nächten schwanden auch die Tafelfreunde, schwand sein fröhlicher Mut und sein Glaube an aufrichtige Freundschaft; er zog sich zurück in seine Burg und ward nur noch selten außerhalb seines Gartens erblickt.

Einer sprudelnden, sanguinischen Natur wie der seinen war ein verhältnismäßig doch rascher Glückswechsel nicht gut gewesen; er hatte ein wildes, fast wüstes Leben und Treiben geführt, und sein gutes Weib, die zweite Gattin, die aus der Stelle einer Haushälterin zu dieser Würde aufgestiegen war, hatte oft schwer unter seiner Heftigkeit zu leiden. Aber ein guter Grund seines Wesens: Offenheit, Freigebigkeit, männliche Geradheit und bürgerliche Ehrenhaftigkeit, war ihm auch während des Strudels seiner wilden Zeit eigen geblieben.

In Stille und Zurückgezogenheit, unter dem Einfluß der milden, schönen Natur, die ihn umgab, so oft allein mit den Gedanken, »die sich untereinander verklagen und entschuldigen«, hat sich wohl ein anderer Geist Bahn gebrochen in seinem Herzen. Im Äußern ist er der alte geblieben, lebendig, auch wohl heftig, frisch und kräftig; aber dennoch war's ein anderes geworden mit ihm.

Wenn er die wenigen Freunde, für die seine Burg noch offen war, mit der natürlichen Herzlichkeit seines Wesens und der zeremoniösen Höflichkeit der alten Zeit bewillkommte; wenn er Kinder herbeirief und beschenkte oder wenn er mit seinem noch frischen, ausdrucksvollen Gesicht einsam in seinem Garten saß und hinunterblickte auf den blauen Neckar: da sah er aus wie einer, dem seine Bürde vom Herzen genommen ist.

Allein mit seinem guten Weibe, die er neben seinen ausgelassenen Freunden gar oft mit geringschätzigem Übermut behandelt hatte, wandte sich sein Herz jetzt wieder mehr ihr und der alten Einfachheit der Sitten zu, in der er aufgewachsen war. Ehrbar und demütig, wie in jungen Jahren mit Vater und Mutter, besuchte er Kirche und Abendmahl mit ihr und betete regelmäßig mit lauter Stimme den Morgen- und Abendsegen.

Es war an einem sonnigen Tage des Spätherbstes, als mein Vater einmal wieder seinen alljährlichen Besuch beim alten Frey machte. Das Beste, was sein Haus vermochte, schmackhafte Fische und edler Wein wurden in der Rebenlaube im Garten aufgetragen, und heiter wie immer, wenn auch allmählich gebeugt unter der Last der Jahre, saß der alte Mann neben seinem Gast.

»Jetzt sitzen wir nimmer oft so beisammen«, sagte er mit heiterer Miene. »Ei, Sie sind ja noch rüstig wie ein Fünfziger«, meinte der Vater. »Herr, das ist Ihr Ernst nicht! Aber Sie denken wohl: der alte Frey bleibt schon noch eine Weile sitzen; so ein alter halblahmer, blinder und geistesschwacher Kerl taugt doch nicht ins Himmelreich. Aber ich bin gewiß«, fuhr er mit erhobener Stimme fort, »der allmächtige Gott kann und wird mich einst verjüngen, und dann wird sich's zeigen, daß in dem alten Knorren doch noch ein gesundes Mark war.« Das war der letzte Besuch beim alten Frey gewesen.

In seinen Knabenjahren hatte der Frey einmal mit seinem berühmten Milchbruder in einem Kämmerlein geschlafen. Mit lauter, herzhafter Stimme, wie er's daheim gewöhnt war, verrichtete er seine Abendandacht; in seinen stillen Gedanken gestört, fuhr ihn Schiller an: »Dummer Esel, kannst denn du nicht leis beten?« – »Kann nichts leis tun!« war die lakonische Antwort des Frey, und da hatte er recht; leise ging's nicht her bei ihm, bis in seinen Tod nicht. In einer Nacht, nicht lange nach jenem Besuch des Vaters, weckte er seine Frau: »Alte, ich kann nicht schlafen, ich glaub', es ist Matthäi am letzten mit mir.« »Um Gottes willen! Ich will ein Licht machen, zum Doktor springen!« »Nichts, Alte, gar nichts, da bleibst! Jetzt sitz auf, wir wollen ein Lied singen.« In gewohntem Gehorsam richtete die Frau sich auf, und mit seinem kräftigen Baß stimmte der Alte das Lied an: »O Jerusalem, du schöne usw.« Mit ungebrochener Stimme sang er es durch, begleitet von den etwas zitternden Tönen der Frau; dann legte er sich zurück: »So, jetzt schlaf wieder! Ich will auch schlafen.« Beruhigt durch seinen kräftigen Gesang legte sich die Frau an seiner Seite nieder. Als der helle Morgen anbrach, schlief er noch und ist nicht wieder aufgewacht.

Das war der alte Frey.

Möge der allmächtige Gott, dessen Auge besser als das unsrige das rechte Mark in dem alten Stamm erkannt, die zuversichtliche Hoffnung seiner letzten Tage erfüllt haben!

Heimito von Doderer

Ein Mord den jeder begeht

Conrad saß allein im Abteil. Als der Zug, kurz nach dem Verlassen des Bahnhofes, durch den sogenannten »Prag-Tunnel« brauste, richtete er sich auf seinem Sitz gerade empor. Jedoch nun gut, das konnte zunächst außer Betracht bleiben; immerhin schon hier, in den ersten Minuten der Fahrt, erfuhr er Neues was ihm nicht mehr bewußt gewesen. Seine Verfassung war jetzt angeregt und wach. Als sich die Landschaft dann öffnete, der Neckar sichtbar wurde, zogen die Windungen des Flusses, die auf und ab wallenden Hügel, mit großer Frische und Deutlichkeit in sein erhelltes Innere ein, das gewaschen war wie eine Wiese nach dem Regen, und in einer gläsernen Art gespannt wie ein klarer Abendhimmel. Rauch hing über Ziegeldächern, man sah zwischen Giebeln tief in die Gassen der Ortschaften; das Licht des sich neigenden Nachmittages tönte die Ferne ab, umgab die Nähe mit der Undeutlichkeit und dem Golde schräger Sonnenstrahlen. Man hielt einmal, zweimal. Conrad stand nun am Fenster, das er herabgelassen hatte, und beugte sich ein klein wenig vor, in die Richtung der Fahrt schauend. Die frische Landluft mischte sich mit dem Rauch des Zuges, der in seinen kraftvollen, schlagenden und klappenden Geräuschen dahinschoß, alles flitzend hinter sich ließ, ob Hausgiebel oder Baumkronen oder Enten am Bach. Seit Stuttgart war man nun schon eine halbe Stunde unterwegs.

Ein breiter, goldener Rücken sperrte die Strecke, der bei immer geringerer Entfernung zur Wand aufwuchs: hoch vor dem blauen Himmel zackte das Weinlaub. Die Fahrt ging an einem Stationsgebäude brausend vorbei, geradewegs auf diese Wand los; und jetzt erst wurde unten an ihrem Fuße ein kleiner, schwarzer, rußiger Mund sichtbar. Dann schloff der Zug dröhnend in den Schlauch, dessen Wände aus Rauch zu bestehen schienen.

Castiletz sprang vom Sitz. Draußen heulte und wetterte es langgezogen in der Dunkelheit, und dazwischen zerplatzten zahllose kleinere Geräusche, wie Fässer voll Scherben, die man entleert. Es schien lange zu dauern. Plötzlich jedoch war alles Toben gaumig nach rückwärts verschluckt, wie von einem großen Munde, und der Zug lief wieder geruhig hin in seinen weichen, schleifenden Geräuschen. Conrad sah in eine neue Welt hinein, die jetzt bei sinkendem Abend immer weiter und doch zugleich immer abgeschlossener sich auftat: ein gedehntes Bergrund, oben ganz gerade, fast beängstigend gerade vor dem Abendhimmel abkantend, grauer Schaum des Laubwalds an den dämmernden Flanken, die mit der Regelmäßigkeit einer Trichterwand das weite Talbecken schlossen, worin im Bogen man fuhr. Und nun, zurückblickend, erspähte Castiletz klein am Grund und Fuße der Wand dort rückwärts den doppelten rußigen Einschlupf, aus dessen einer Öffnung man eben noch hervorgebraust war. Er trat von einem Bein auf das andere in seiner Erregung. Wenn doch der Zug jetzt hielte!

Im nächsten Augenblicke merkte er die verzögerte Fahrt, das Rauschen der Bremsen, das Schlagen der Weichen, den Bahnhof. Er riß seinen Handkoffer geradezu vom Gepäckträger herab, ein Finger breit fehlte und er hätte eine Scheibe zerschlagen. Die Art seines Aussteigens war schon fanatisch zu nennen und so, als hätte dies behäbige Züglein einen Aufenthalt von höchstens zehn Sekunden zugemessen. Indessen, allenthalben und langsam quollen Männlein und Weiblein bescheidentlich heraus mit Taschen und Körben, während Conrad Castiletz blitzartig zum Durchbruch und auf den Bahnsteig gelangte. Seine Eile, die jetzt doch jeglichen Sinn verloren hatte, nahm auch hier nur um ein geringes ab. Als der Schaffner an der Sperre, welcher freilich Conrads Fahrtausweis bis Heilbronn bemerkte, ihn fragte, ob er hier zu unterbrechen wünsche, ließ er die Karte einfach in der Hand des Beamten und drang mit seinem Koffer hinaus auf den Platz vor dem Bahnhofsgebäude. So mächtig beherrschte ihn die Vorstellung, das Ziel der Reise schon erreicht zu haben. Hier nun, am Sprengpunkte und bei endlicher Beruhigung dieses Castiletzschen Geschosses, fand sich einer, dem es ganz plausibel erschien, daß ein Herr mit Gepäck nach einer guten Unterkunft fragte: und so wies er ihn denn zu dem Gasthof, dessen Vorbau mit rotem Weinlaub auf der anderen Seite des Platzes und der Station gerade gegenüber lag.

Die Wände waren etwa bis zur Brusthöhe mit einer gepreßten dunklen Tapete bekleidet; dann gab es eine Leiste. Und von hier an begann ein heller, freundlicher Anstrich mit einem naiv-vergnügten Muster. Dieses sah Conrad zuerst, als er in dem breiten Holzbett erwachte. Nach einer Weile nahm das Leben wieder jene Formen an, welche es eben zu haben pflegt, und überwand die des Traumes. Damit traten bereits Einzelheiten in Erscheinung, so etwa die Verwunderung darüber, daß dieser Gasthof Zimmer mit Zentralheizung, breiten Waschtischen und fließendem heißen und kalten Wasser hatte, in einem so winzigen Örtchen. Hierin aber täuschte sich Conrad, denn er hatte nur den letzten Zipfel davon beim Bahnhof gesehen. Jetzt kamen draußen Schritte, und an seiner Tür vernahm er das Niedersetzen der Schuhe, die offenbar gereinigt worden waren, ebenso wie sein Anzug, den man nun klappernd an den Kleiderhaken neben der Türe hing. Dann klopfte es leicht, und die Schritte entfernten sich. Zwischen all diesen Einzelheiten und Kleinigkeiten stellte Castiletz im Bette mit wirklichem Bedauern fest, daß er jenes blaue Heft in Quarto, darin nun längst alles irgendwie Erhebliche von ihm eingetragen worden war, nicht bei sich führte (wäre wohl auf der italienischen Reise mit Marianne wenig empfehlenswert gewesen!). So, ohne dieses Hilfsmittel, war es gewissermaßen schwerer, den ganzen Fall geordnet als eine frei gewählte Beschäftigung in Angriff zu nehmen.

Kaum eine Stunde später ging er durch die Ortschaft und deren in der Morgensonne gemächlich bewegtes Leben, ein Karren mit Maisstroh und ein Wagen mit Fässern ... Als er auf die Landstraße kam, die sich, wie Castiletz nun bemerkte, nach links auf den flach ansetzenden Ringwall des Gebirges hinaufzog, sah er dessen mächtigen Dreiviertelkreis schon teilweise vor sich liegen in der Morgensonne, zuhöchst wohl mehrere hundert Fuß aufragend, steil und abschließend, eine Mauer, an welcher dort drüben das Gewölk der Baumkronen kroch wie erstarrter Schaum.

Wenn Bewohner dieser Gegend die seltsame Gestalt der Landschaft oft so zu erklären pflegten, daß hier vorzeiten der Neckar seinen Lauf genommen und diesen genauen Bogen ausgewaschen habe, so war das nur beiläufig gemeint und hält bei näherer Überlegung nicht stand. Warum sollte der Fluß, der jetzt dieses ganze Becken abgedrängt vermeidet, einst in enger Krümmung, ja rücklaufend, zum zweiten Male um den Berg gegangen sein, den er bis heute nicht durchbrochen hat? Nein, diese schnurgerad kantenden, gezirkelt hinlaufenden Lehnen – in einem leicht elliptischen Bogen, dessen größter Durchmesser etwa zweitausendsiebenhundertundfünfzig

Meter beträgt – sie verleugnen nicht ihre Herkunft, wenn auch die weingoldne Sonne zuzeiten das Allzustrenge in Ferne und Weichheit hinüberspinnen möchte und auf diesen Hängen liegt wie der vergehende Glanz eines Freudenlächelns auf einem harten Antlitz. Hätte Castiletz sich mit so was je »beschäftigt« (»beschäftigt« wie einst der Knabe Günther mit den vorweltlichen Ungeheuern), dann hätte er vielleicht das Geheimnis der Gegend verstanden. Sie stammt, wie sie ist, möglicherweise gar nicht aus dieser unserer Welt. Sie bewahrt vielleicht in ihrem Antlitze treu und starr die übermenschliche Erinnerung an eine Katastrophe: als hier ein Weltkörper einschoß, den weichen Muschelkalk in einem Ringwulst beiseite drängend, sich selbst tief einbohrend in der Mitte, die heute noch kegelförmig aufgewölbt ist, als Grabmal für den in Weißglut, Heulen und Donner versunkenen Riesen: ein Stäubchen nur gegen den Planeten, der ihn einst mit furchtbarer Saugkraft aus seiner himmlischen Bahn gebogen, zum Kippen, zum Einschießen in den Erdkörper gebracht hat. Ja, es sieht schroff aus und einsam und starr, bei allem herrlichen Baumwuchs, wie einer jener sogenannten »Mondkrater«.

Ein Feldweg, den Castiletz jetzt bemerkte, führte in dessen Bezirk, nach rechts von der Straße abzweigend. Conrad schritt rasch zwischen den leeren Äckern dahin. Man kann sagen, daß er dabei geradezu unternehmend aussah, im Sportanzug mit kurzen Hosen und derben Schuhen. In der Tasche trug er eine Tafel Schokolade, Zigaretten, außerdem eine starke elektrische Lampe.

Jetzt, am Morgen, war es frisch, die Sonne dünn und zart, Stille allenthalben, als sei sie von der Nacht her übriggeblieben. Der Feldweg endete bei einem leeren Graben, der zwischen Weidenbäumen hinzog, etwa gleichlaufend dem Ringwall, welcher sich dort links immer steiler emporschwang, hier noch nicht bewaldet, sondern mit Reben bepflanzt. Am Graben lief ein Pfad. Castiletz folgte ihm. Hier grünte das Gras. Dort drüben jedoch, in das Laubgekuppel der steilen Hänge, waren strichweis starke rote und gelbe Töne eingefallen. Nach ein paar hundert Schritten trat von links ein Hügel heran, der in eine Art Damm auslief, quer über den Graben. Als Conrad den Hügel hinaufgestiegen war, stand er an einem Teiche, dessen Sumpfgeruch ihn schon längst begleitet hatte. Jetzt erst wurde ihm das bewußt. Hier gab es eine Ruhebank.

Conrad trat ans Ufer, beugte sich vor und sah in das Wasser hinein (einen Augenblick wollte er sich sogar hinkauern, um besser zu sehen). Aber er konnte darin nichts erblicken. Der trübe Weiher lag still da, voll fettiger Tiefe, wie die Wange einer überreifen angefaulten Frucht, in seinem Schilfkranz, der vom Herbste gebleicht war, da und dort schon ganz knochenhaft welkend und in Ergebenheit und Schläfrigkeit nach vorne ins Wasser hing und einsank. Die Weiden – unanständige, polypenhafte Bäume, deren dicker Kopf in zahllose Arme explodiert – schienen dieser Teichfäule und Herbstmüdigkeit hier zuzustimmen. Nur die anderen schlanken und hohen Bäume gleich dahinter hielten sich mit ihrem schön gefärbten Laube gegen den fernen Himmel hinaus.

Vom Teich an hatte der Graben Wasser; zudem führte er bald etwas näher an den Wall des Gebirges heran, bis auf eines Steinwurfs Weite, und blieb dann im gleichen Abstand. Linker Hand gab es jetzt Auwald und Busch, welcher den Raum bis zur scharf ansetzenden Steilung füllte. Diese Aue, dieser ganze Grund hier schien feucht, frisch, mit zahllosen versteckten Plätzlein und Pfaden lockend. In Castiletz erweckte das ein begrüßendes Gefühl, als sei er durch Jahre nicht mehr auf dem Lande gewesen; und der dichte, gekuppelte, aus allerlei

Bäumen gemischte Wald, in welchen jetzt oben auf der Lehne die Weingärten unvermittelt übergingen, war für Conrad ein köstlicher und üppiger Anblick, als wichen nun erst Hitze und Kahlheit des italienischen Sommers von ihm. In Kaskaden winkte der Herbst vom steilen Hang aus den Wäldern, Fahnen, Wolken und Striche rot und braun, mit hellem Gelb dazwischen, das wie ein Ruf in den Himmel stieg, der jetzt, bei höherem Sonnenstande, schon in eine sonore Tiefe des Blaus schwoll. Aus dem Buschwald der Au punkteten krapprot die Berberitzen. Der Boden atmete; Laub, Wasser und Gras rochen. Es wurde warm; gleichwohl ging Castiletz rascher. Denn, um den Kegel der Mitte in weitem Bogen ausholend, kam der Bahndamm heran, lief gerade vor Conrad quer über den Graben und linker Hand senkrecht gegen den Berg.

Castiletz brach durch Gestrüpp, Brennesseln und Unterholz; dann kletterte er die Böschung am Tunnelmund empor. Hier oben war alles geebnet, schottrig, gekiest; es roch ölig oder teerig von den in der Sonne dunstenden Schwellen. Der Blick ging frei und weit.

Jedoch Conrad wandte der offenen Landschaft den Rücken. Wie der vergessene Tempel einer Gottheit stand vor ihm der Eingang des Doppeltunnels mit seinen beiden finsteren Portalen und der breiten Stirn in den Wald gerammt, links und rechts die schräg abfallenden Futtermauern wie mächtige Füße vorsetzend. Jetzt noch, wo der Stein längst hellgewaschen vom Wetter, anderwärts wieder schwarz vom alten Rauche war, schien die Natur wie erregt seitlich und oben zurückzuweichen, mit gekraustem Busch und Baum. Und doch wieder bestand hier wohl seit langem schon eine Art Gewöhnung, ja fast Freundschaft zwischen strengem Quadersteine und dichtkronigem Gewächs: auf angeflogener Erde über den Gesimsen saßen Sträucher.

Castiletz blieb seitwärts. Hier war ein kleiner flacher, abgegitterter Platz. Man konnte sich vorbeugen und in den Tunnel blicken.

Und eben jetzt erfüllte der hier zuständige Gott den Tempelmund von innen mit seinem anschwellenden Donner. Dann trat er schwarzfarben aus. Castiletz, zurückweichend, kam sich hinter dem Gitterchen vor wie geschützt gegen ein wildes Tier. Es raste vorbei, und dahinter der Lastzug voll schwerer, stummer Güter, Wagen auf Wagen, dröhnend, klappend und klingend hervor aus dem Schlauch. Nun lief die lange rotbraune Kette schon dort draußen in der Sonne, im weiten Bogen nach links, um den Kegelberg in das flache Land. Aus dem Tempelmund quoll dünn der Opferrauch nach, schwebte ein wenig hoch, verschwand in den Zweigen der Büsche, die sich ganz zutraulich oben über die Brüstung lehnten, mit dem zarten Leibe das schwere Portal berührend.

Es dauerte nicht lange, bis aus diesem ein ganz anderes Geräusch hervordrang, erst leise, dann deutlicher, ein Klappern oder wie der Ton vieler kleiner rascher Schritte. Dazwischen gab es ein oder das andere Mal einen hallenden Schlag. Castiletz, dessen bürgerlicher Instinkt ihm gleich anfangs zugeraunt hatte, daß er hier eigentlich nichts zu suchen habe, zog sich geschickt zurück, etwas mehr seitwärts zwischen die Gebüsche.

Von hier aus konnte er den Streckenwärter sehen, als dieser nach einer Weile auf Conrads Seite aus dem Stollen hervorkam, also, wenn man hinaus in das Land schaute, rechts. Nun begriff Castiletz die Art des Geräusches. Der Mann ging in der Mitte auf den Schwellen, die zu weit auseinanderlagen, als daß man im Gehen je eine hätte auslassen können, und zu nahe beisammen, um einen längeren als eben diesen fast trippelnden Schritt zu gestatten, welcher auf die Dauer einigermaßen anstrengend sein mußte. Der Beamte verließ jetzt das Geleise und betrat den verbreiterten Platz zwischen den beiden Tunnelmündungen, wo eine große Signalglocke stand; dahinter gab es, wie sich jetzt zeigte, ein Telephon, das der Streckenwärter nun kurbelnd in Bewegung setzte, offenbar um seine Meldung zu machen. Dann nahm er den langgestielten Hammer, den er beiseite gestellt hatte, wieder auf und verschwand, auf den Schwellen trippelnd, im anderen Tunnelmund.

Die Gelassenheit, mit welcher Castiletz sich jetzt seine Zigarette anzündete, war nicht ohne Romantik. Hier hieß es auf jeden Fall eine Weile warten! Nun gut. Indessen erlebte Sherlock Holmes eine Überraschung. Denn als diese gute Weile vergangen war – fast dreißig Minuten nach der Uhr – näherten sich die trippelnden Schritte neuerdings, und wieder erschien der Mann in blauer Jacke, mit Tasche und umgehängtem Signalhorn, rechts den Tunnel verlassend. Nun ging er weiter, den Blick unverrückbar auf die Schienen und Schwellen geheftet, gleichmäßig mit kleinen Schritten laufend wie ein Maschinchen. Castiletz sah ihm lange nach. Seine Sicherheit schien etwas erschüttert durch die undurchsichtigen Gepflogenheiten der Bahnverwaltung.

Er überlegte und wartete. Draußen auf der Strecke wuchs nach einiger Zeit ein Rollen und hier in der Einsamkeit schlug jetzt das Läutwerk kräftig an. Um den Kegelberg im Bogen wehend zog eine Dampffahne. Bald brüllte die nahe Maschine kurz auf und stürzte sich ins Dunkel. Wieder war es ein Lastzug, klappend und klingend verschwanden die rotbraunen Wagen einer nach dem anderen drüben im Schlauch. Castiletz bemerkte, daß hinter dem verschwundenen Zuge kein Rauch aus dem Tunnel kam, auch zeigte davon das Portal dort keinerlei Spuren. Nur auf der rechten Seite hier herüben war der Bogen geschwärzt.

Es galt nun, noch einen ausfahrenden Zug abzuwarten; dann konnte er's wagen.

Nach einer Viertelstunde etwa brauste es im Tunnel. Dann verließ diesen heiß und schnaubend eine Lokomotive, hinter der nur wenige Personenwagen liefen. Auf der letzten Plattform stand ein Schaffner. Aber er konnte Castiletz, den das Gebüsch verdeckte, nicht bemerken. Noch tönte das ferne Rollen des eben erst durch die Biegung unsichtbar gewordenen Zuges, als Conrad aufsprang und – mit den Gefühlen eines autoritätsgläubigen Menschen, der Unglaubliches tut! – über das Gitterchen auf die Strecke setzte. In dem Bestreben, sich einer möglichen Sicht zu entziehen, lief er, die Schwellen nicht sehr geschickt benutzend, geradewegs in den noch vom Rauche, der ihm entgegenzog, erfüllten Tunnel hinein. Jetzt sah er den Ausgang an des Berges anderer Seite, im Rauche seltsamerweise rot, dann gelb, endlich weiß, eine runde Scheibe. Es schien nahe. In diesen Augenblicken erst durchblitzte es ihn, daß er hastig hierhergekommen war, ohne eine geleistete Vorarbeit des Denkens, ja … ohne eigentlich genau zu wissen, was er hier nun suchen wollte. Den Schmuck, das heißt also die nach Inkrats Meinung ausgeworfene und vielleicht verstreute Beute … War dieser Tunnel Tatort, dann war jene wohl schwerlich schon hier zu finden. Wie ein Trichter, in welchem die ganze Unternehmung bereits versinken wollte, öffnete sich die Erkenntnis, daß keineswegs vernünftige Überlegung ihn gerade hierher geführt hatte. Jedoch, all dieser zappelnde Knäuel von einander durchschießenden Vorstellungen war plötzlich zerhauen, wie der berühmte gordische Knoten, von einer einzigen Frage – hinter welcher, für Castiletz fast triumphal, irgendein Denkfehler Inkrats durch Sekunden sichtbar wurde:

Rechts oder links an der Wand?

Eine Art unkontrollierbarer Muskelbeschluß antwortete aus Conrad auf diese Frage, keine Erwägung. Schon richtete sich der Lichtkegel seiner Taschenlampe rechts vom Gleis auf den schmalen und zum Teil verschotterten Streifen Bodens, der noch neben den eisernen Schwellen im Tunnel bis zur Mauer blieb. Jedoch, hier mußte ihm der Mut entsinken. Zwischen diesen vielen rußigen Steinen und ihren zahllosen Zwischenräumen irgendwelche kleine Gegenstände zu finden, die heute, nach über acht Jahren, mindestens so sehr vom Rauche überzogen sein mußten wie eben alles hier … dies war unmöglich, zumindest in Gehetztheit und Eile. Hier brauchte man vor allem eine Erlaubnis und Bewilligung, und eine zweite und stärkere Lampe und eine Begleitung. Conrad stolperte. Er wußte nicht recht, ob er hier am Rande auf die Schwellen treten sollte oder in den schmalen Raum neben diesen. Bis jetzt war er etwa hundert Schritte in den Tunnel eingedrungen. Er kehrte um: immer noch gebückt am Boden hinleuchtend. Hier war von draußen ein Blatt hereingeweht, ein winziges, grünes. Er sah darauf nieder. Plötzlich, ja schlagartig, schien ihm ein längst und früher einmal erlebter Augenblick wiederzukehren. Er hatte einst Steinchen im gestauten Bache genau betrachtet, die ganz wie ein Krebs ausgesehen hatten. Und dann war es wirklich einer gewesen. Hier jedoch war es ein Beryll-Ohrgehänge, in Gold gefaßt.

Castiletz kniete langsam nieder. Während sein Herz tief und ganz auszusetzen schien, so daß in seiner Brust geradezu Schweigen und Stille herrschten, zog er das kleine Schmuckstück mit zwei Fingern aus dem Spalt, worin es lag, und hielt es nahe vor die Lampe.

Ja.

Castiletz kam aus dem Tunnel und mit festgeschlossener linker Faust die Böschung hinab. Er fegte mit den Schultern das Gebüsch beiseite, trat unter die steil emporstaffelnden Bäume, setzte sich und öffnete langsam und vorsichtig die Hand, als hätte er ein Tier gefangen.

Ja.

Ordnung mußte sein. Er rieb den wenigen Ruß sachte mit dem Taschentuch vom Golde und vom Stein, öffnete seine Geldbörse und schob das kleine Schmuckstück in ein gut verschließbares Nebenfach, darin bis jetzt einsam ein Schlüsselchen gelegen hatte.

Dann war keine Ordnung mehr. Nachdem Castiletz die Hosentasche noch sorgfältig zugeknöpft hatte, begann er eilends den unmäßig steilen Abhang zu erklettern, da und dort mit den Händen an Strauch und Baum einen Halt suchend. Diese immerwährende angestrengte Bewegung nach aufwärts bot ihm eine Art von Ruhe. Weiter oben ließ die Steilung ein wenig nach, es gab einzelne kleine Stufen und Schultern am Berg. Conrad saß im Walde. Vor dem Himmel kreuzte sich verschiedenartiges Geäst, grün, bunt und braun, auch von Nadelbäumen, das letztere sah jetzt aus, als ob es schwarz wäre.

Und zuletzt kam er ganz hinauf und über den bruchartig abkantenden Rand. Hier zogen vollkommen ebene Äcker weithin. Castiletz wandte sich atmend zurück gegen die Tiefe. Das Land dort unten schien geschwellt und aufgewölbt, mit den scharf rostbraunen Vierecken der Felder, den hellen wassergrünen Farben der Wintersaat, rückwärts der Kimm nicht mehr in herbstlicher Klarheit, sondern in tiefem Dunste. Er stand hier wie auf dem Dache seines Lebens, ja, ganz wie jemand, der viele Jahre hindurch ein Haus bewohnt hat, jedoch zum erstenmal hinaufkommt und aus einer Luke schaut, Bekanntes aus solcher Höhe als neu betrachtend.

Theodor Heuss

Schwäbischer Wein

Mit dem württembergischen Wein macht der unkundige Fremde leicht die gleiche Erfahrung wie mit dem schwäbischen Menschen. Er ist wohlwollend und nachsichtig zu ihm, ein bißchen von oben herab, lobt die Einfachheit, die er, aber nur er, »kernig« nennt – das läßt man so geschehen, man ist es halt gewöhnt, man wird mit dem Mann schon fertig werden. Das besorgt, auf seine Weise, wie der Mensch auch der schwäbische Wein. Die Art, wie er sich an freundwilligem Unverstand rächt, ist nicht frei von schadenfroher Tücke. Er geht in die Knie.

Natürlich nicht jeder. Der landesübliche »Schillerwein« ist ziemlich brav; vielleicht hat er kein ganz gutes Gewissen. Denn etwas mehr, als es sich schickt und rechtens ist, hat er sich so gemeinhin der Vorstellung bemächtigt, die für den »württembergischen Landwein« gilt. Es wäre undankbar, ihn zu schelten – seine saubere, gelegentlich säuerliche Frische ist oft genug eine kräftige Gabe nach staubiger Wanderung gewesen. Man mag ihn, man soll ihn gegen den Durst trinken. Aber dieser Rat ist schon bloß halbes Lob. Wer Wein aus Durst trinkt, hat Ansatz und Anlaß falsch gewählt. Den Dilettanten nun muß man zwischendurch sagen, daß in dem Namen keine landsmännische Dichterehrung steckt, sie wäre auch unvollkommen – der Wein »schillert«, er ist blaßrot, das heißt, rote und weiße Traubensorten werden gemeinsam gepflanzt, gelesen, gepreßt. Im Ausgang dieser schwäbischen

Eigentümlichkeit liegt eine gewisse ökonomische Risikoverteilung: die einzelnen Sorten haben in Blüte und Entwicklung eine verschiedene Anfälligkeit, also gibt es in Ertrag und Güte je nachdem die Möglichkeit eines Ausgleichs. Auch ist natürlich das Herbstgeschäft einfacher und billiger. Den »Schiller« mag man dem schwäbischen »Brauchtum« zurechnen, wie auch den guten »Mooscht« aus Äpfeln und Birnen, er mag als Sonderart weiter gelten, und da er größtenteils im Lande selber seinen Absatz findet, wird's auch dabei bleiben. Aber in den Bezirken mit den guten Lagen ist man dahinter her, bei Neubestockungen auf die einheitliche Rebenauswahl zu drängen, denn es ist klar: in der Mischung von Weiß und Rot kommt die Individualität zu kurz. Diese fordert ihr Recht – es fehlt nicht an Eigenmächtigkeit in dem Land, weder bei den Menschen noch bei den Weinen.

Württemberg hat nämlich kein einheitliches Weinbaugebiet. Der untere Neckar mit einigen seiner Nebenflüsse, nicht mit allen, ist einigermaßen geschlossen – in manchem Tal sieht man an der Terrassierung der Hänge, daß auch dort einmal Reben standen. Stuttgart mit seinem östlichen Ausgang ins Remstal bildet eine Gruppe, im hinteren Kochertal, bei Ingelfingen, gibt's ein paar isolierte Weinorte, der Taubergrund bei Weikersheim hat ein paar berühmte Lagen, Maulbronn mit dem Eilfinger Berg, und der Reichshälde baut sich besonders auf – und der Chronist müßte vermelden, daß auch in dem Vorgelände der Rauhen Alb Hügel mit Reben bepflanzt sind. Sie lohnen auch dort den unendlichen Fleiß mit Wein. Aber es bleibt den Anwohnern nicht viel mehr übrig, als ihn selber wegzutrinken, denn mit allerhand herben und derben Witzen haben sie sich gegenseitig den Weg zum »Markt« etwas verstellt. Ist man dort zu Gast, wird wohl ein Krüglein aus dem Keller geholt, das erweisen muß, daß auch der Reutlinger besser sei als sein Ruf. Im übrigen trinken ja auch sonst die Württemberger ihren Wein selber; sie müssen noch hinzukaufen, er reicht nicht ganz. Er ist auch kein »Ausfuhrartikel« geworden – der oder jener ließ sich wohl immer einmal ein Fäßle kommen, und in ein paar deutschen Großstädten gibt es Württembergische Weinstuben, teils zur Fröhlichkeit und teils zur Sentimentalität. Man hat sich lang genug gar nicht darum gekümmert. Fast alles wurde offen ausgeschenkt. Ja, der König, das heißt das Hofkammergut, ließ die Weine schon lange auf Flaschen ziehen, und auf dem »Eilfinger« lag denn auch in meiner Kindheit ein Glanz von unerreichbarer Vornehmheit. Seitdem hat sich manches geändert. Nicht als ob der Eilfinger schlechter und die anderen Lagen besser geworden wären. Aber in den letzten drei Jahrzehnten haben sich Auslese und Kellerkultur außerordentlich gehoben. Wenn ich jemand, den ich auszeichnen will, eine Flasche Heilbronner Trollinger von meinem Freunde Paul hinstelle, dann ist er erstaunt über die gehaltene Kraft und den fülligen Geschmack; das etwas alberne Wort von den »Landweinen« hat er verlernt. Er möchte das nächste Mal mehr davon.

Da man »draußen« den württembergischen Wein nicht leicht kriegt, muß man ihm schon einen Besuch machen. Solch eine Weinreise kann eine schöne und romantische Sache sein, war es gewiß früher, da man schließlich in einem Chaisle landete, und der gute Gaul den Heimweg fast von selber fand – das Auto paßt, schmerzlicherweise, nicht recht zu solchen Unternehmungen. Dann hatte man wohl, wenn es den »Neuen« gab, erkundet, wo frischer Zwiebelkuchen zu finden sei; zu dem gehört freilich eine gewisse Entschlossenheit. Für alle Fälle führte man etwas alten Emmentaler Käs bei sich; der gibt eine feste Unterlage. Am schönsten war es wohl (und ist es noch heute), wenn einer »den Besen« herausmacht, das heißt, wenn ein Weingärtner sein eigenes Gewächs ausschenkt. Die Wirte haben diese Art von Straßenschmuck nicht gern und schimpfen, und auch dem »Besenwirt« wäre es manchmal wohler, er hätte seinen Ertrag im Herbst an der Deichsel verkaufen können aber wenn in den niederen und rauchigen Stuben die gestandenen Leute beisammensitzen, dann hat die Sache eine Art. Es wird gescheit und ernst geschwätzt, am meisten vom Wein, es wird auch geschimpft und politisiert, doch fängt man keine Händel an wie in einem Wirtshaus, halb bleibt man Gast – nichts für Frauensleute und Buben, auch nichts für Stammtischphilister, eine männliche Angelegenheit.

Wir wollen ehrlich bleiben: man kann auch hereinfallen. Man kann an saure und unfrohe Weine geraten. Aber man braucht sie ja nicht zu trinken. Ein guter Rat in diesen Dingen ist Ehrensache. Und das hat sich herumgesprochen – man sagt es, damit der Vorrat nicht zu schnell weggeht, nicht jedem, daß der Glockenwirt mit einem Taubertäler »Schmecker« eingelegt hat und in der »Schwane« ein »Käsberger« zu kriegen ist – da bestehen ringsum im Lande alte Beziehungen; der hat immer einen Untertürkheimer Roten und einen Weinsberger Riesling, der führt Cannstatter »Zuckerle«, und wenn man sich etwas Exzellentes leisten will, weiß man, wo »Stettener Brodwasser« zu finden ist. Ein Katalog württembergischer »Spitzenweine«? Das geht nicht, schon weil diese Worterfindung so unschwäbisch wie möglich ist. Und ein Wörterbuch der großstädtischen Weinkarten: »würzig«, »blumig«, »süffig« und so weiter – es genügt, daß der Wein gut und sauber ist. Sein »Bodengfährtle«, das, was ihm Keuper und Mergel mitgegeben haben, wenn die Sonne die Feuchtigkeit in Trieb und Traube zog und Rebensaft daraus machte, das kann die Zunge in Worten doch nicht recht formen.

Kein Wunder, die Spannweite der schwäbischen Geistesgeschichte auch in diesem freundlichen Bereich zu sehen: der Liedersänger Friedrich Silcher ist aus dem Weindorf Schnait hervorgegangen, in Lauffen aber lehnt Hölderlins Geburtshaus, draußen vor dem Städtchen, an einem wunderbar übersonnten Rebhang.

Thaddäus Troll

Weinfluß Neckar

Der Neckar bringt es relativ nicht weit. Er bleibt im Ländle und nährt sich redlich. Er wagt sich nicht auf eigenen Füßen ans Meer. In Mannheim teilt er sich dem Rhein mit. Er hat einen viel kürzeren Lebenslauf als die Donau. Aber was er dabei erlebt! Im Gegensatz zur Donau ist er ein Proletenkind, im Moor geboren, nahe der nüchternen und fleißigen Stadt Schwenningen. Er rutscht auf allen vieren der Reichsstadt Rottweil entgegen, er liegt ihr zu Füßen, glotzt auf ihre mittelalterliche Silhouette und erfreut sich am Maskentreiben ihrer Fasnet. Im Lauf seines kurzen Lebens sammelt er noch drei Reichsstädte zum Quartett: Esslingen mit seinem mittelalterlichen Stadtkern, das fröhliche Heilbronn und Bad Wimpfen auf dem Berg und im Tal, mit Romantik und Gotik aufs malerischste geschmückt. Er umarmt zwei Wiegen der Weltliteratur: Schillers Geburtsstadt Marbach, Hölderlins Lauffen. Aber auch die zeitgenössische Literatur ist am Neckar beheimatet: Der ehemalige fürstliche Witwensitz Nürtingen hat Klaus Harpprecht und Peter Härtling geprägt. Vom Neckar ging eine technische Revolution aus, auf ihm fuhr das erste Motorboot der Welt, an seinen Ufern probierte Gottlieb Daimler das erste Auto auf der Straße von Cannstatt nach Untertürkheim aus. Carl Benz wirkte in Ladenburg, Robert Bosch in Stuttgart. Aber nicht nur das über die ganze Welt verbreitete Verkehrschaos hat seine Wurzeln am Neckar. Berührt er nur die Peripherie von Stuttgart, weil er es nicht auch noch verantworten kann, daß die Teilung in eine sozialistische und eine kapitalistische Welt dort ihren Ursprung hatte? Hegel ist Stuttgarter. Und ohne seine Philosophie kein dialektischer Materialismus, kein Marx, kein Lenin, kein Stalin, kein Mao. Zum Ausgleich für so viel Entzweiendes wurde aber in Cannstatt auch eine Erfindung gemacht, die zwei Hälften zu Schutz und Trutze brüderlich zusammenhält: der moderne Büstenhalter. *Alt Heidelberg, du feine* und *O Tübingen, du wunderschönes Nest* – die Gelehrsamkeit ließ sich in zwei der ältesten deutschen Universitäten am Neckar nieder. Aber auch zwei an Romantik arme und an Wissen neureiche Universitäten, Mannheim und Stuttgart, hängen am Neckar. Eine Waffenschmiede in Oberndorf und Räderwerke vom Fahrrad bis zum Wankelgetriebe in Neckarsulm.

Der zeitgenössische Poet des Neckars, Otto Rombach, vergleicht den Fluß sehr treffend mit einer tausend Jahre alten Rebwurzel. Denn hier haben die Römer – ihre Neckarkastelle standen in Köngen, Cannstatt und Ladenburg – das schönste Geschenk einer Besatzung hinterlassen: den Wein. Freilich, er ist etwas neckarabwärts gewandert. Die berühmten Essiglagen am oberen Neckar gibt es nicht mehr. Vorbei die Anekdote aus der Zeit, da die Beeren noch mit den Füßen getreten wurden, von dem Weingärtnerstöchterle, das im Riesling zu Schaden kam. »Vatter, i han bluatige Fiaß!« – »Na gang nom en da Trollenger.« Trollingertrauben, die nichts mit den Trollen zu tun haben, sondern von ihrem Ursprungsland Tirol abgeleitet sind, gedeihen in Fülle im Neckarland. Sie geben einen hellroten, leichten, süffigen und, wenn sie von guten Kellermeistern behandelt werden, herben Wein mit Bodegfährtle, also Bodengeschmack.

Der Neckar und seine Nebenflüsse mit dem Fleisch der Lande, die von ihnen genährt werden, bilden das größte Weinbaugebiet in Deutschland. Hier muß man vespern und Viertele trinken. Aber um Gottes willen nicht wespern, sondern feschpern, und neutral, denn ganz schlimm ist die Wesper. Ein Viertele zum Vesper ist zuwenig, wenn aber mehr, dann keineswegs Vierteles, sondern Viertela, am besten im Henkelglas. Dazu Kräuterkäse, Preßsack, Leberkäs – in dem so viel Leber zu sein braucht wie Hund im Hundekuchen –, Peitschenstecken, hausgemachte Würste.

Es lohnt, den Neckar zu begleiten, zu Fuß, mit dem Fahrrad, mit der Eisenbahn, im Auto. Denn von Rottweil an wird auf der Karte die Straße, die ihn bei der Hand nimmt, grün, was bedeutet, daß sich der junge Neckar herausgeputzt hat. Gemächlich im Lauf, von Kapellen, Hügeln, Kirchen, Wirtshäusern und Pappeln gesäumt. Er muß sich anstrengen, denn links lockt den Gefährten der Schwarzwald, rechts die Alb zu Seitensprüngen. Vor der frommen Bischofsstadt Rottenburg nimmt er etwas Weihwasser mit, kurz vor Tübingen schon kratzt die Industrie an seiner Lieblichkeit, vor Schreck wird er jetzt evangelisch. In der Universitätsstadt grüßt ihn eine prächtige Häuserzeile, markiert vom Hölderlinturm, überragt von Stiftskirche und Schloß; eine Straße verführt nach dem gotischen Schloß und Kloster Bebenhausen und in den Schönbuch. Aber nun beginnt der Kampf der Natur mit der Industrie, die ihm bald aus dem Filstal entgegenströmt und ihn einen ärgerlichen Haken schlagen läßt. Von Esslingen streiten sich Weinberge und Fabriken um Platz an seinen Ufern. Man muß dabei wissen, daß sich hier, im schwäbischen Unterland, der Eingeborene um jedes durch Erbteilungen verkleinerte Stückle abgeplagt und abgeschunden hat, daß jeder Quadratmeter bebaut und gepflegt, aber auch ererbt und erstritten worden ist. Hier riecht es nach Schweiß, Kraut, Akazienblüten, Laugenbrezeln, Bohnerwachs, Dieselöl und Wein. Hier wird der Neckar zum Knecht und Packesel der Industrie.

Aber schon die Stuttgarter Neckarvororte wollen das nicht wahrhaben und schmücken ihren Fluß mit Weinbergen. Er windet sich dankbar, frißt sich durch bizarre Steinbrüche und Felsgebilde, hält sich da und dort die Nase zu, bis er den Arbeitskittel wieder auszieht, bis ihn die Natur wieder hat, bis sich die Rems in ihn verströmt und und den Passagier der weißen Neckarschiffe, die er jetzt nebst Lastkähnen und Schleppern huckepack genommen hat, zu einem Landgang und Weinausflug verlockt ins berühmte Remstal mit der Karolingerstadt Waiblingen als Torwächter. Nun begleitet ihn die Weinstraße, damit der Neckarwanderer nicht abtrünnig wird. Links abgelegen das als Fürstenabsteige gebaute Ludwigsburg mit Schloß und Barockgarten, dahinter der Hohenasperg, auf dem viel eigenwilliger Geist, der in diesem Land gedeiht wie der Wein, in Kellen gehalten worden ist. Marbach mit Schillers Geburtshaus, Nationalmuseum, Literaturarchiv. Und wieder eine mittelalterliche Silhouette, die zum Vespern, Bleiben, Besichtigen einlädt, der Weinort Besigheim. Zwischen diesem und Lauffen wirbt das anmutige Gäu, Heuss' weinliebliche Heimat, den Touristen ab, das Zisterzienserkloster Maulbronn, von Hesse haßliebend besungen.

Wer aber dem Neckar treu bleibt, den geleitet er ins fröhliche Heilbronn mit seiner Kilianskirche und dem Rathaus, wo wieder der Abwanderungsversuchungen viele sind. Doch wir bleiben am Neckar bei Burgen und Schlössern, bei Wein, Brot und Salz, das hier gefördert wird und das unser Leibeswohl in Solbädern fördert. Und mit der Stadtsilhouette von Wimpfen, die noch vor ein paar Jahren wohl die schönste in Deutschland war, heben nun des Neckars beste Jahre an. Ritterstift und Kaiserpfalz in Wimpfen selbst. Und an Hügeln vorbei, mit Weinbergen behangen, oft mit einem Käpple aus Wald, Burg an Burg, Schloß an Schloß, viele davon, die uns Speis und

Trank und Herberge anbieten, Rittermahl und Holzbibliothek, aber einfach auch Stille und Noblesse, Komfort und Tradition, wenn uns auch der Schloßherr nebenbei erzählt, daß der Vorfahr über einen eigenen Galgen verfügt hat.

Wohlig badet sich der in die Jahre gekommene Neckar im Wiesengrün, spiegelt Hügelketten, Kirchtürme und hat es plötzlich gar nicht mehr eilig, sich im Rhein zu ersäufen. Er schmiegt sich an die Flanken des Katzenbuckels, des Aussichtsbergs im Odenwald, den er streichelt, verwöhnt uns noch mit dem Stadtbild Neckarsteinachs und ist bald in Heidelberg, das sich mit dem roten Sandstein von Brücke und Schloß selber preist – »verweile doch, du bist so schön«. Ein Blick auf die Bergstraße, das römische Ladenburg und endlich Mannheim, Schillers Fluchtort, Schloß und Nationaltheater, eine behäbige, bürgerliche Stadt, quadratisch so übersichtlich angelegt, daß nachts in das Einbahngewirr dieses Schachbretts mit dem Auto zu geraten ein labyrinthischer Alptraum wird. Der Neckar aber fließt daran vorbei, wendet sich noch einmal um, blickt zurück auf Wald und Weinberg, auf Schloßhotel und Weinwirtschäftle, auf Museen und Theater, auf Kirchen und Kapellen, auf Wanderwege und Uferpromenaden, auf Kirchweih und Weinfest. Er sagt: »Jetzt könnt ihr mir alle mal den Buckel runterrutschen«, eine feinere Art des Götzzitats. Und richtig: Er streift die Lastkähne von seinem Rücken und übergibt sie dem kräftigen Vater Rhein, mit dem er von da an das Bett teilt.

»Sodele!« sagt er jetzt. Dieses Wort kann man kaum übersetzen. Es drückt die befriedigende Beendigung einer Tätigkeit aus, ob diese nun in der Werkhalle, am Schreibtisch oder im Bett stattgefunden hat. Sodele!

Wieland Schmid

Ein Pfad im Schatten der Kühltürme

Neckarwestheim. Ein altes Wegerecht sichert Wanderern den Zutritt zum Atomkraftwerk ohne Kontrollen.

Streng sind die Zugangskontrollen für diejenigen, die das Gemeinschaftskernkraftwerk Neckarwestheim (GKN) über den Haupteingang betreten wollen. Ob die Sicherheitsmaßnahmen genügen oder nicht, wird derzeit wieder diskutiert, nachdem ein ehemaliger Putzmann angeblich ungehindert Waffen und Alkohol auf das Gelände mit den beiden Atomreaktoren im Süden des Landkreises Heilbronn geschmuggelt hat. Viele Wanderer haben freilich in den letzten 25 Jahren das Hochsicherheitsareal durchquert, ohne auch nur einen Ausweis vorzeigen oder ihre Rucksäcke öffnen zu müssen. Möglich macht das der vermutlich kurioseste Trampelpfad im ganzen Land.

Lauschig ist der Wanderweg von Gemmrigheim im Kreis Ludwigsburg am Neckar entlang flussabwärts in Richtung Neckarwestheim. Er führt durch Felder, Wiesen und den Uferwald, aber plötzlich unterbricht eine übermannshohe graue Betonmauer mit Stacheldrahtrollen darauf den Spaziergang. Für die Kundigen ist das kein Problem: Sie drücken einfach auf eine Klingel neben einem wuchtigen Metalltor und melden über die Sprechanlage ihren Wunsch nach einer Fortsetzung des Spaziergangs an. Schon nach zehn Minuten erscheinen hinter der Mauer zwei Sicherheitsmänner mit einem Hund, lassen das Tor zur Seite rollen und begleiten den Wanderer höflich aufs Kraftwerksgelände.

Fragen werden weder gestellt noch beantwortet während des 438 Meter langen Marsches im Schatten der Kühltürme, an der Schiffsanlegestelle des Atomkraftwerks vorbei bis zu einem zweiten Tor auf der anderen Seite. Nach einem freundlichen Abschied darf der Wanderer alleine weiterziehen, die Tour durch das 33 Hektar große Gelände des Atomkraftwerks ist vorbei. Der kurze Spaziergang unter Bewachung erspart immerhin einen kilometerlangen Umweg um das gesamte Gelände.

»Es gibt hier ein altes Wegerecht«, bestätigt ein EnBW-Sprecher die schlichte Prozedur. »Das wird mal von Familien am Sonntag oder von Wandervereinen genutzt, aber wir haben noch nicht nachvollzogen, woher das kommt.« Bescheid weiß dagegen Walter Braun, der Chef des Wasser- und Schifffahrtsamts Stuttgart: »Das tradierte Recht auf Begehen des Leinpfads wurde von der Atomaufsicht im Wirtschaftsministerium mit einer öffentlich-rechtlichen Auflage 1984 bestätigt.«

Der Neckarwestheimer Bürgermeister Mario Dürr nutzt den alten Treidelweg durch die Flussseite des Atomkraftwerks selbst gelegentlich für einen Spaziergang. Das hat er dem verstorbenen Altbürgermeister von Gemmrigheim, Helmut Klass, zu verdanken, der das Recht auf eine unkontrollierte Passage durch das ansonsten für Unbefugte streng verbotene Gelände irgendwie durchgesetzt hat. »Klass wollte das, und deshalb hat er 1984 einen Deal mit dem Kernkraftwerk gemacht«, sagt Dürr. Was die Gemeinde Gemmrigheim dafür an Zugeständnissen gemacht hat, ist unbekannt. Auf jeden Fall profitiert die Natur davon. Auf der anderen Seite des Neckars liegt nämlich ein Naturschutzgebiet, das vor Wanderern geschützt werden soll.

Johann Wolfgang von Goethe

Tagebuchnotiz

28. August 1797

»Wir fanden eben die Sonne als eine blutrote Scheibe in einem wahren Schirokkoduft rechts von Wimpfen untergehen. Der Neckar schlängelt sich sanft durch die Gegend, die von beiden Seiten des Flusses sanft aufsteigt. [...] Alles, was man übersieht, ist fruchtbar; das nächste sind Weinberge, und die Stadt selbst liegt in einer großen grünen Masse von Gärten. Es gibt den Anblick von einem ruhigen, breiten, hinreichenden Genuß.«

Adelbert von Chamisso

Die Weiber von Winsperg

Der erste Hohenstaufen, der König Konrad, lag
Mit Heeresmacht vor Winsperg seit manchem langen Tag;
Der Welfe war geschlagen, noch wehrte sich das Nest,
Die unverzagten Städter, die hielten es noch fest.

Der Hunger kam, der Hunger! das ist ein scharfer Dorn;
Nun suchten sie die Gnade, nun fanden sie den Zorn.
»Ihr habt mir hier erschlagen gar manchen Degen wert,
Und öffnet ihr die Tore, so trifft euch doch das Schwert.«

Da sind die Weiber kommen: »Und muß es also sein,
Gewährt uns freien Abzug, wir sind vom Blute rein.«
Da hat sich vor den Armen des Helden Zorn gekühlt,
Da hat ein sanft Erbarmen im Herzen er gefühlt.

»Die Weiber mögen abziehn, und jede habe frei,
Was sie vermag zu tragen und ihr das Liebste sei!
Laßt zieh'n mit ihrer Bürde sie ungehindert fort!
Das ist des Königs Meinung, das ist des Königs Wort.«

Und als der frühe Morgen im Osten kaum gegraut,
Da hat ein selt'nes Schauspiel vom Lager man geschaut:
Es öffnet leise, leise sich das bedrängte Tor,
Es schwankt ein Zug von Weibern mit schwerem Schritt hervor.

Tief beugt die Last sie nieder, die auf dem Nacken ruht,
Sie tragen ihre Eh'herrn, das ist ihr liebstes Gut.
»Halt an die argen Weiber!« ruft drohend mancher Wicht;
Der Kanzler spricht bedeutsam: »Das war die Meinung nicht.«

Da hat, wie er's vernommen, der fromme Herr gelacht:
»Und war es nicht die Meinung, sie haben's gut gemacht;
Gesprochen ist gesprochen, das Königswort besteht,
Und zwar von keinem Kanzler zerdeutelt und zerdreht.«

So war das Gold der Krone wohl rein und unentweiht.
Die Sage schallt herüber aus halbvergess'ner Zeit.
Im Jahr elfhundertvierzig, wie ich's verzeichnet fand,
Galt Königswort noch heilig im deutschen Vaterland.

Bertolt Brecht

Die Weiber von Weinsberg

Jeder kennt aus den Lesebüchern die rührende Geschichte von den getreuen Weibern von Weinsberg, die ihre Ehemänner auf dem Rücken aus der belagerten Stadt trugen. Aber der Eulenspiegel war dabei und hat gesehen, wie die Weiber mit ihren Lasten im Bauernlager ankamen. Es ist ganz wahr, dass die Bauern den Weibern erlaubt hatten, von dem, was ihnen am teuersten war, so viel aus der Stadt zu bringen, als sie auf dem Rücken schleppen konnten. Aber als man ihnen in die Säcke schaute, stellte es sich heraus, dass die Klügeren da drin nicht ihren Ehemann, sondern das schwerer zu ersetzende Bettzeug, und nicht den Bischof, sondern die wertvolleren goldenen Messgeräte gerettet hatten. Eulenspiegel stand am Lagertor und verbeugte sich vor jedem Weib, dessen Sack keinen Bürger enthielt.

Mark Twain

Den Fluss hinunter

Der Fluss war mit Stämmen bedeckt – langen, schlanken, borkelosen Tannenstämmen –, und wir beugten uns über das Brückengeländer und sahen zu, wie die Männer sie zu Flößen zusammenfügten. Diese Flöße waren in Form und Bauart auf die vielen Biegungen und die außerordentlich geringe Breite des Neckars abgestimmt. Sie waren fünfzig bis hundert Meter lang und verjüngten sich allmählich von neun Stämmen am Heck zu drei Stämmen am Bug. Das Steuern wird hauptsächlich am Bug besorgt, und zwar mit einer Stange; die Dreistammbreite lässt dort nur für den Steuermann Platz, denn die schlanken Stämme haben nicht mehr Umfang als die Taille einer durchschnittlichen jungen Dame. Die Verbindungen zwischen den verschiedenen Abschnitten des Floßes sind schlaff und biegsam, so dass man das Floß mühelos zu jeder Art Kurve biegen kann, die der Flusslauf erfordert.

Der Neckar ist an vielen Stellen so schmal, dass man einen Hund hinüberwerfen kann, falls man einen hat; wenn er an solch einer Stelle dann auch noch eine scharfe Biegung macht, muss der Flößer scharf und geschickt bugsieren, will er wohlbehalten um die Kurve kommen. Dem Fluss ist nicht überall gestattet, sich über sein ganzes Bett auszuweiten, das etwa fünfundzwanzig, manchmal auch fünfunddreißig Meter breit ist, sondern er wird in drei Wasserläufe aufgespalten, und zwar von Steindämmen, die Hauptmenge, Haupttiefe und Hauptströmung des Wassers in den mittleren lenken.

Bei Niedrigwasser schauen die schmalkämmigen Dämme etwa eine Handbreit wie der First eines untergetauchten Daches hervor, aber bei Hochwasser werden sie überspült. Ein Hutvoll Regen führt auf dem Neckar zu Hochwasser und ein Korbvoll zu einer Überschwemmung.

Auf der Höhe des Schlosshotels befinden sich solche Dämme, und die Strömung ist an der Stelle überaus heftig. Oft habe ich stundenlang in meinem Glaskäfig gesessen und zugesehen, wie lange schmale Flöße durch die Mittelrinne flitzten, den Damm zur Rechten streiften und bedachtsam den mittleren Bogen der Brücke weiter unten ansteuerten – habe zugesehen und all die Zeit in der Hoffnung verschwendet, endlich einmal werde eins von ihnen den Brückenpfeiler treffen und daran zerschellen; aber immerzu wurde ich enttäuscht. Eines Morgens wurde tatsächlich ein Floß zerschmettert, aber da war ich gerade für einen Augenblick in mein Zimmer gegangen, um mir eine Pfeife anzuzünden, und so entging es mir.

Während ich an jenem Morgen in Heilbronn auf die Flöße hinunterblickte, überkam mich plötzlich tollkühne Abenteuerlust, und ich sagte zu meinen Weggenossen:

»*Ich* fahre mit einem Floß nach Heidelberg. Werden Sie es wagen, mich zu begleiten?«

Ihre Gesichter wurden ein bisschen blass, aber sie willigten mit soviel Anstand ein, wie ihnen zu Gebote stand. Harris wollte seiner Mutter telegrafieren – hielt es für seine Pflicht, da sie außer ihm niemanden habe auf dieser Welt –, während er das also erledigte, ging ich zu dem längsten und besten Floß hinunter und begrüßte den Kapitän mit einem munteren »Ahoi, Schiffskamerad!«, was uns gleich in ein freundschaftliches Verhältnis zueinander brachte, und unverzüglich kamen wir zur Sache. Ich sagte zu ihm, wir befänden uns auf einer Fußwanderung nach Heidelberg und würden gerne als Passagiere bei ihm mitfahren. Ich sagte ihm dies teils durch den jungen Z., der sehr gut Deutsch sprach, und teils durch Mr. X., dessen Deutsch eigentümlich war. Ich *verstehe* Deutsch so gut wie der Wahnsinnige, der es erfunden hat, aber ich *spreche* es am besten mit Hilfe eines Dolmetschers.

Der Kapitän zog sich die Hose hoch, schob dann seinen Priem bedächtig aus der einen Backe in die andere. Schließlich sagte er genau das, was ich erwartet hatte – dass er keine Genehmigung besitze, Passagiere mitzuführen, und daher Angst habe, das Gesetz werde ihn beim Kragen packen, wenn die Angelegenheit herumgeschwätzt würde oder ihnen ein Unfall zustieße. Also *charterte* ich Floß und Besatzung und nahm alle Verantwortung auf mich.

Mit einem lärmenden Lied machte sich die Steuerbordwache an die Arbeit, holte das Haltetau ein, lupfte dann den Anker, und schon löste sich unsere Barke mit majestätischem Schwung und fuhr bald mit etwa zwei Knoten dahin.

Unsere Gesellschaft war mitschiffs versammelt. Anfangs klang die Unterhaltung ein wenig düster und drehte sich hauptsächlich um die Kürze des Lebens, die Ungewissheit desselben, die Fährnisse, von denen es heimgesucht wurde, und von der Notwendigkeit und Klugheit, immer auf das Schlimmste vorbereitet zu sein; dies leitete über zu leise vorgebrachten Hinweisen auf die Gefahren der Tiefe und verwandte Dinge; aber als der graue Osten sich zu röten begann und der geheimnisvolle Ernst und das feierliche Schweigen der Morgendämmerung allmählich in den Jubelgesängen der Vögel untergingen, nahm die Unterhaltung einen fröhlicheren Ton an, und unsere Stimmung stieg stetig.

Deutschland im Sommer ist die Vollendung des Schönen, aber niemand, der nicht auf einem Floß den Neckar hinuntergefahren ist, hat die äußersten Möglichkeiten dieser sanften und friedlichen Schönheit wirklich begriffen und ausgekostet. Die Bewegung eines Floßes ist genau die richtige; sie ist ruhig und gleitend und glatt und geräuschlos; sie besänftigt alle fieberhafte Geschäftigkeit, sie schläfert alle nervöse Hast und Ungeduld ein; unter ihrem friedlichen Einfluss schwinden alle Ärgernisse und alle Trübsal und alle Plagen, die uns quälen, und das Dasein wird ein Traum, ein Zauber, ein tiefes und stilles Entzücken. Welch ein Gegensatz zur erhitzenden, schwitzenden Fußwanderei, zur staubigen und ohrenbetäubenden Eisenbahnhatz und zum langweiligen Stuckern hinter müden Pferden auf blendenden weißen Landstraßen!

Lautlos glitten wir zwischen den grünen, duftenden Ufern mit einem Gefühl der Wonne und Zufriedenheit dahin, das immer noch wuchs und zunahm. Manchmal hing dichtes Weidengezweig von den Ufern herab und verbarg die dahinterliegende Erde ganz; manchmal lagen stattliche Berge zur einen Seite, die bis an den Kamm dicht mit Laubwerk bekleidet waren, und zur anderen Seite flache Felder, die vom Klatschmohn flammten oder vom kräftigen Blau der Kornblume leuchteten; manchmal trieben wir im Schatten eines Waldes und manchmal am Rand langer Streifen samtigen Grases, das mit seinem frischen, glänzenden Grün nie aufhörte, das Auge zu bezaubern. Und die Vögel! – Sie waren überall; ohne Unterlass schossen sie über dem Fluss hin und her, und ihre jubilierende Musik verstummte nie.

Welch tief befriedigende Freude, zuzusehen, wie die Sonne den neuen Morgen erschuf und ihn allmählich, geduldig, liebend in eine Pracht und eine Herrlichkeit nach der anderen kleidete, bis das Wunder vollkommen war! Wie anders erscheint dieses Wunder, wenn man ihm von einem Floß zuschaut, statt durch die schmutzigen Fenster eines Bahnhofs in irgendeinem armseligen Dorf, während man an einem versteinerten Butterbrot würgt und auf den Zug wartet.

Männer und Frauen und Tiere waren nun auf den taunassen Feldern bei der Arbeit. Die Leute stiegen oftmals an Bord unseres Floßes, wenn wir an den Grasufern entlangglitten, und schwatzten auf etwa hundert Meter mit uns oder der Besatzung und stiegen dann, von der Fahrt erfrischt, wieder an Land.

Nur die Männer übrigens; die Frauen hatten zuviel zu tun. Frauen machen jede Arbeit in Europa. Sie graben, sie hacken, sie ernten, sie säen, sie tragen gewaltige Lasten auf ihrem Rücken, sie schieben ähnliche auf Schubkarren weite Strecken vor sich her, sie ziehen den Wagen, wenn kein Hund oder eine magere Kuh zum Ziehen da sind – und falls doch, helfen sie dem Hund oder der Kuh. Alter spielt keine Rolle – je älter die Frau ist, desto kräftiger ist sie offenbar. Auf dem Bauernhof sind die Aufgaben einer Frau nicht festgelegt – sie erledigt von allem etwas; in der Stadt hingegen ist es anders, dort obliegen ihr nur bestimmte Dinge, alles andere besorgen die Männer. Eine Hausmagd in einem Hotel zum Beispiel braucht nichts weiter zu tun, als die Betten und das Feuer in fünfzig bis sechzig Zimmern zu machen, Handtücher und Kerzen zu bringen und mehrere Tonnen Wasser hundertpfundweise in gewaltigen Metallkrügen mehrere Treppen hochzuschleppen. Sie braucht nicht mehr als achtzehn oder zwanzig Stunden am Tag zu arbeiten, und sie kann sich jederzeit hinknien und die Fußböden in Gängen und Kammern schrubben, wenn sie müde ist und eine Ruhepause benötigt.

Als es im Laufe des Morgens wärmer wurde, zogen wir unsere Überkleidung aus und setzten uns in einer Reihe an die Kante des Floßes, hielten unsere Sonnenschirme über uns und ließen die Beine ins Wasser baumeln. Von Zeit zu Zeit sprangen wir ins Wasser und schwammen eine Weile. Jeder grasbewachsene Ufervorsprung bot eine fröhliche Schar nackter Kinder, Jungen und Mädchen getrennt, letztere gewöhnlich in der Obhut eines Mütterchens, das mit seinem Strickzeug im Schatten eines Baumes saß. Die kleinen Jungen schwammen manchmal zu uns hinaus, aber die kleinen Mädchen standen knietief im Wasser und unterbrachen ihr Planschen und Herumtollen, um unser Floß mit arglosen Augen zu begucken, wenn es vorbeitrieb. Einmal bogen wir plötzlich um eine Kurve und überraschten ein schlankes Mädchen von zwölf oder mehr Jahren, als es gerade ins Wasser steigen wollte. Die Maid hatte keine Zeit mehr, fortzulaufen, aber sie tat, was ebenso dienlich war: zog mit der einen Hand prompt einen biegsamen jungen Weidenast vor ihren weißen Leib und betrachtete uns mit unschuldigem, unbekümmertem Interesse. So stand sie da, während wir vorbeiglitten. Sie war ein hübsches Geschöpf, und sie und ihr Weidenzweig fügten sich zu einem hübschen Bild, und zwar zu einem, das auch das Anstandsgefühl des mäkelsinnigsten Betrachters nicht hätte verletzen können. Ihre weiße Haut hatte eine niedrige Wand aus frischen grünen Weiden zum Hintergrund und wirkungsvollen Kontrast, und über ihr schauten die begierigen Gesichter und weißen Schultern zweier kleinerer Mädchen hervor.

Gegen Mittag hörten wir den aufmunternden Ruf: »Segel voraus!«

»Wo?« rief der Kapitän.

»Drei Strich in den Wind!«

Wir liefen nach vorne, um das Fahrzeug zu sehen. Es stellte sich heraus, dass es ein Dampfboot war – seit Mai verkehrte auf dem Neckar ein Dampfer. Es war ein Schlepper, und zwar einer von sehr eigentümlicher Bauart und eigentümlichem Aussehen. Ich hatte ihn des öfteren oben aus dem Hotel beobachtet und mich vergeblich gefragt, wie er angetrieben wurde, denn er besaß offensichtlich keine Schraube und keine Schaufelräder. Nun kam er herangepflügt unter allerlei Lärm, den er hin und wieder durch das Betätigen einer heiseren Dampfpfeife noch verschlimmerte. Neun Schleppkähne waren an ihn gehängt und folgten ihm in langer, schlanker Reihe. Wir begegneten ihm an einer schmalen Stelle zwischen Dämmen, und es war kaum Raum für uns beide in der beengten Fahrrinne. Als er knirschend und ächzend an uns vorbeifuhr, entdeckten wir das Geheimnis seines Antriebs. Er bewegte sich nicht mit Schaufelrädern oder Schrauben fort, sondern zog sich an einer dicken Kette flussaufwärts. Diese Kette liegt im Flussbett und ist nur an den beiden Enden befestigt. Sie ist über hundert Kilometer lang. Sie kommt über den Bug des Bootes an Bord, läuft um eine Trommel und wird achtern ausgesteckt. Das Dampfboot zieht an der Kette und schleppt sich so den Fluss hinauf und hinunter. Genau genommen hat es weder Bug noch Heck, denn es führt ein langes Ruder an beiden Enden und dreht nie. Es benutzt stets beide Ruder, und sie sind so stark, dass es trotz des heftigen Widerstandes der Kette nach rechts oder links ausweichen oder um Kurven steuern kann. Ich hätte nie geglaubt, dass diese Unmöglichkeit zu verwirklichen sei; aber ich habe es selber gesehen und weiß daher nun, dass es *eine* Unmöglichkeit gibt, die möglich ist. Welches Wunder wird der Mensch als nächstes zu vollbringen suchen?

Wir begegneten vielen Lastkähnen auf ihrem Weg flussaufwärts, die Segel, Maultiere und lästerliches Fluchen als Antrieb benutzten – ein langwieriges, beschwerliches Unternehmen. Ein Drahtseil führte von der Vormarsstenge zu der hundert Meter voraus auf dem Treidelpfad einherstapfenden Maultierkette, und mit gründlichem Schlagen und Fluchen und Stoßen gelang es dem Trupp der Treiber, drei bis vier Kilometer in der Stunde gegen die steife Strömung aus den Maultieren herauszuholen. Der Neckar ist von jeher als Schifffahrtsweg benutzt worden und hat auf diese Weise sehr vielen Menschen und Tieren Arbeit gegeben; aber nun, da dieser Dampfschlepper mit einer kleinen Besatzung und ein paar Scheffeln Kohle neun Kähne in einer Stunde weiter den Fluss hinaufziehen kann als dreißig Männer und dreißig Maultiere in zwei, glaubt man allgemein, dass die altmodische Treidelindustrie auf dem Sterbebett liegt. Ein zweiter Dampfer nahm drei Monate, nachdem der erste in Dienst gestellt worden war, seine Arbeit auf dem Neckar auf.

Um die Mittagszeit gingen wir an Land und kauften Flaschenbier und ließen uns, während das Floß wartete, ein paar Hähnchen braten; dann stachen wir unverzüglich wieder in See und verzehrten unser Mittagsmahl, bevor das Bier warm und die Hähnchen kalt wurden. Es gibt keinen angenehmeren Platz für solch ein Mahl als ein Floß, das den vielgewundenen Neckar hinuntergleitet, vorbei an grünen Weiden und bewaldeten Bergen und schlummernden Dörfern und felsigen, von verfallenen Türmen und Zinnen geschmückten Höhen.

An einer Stelle sahen wir einen gutgekleideten deutschen Herrn gänzlich ohne Brille. Bevor ich Anker werfen konnte, war er schon wieder weg. Das war sehr schade. Zu gerne hätte ich ihn gezeichnet! Der Kapitän tröstete mich allerdings über meinen Verlust hinweg, indem er bemerkte, der Mann sei ohne Zweifel ein Schwindler gewesen, der durchaus eine Brille besaß, sie jedoch in der Tasche trug, um aufzufallen.

Unterhalb von Haßmersheim kamen wir an Hornberg vorbei, Götz von Berlichingens alter Burg. Sie steht auf einer steilen Anhöhe sechzig Meter über dem Fluss; sie hat hohe berankte Mauern, hinter denen Bäume hervorschauen, und einen Turm mit Spitzdach von etwa fünfundzwanzig Meter Höhe. Der stark abschüssige Hang, der von der Burg bis hart ans Wasser reicht, ist terrassiert und dicht mit Reben bewachsen. Das sieht aus, als bebaue man ein Mansardendach. Alle Steilhänge an diesem Teil des Flusses, die zur Sonne hin offenliegen, sind für den Wein da. Die Gegend ist ein bedeutender Erzeuger von Rheinweinen. Die Deutschen haben eine außerordentliche Schwäche für Rheinwein; er wird in hohe schlanke Flaschen abgefüllt und gilt als angenehmes Getränk. Von Essig unterscheidet man ihn mit Hilfe des Etiketts.

Der Hornberg soll untertunnelt werden, und die neue Eisenbahn wird unter der Burg hindurchführen. [...]

Weiter flussabwärts in dieser Gegend sprengten mehrere Trupps italienischer Arbeiter die Vorderfront der Berge weg, um Platz für die neue Eisenbahn zu schaffen. Die Leute arbeiteten fünfzehn oder vielleicht auch dreißig Meter über dem Fluss. Als wir um eine scharfe Kurve bogen, begannen sie mit den Armen zu fuchteln und gaben uns mit lauten Warnschreien den Rat, auf die Explosionen achtzugeben. Nett von ihnen, dass sie uns warnten, aber was sollten wir machen? Man kann mit einem Floß nicht flussaufwärts zurückschwimmen, man kann die Fahrt flussabwärts nicht beschleunigen, man kann nicht zur Seite ausscheren, wenn der Spielraum kaum der Rede wert ist, und die Steilklippen am anderen Ufer sagen einem auch nicht recht zu, wenn dort allem Anschein nach ebenfalls gesprengt wird. Man sieht, die Möglichkeiten sind beschränkt. Es bleibt einem schlechthin nichts anderes übrig, als zu wachen und zu beten.

Seit mehreren Stunden fuhren wir dreieinhalb bis vier

Knoten, und die fuhren wir auch nun noch. Dahingehüpft waren wir geradezu – bis diese Männer zu schreien anfingen; in den nächsten zehn Minuten dünkte es mich, dass kein Floß, das ich jemals gesehen hatte, so langsam gefahren sei. Als die erste Detonation losging, spannten wir unsere Sonnenschirme auf und warteten auf die Folgen. Nichts – keiner von den Steinen fiel ins Wasser. Eine zweite Detonation folgte und noch eine und immer noch eine. Einiger Schutt klatschte dicht hinter uns ins Wasser.

Wir liefen Spießruten an dieser ganzen Batterie von neun aufeinander folgenden Sprengungen vorbei, und es war wahrhaftig eine der aufregendsten und unbehaglichsten Wochen, die ich jemals erlebt habe, und zwar sowohl zu Schiff wie an Land. Natürlich bemannten wir wiederholt die Stangen und stakten verbissen eine Sekunde lang, aber sobald einer dieser Strahle aus Staub und Felsbrocken hochschoss, ließen alle die Stangen fallen und schauten nach oben, um sich ihren Anteil herauszusuchen. Das waren eine Weile sehr unruhige Zeiten da entlang. Es erschien uns als ausgemacht, dass wir umkommen müssten, aber selbst das war nicht der bitterste Gedanke; nein, die unheroische Todesart – das war der Stachel –, sie und der bizarre Wortlaut des sich zwangsläufig ergebenden Nachrufs: »*Erschossen von einem Stein auf einem Floß.*« Keine Poesie würde darüber gedichtet werden. Es *könnte* keine darüber gedichtet werden. Beispiel:

Nicht in der Schlacht, sondern bloß
Erschossen von einem Stein auf einem Floß.

Kein Dichter, dem sein Ruf lieb ist, würde solch ein Thema anrühren. Ich würde mich dadurch auszeichnen, dass ich der einzige »verdiente Tote« war, der im Jahre 1878 unsonettiert in die Grube fuhr.

Aber wir kamen davon, und ich habe es nie bereut. Die letzte Detonation dauerte besonders lange, und nachdem die feineren Trümmer sich um uns her ausgeregnet hatten und wir uns eben einander händeschüttelnd zu unserer Errettung beglückwünschen wollten, ging ein verspäteter größerer Stein inmitten unserer kleinen Wanderschar nieder und zertrümmerte einen Schirm. Sonst richtete er keinen Schaden an; nichtsdestoweniger flüchteten wir uns ins Wasser.

Augenscheinlich wird die schwere Arbeit in den Steinbrüchen und an den neuen Bahnkörpern meistens von Italienern geleistet. Das war eine Offenbarung für mich. Wir hegen hierzulande die Vorstellung, Italiener verrichteten niemals irgendwelche schwere Arbeit, sondern beschränkten sich auf die leichteren Künste, wie Drehorgelspiel, Opernsang und Meuchelmord. Wir haben uns mächtig geirrt, das dürfte feststehen.

Überall am Fluss entlang sahen wir in der Nähe eines jeden Dorfes kleine Bahnhöfe für die zukünftige Eisenbahn. Sie waren bereits fertig und warteten nur noch auf die Schienen und auf den Verkehr. Sie sahen so schmuck und niedlich und hübsch aus, wie man sie sich nur immer wünschen konnte. Stets waren sie aus Ziegeln oder Bruchsteinen gebaut und von anmutigem Äußeren; sie wurden schon jetzt von Reben und Blumen umrankt, und um sie her war das Gras frisch und grün, und man sah, dass es liebevoll gepflegt wurde. Die Bahnhöfe waren alles andere als ein Ärgernis, sie waren eine Zierde der schönen Landschaft. Jeder Schotterhaufen oder Stapel gebrochener Steine, den man erblickte, war so sauber und exakt aufgeschichtet wie ein neues Grab oder ein Stoß Kanonenkugeln; nichts an diesen Bahnhöfen und um sie herum und an der Bahnstrecke und der Straße daneben durfte armselig aussehen oder ohne Schmuck sein. Ein Land so wunderschön instand zu halten, wie Deutschland es tut, hat überdies noch eine kluge praktische Seite: Tausende von Menschen haben Arbeit und Brot, die sonst müßiggehen und Unheil stiften würden.

Als die Nacht hereinbrach, wollte der Kapitän festmachen, aber ich glaubte, wir würden es vielleicht noch bis Hirschhorn schaffen, also fuhren wir weiter. Alsbald bezog sich jedoch der Himmel, und der Kapitän kam nach achtern und sah beunruhigt aus. Er warf einen Blick in die Höhe, wiegte den Kopf und meinte, es werde wohl gleich anfangen zu wehen. Meine Begleitung wollte sofort landen – darum wollte ich weiterfahren. Der Kapitän meinte, wir sollten auf alle Fälle die Segel reffen; das erfordere die allgemeine Vorsicht. Die Backbordwache erhielt also Befehl, ihre Stange hinzulegen. Es wurde nun recht dunkel, und der Wind frischte auf. Er heulte durch die schwankenden Äste der Bäume und fegte in ruckhaften Böen über unsere Decks. Es fing an, böse auszusehen. Der Kapitän rief dem Steuermann vorne auf den Stämmen zu:

»Kurs?«

Die Antwort kam schwach und rau von weit vorne zurück:

»Nordost und zu Nord–Ost zu Ost, halb Ost, Herr Kapitän!«

»Einen Strich abfallen!«

»Jawohl, Herr Kapitän!«

»Wieviel Wasser?«

»Untiefe, Herr Kapitän! Zwei Fuß an Steuerbord, knapp zweieinhalb an Backbord!«

»Noch einen Strich abfallen!«

»Jawohl, Herr Kapitän!«

»Nach vorne, Leute, alle nach vorne! Lebhaft! Alles klarmachen! Jetzt geht's um die Wetterecke!«

»Jawohl, Herr Kapitän!«

Es folgte ein wildes Laufen und Trampeln und heiseres Schreien, aber die Gestalten der Männer verloren sich in der Dunkelheit, und die Laute wurden vom Tosen des Windes verzerrt und durcheinander gewirbelt. Die See ging nun zollhoch und drohte die zerbrechliche Barke jeden Augenblick zu verschlingen. Da kam der Erste Steuermann nach achtern gerannt und flüsterte dem Kapitän aufgeregt ins Ohr:

»Machen Sie sich auf das Schlimmste gefasst, Herr Kapitän – wir sind leckgesprungen!«

»Du meine Güte! Wo?«

»Gleich hinter der zweiten Stammreihe.«

»Nur ein Wunder kann uns retten! Sagen Sie es ja den Männern nicht, oder es gibt eine Panik und Meuterei! Legen Sie zum Ufer über und stellen Sie sich mit der Heckleine bereit und springen Sie, sobald wir anstoßen. Meine Herren, ich muss Sie bitten, in dieser Stunde der Gefahr meine Bemühungen zu unterstützen. Sie haben Hüte – gehen Sie nach vorne und schöpfen Sie um Ihr Leben!«

Wieder fegte ein mächtiger Windstoß in Gischt und dichtes Dunkel gehüllt über uns hinweg. Und ausgerechnet in diesem Augenblick kam von weit vorne her der entsetzlichste Schrei, den man auf See je zu hören bekommt:

»Mann über Bord!«

Der Kapitän brüllte:

»Hart Backbord! Lasst den Mann! Er soll an Bord klettern oder ans Ufer waten!«

Ein erneuter Schrei fuhr mit dem Wind heran: »Brandung voraus!«

»Wo?«

»Keine Stammlänge vom Backbordvorderfuß!«

Wir hatten uns auf dem schlüpfrigen Holz nach vorne getastet und schöpften nun mit der Besessenheit der Verzweiflung Wasser, da hörten wir von achtern plötzlich den entsetzten Schrei des Ersten:

»Aufhören mit der verdonnerten Schöpferei, oder wir laufen auf Grund!«

Aber dem folgte unmittelbar der frohe Ruf:

»Land am Steuerbordquerbalken!«

»Gerettet!« rief der Kapitän. »Springt ans Ufer und schlagt das Tau um einen Baum und werft das Ende an Bord!«

Im nächsten Augenblick waren wir alle an Land und weinten und umarmten einander vor Freude, während der Regen in Gießbächen herabstürzte. Der Kapitän sagte, er sei seit vierzig Jahren Seemann auf dem Neckar und in der Zeit habe er Stürme erlebt, die einem die Wangen bleichen und den Puls zum Stillstand bringen konnten, aber noch nie – nie sei ihm ein Sturm begegnet, der sich auch nur annähernd mit diesem habe vergleichen können. Wie vertraut das klang! Ich bin ziemlich häufig auf See gewesen und habe ebendiese Bemerkung mit entsprechender Häufigkeit von Kapitänen gehört.

Wir formulierten im Geist die übliche Erklärung der Bewunderung und Dankbarkeit, und bei allererster Gelegenheit stimmten wir darüber ab und legten sie schriftlich nieder und überreichten sie dem Kapitän mit der gebräuchlichen Ansprache.

Wir gingen volle fünf Kilometer zu Fuß durch die Dunkelheit und den heftigen Sommerregen und trafen eine Stunde vor Mitternacht fast erschöpft von Ungemach, Strapazen und Schrecken im Wirtshaus »Zum Naturalisten« im Städtchen Hirschhorn ein. Die Nacht werde ich nie vergessen.

Der Wirt war reich und konnte es sich daher leisten, mürrisch und ungefällig zu sein; es passte ihm ganz und gar nicht, dass er aus seinem warmen Bett herausmusste, um uns sein Haus zu öffnen. Aber dann standen seine Leute doch auf und kochten uns rasch ein Abendessen, und wir selber brauten uns einen heißen Punsch, um die Schwindsucht auf Abstand zu halten.

Nach Essen und Punsch rauchten wir ein Stündchen, um uns zu beruhigen, und fochten dabei die Seeschlacht noch einmal aus und beschlossen die Dankadresse; dann zogen wir uns nach oben in außerordentlich schmucke und hübsche Zimmer zurück, in denen saubere und bequeme Betten mit zierlichen und geschmackvollen Erbbezügen standen.

Solche Zimmer und solch besticktes Linnen sind in deutschen Dörfern so sehr die Regel, wie sie in unseren die Ausnahmen sind. Unsere Dörfer übertreffen die deutschen Dörfer mit mehr Vorzügen und Annehmlichkeiten, als ich aufzählen kann, aber die Gasthöfe gehören nicht auf diese Liste.

Das Gasthaus »Zum Naturalisten« trug seinen Namen mit gutem Grund: Alle Gänge und Zimmer wurden von großen Glasschränken gesäumt, die mit allen nur erdenklichen, geschickt ausgestopften und in der natürlichsten und beredtesten und dramatischsten Haltung aufgestellten glasäugigen Vögeln und Tieren angefüllt waren. Kaum lagen wir zu Bett, verzog sich der Regen, und der Mond kam heraus. Ich schlief allmählich über der Betrachtung einer großen ausgestopften weißen Eule ein, die von hohem Ansitz angestrengt zu mir herunterblickte, und zwar mit der Miene eines Menschen, der mir schon einmal begegnet zu sein glaubt, aber nicht ganz sicher ist. [...]

Inzwischen war jedoch ruchbar geworden, dass die Männer, die angestellt worden waren, das Floß abzudichten, herausgefunden hatten, dass das Leck überhaupt kein Leck war, sondern nur ein Riss zwischen den Stämmen – ein Riss, der dort hingehörte und nicht gefährlich war: die in Unordnung geratene Phantasie des Ersten Steuermannes hatte ihn zu einem Leck vergrößert. Daher gingen wir mit einem guten Schuss Zuversicht wieder an Bord und stachen alsbald ohne irgendeinen Unfall in See. Während wir zügig zwischen den zauberhaften Ufern dahinschwammen, machten wir uns daran, unsere Erfahrungen mit Sitten und Gebräuchen in Deutschland und anderswo untereinander auszutauschen. [...]

Wir liefen den Hafen von Neckarsteinach zeitig an und gingen in den Gasthof, wo wir zum Mittagessen Forellen bestellten, die wir nach unserer Rückkehr von einer zweistündigen Fußwanderung nach dem Städtchen Dilsberg verzehren wollten, [...] im Garten, den lieblichen Neckar zu unseren Füßen, auf der anderen Flussseite in geringer Entfernung den wunderlichen Dilsberg und zur Rechten die anmutigen Türme und Zinnen zweier mittelalterlicher Burgen, die der gezackten Landschaft um die Fluss-Schleife herum mit ihren Zacken beistanden. Wir stachen rechtzeitig in See, um die dreizehn Kilometer bis Heidelberg noch vor Einbruch der Nacht hinter uns zu bringen. Im satten Glühen des Sonnenuntergangs glitten wir an unserem Hotel vorbei, und mit der wahnwitzigen Strömung schossen wir in die enge Fahrrinne zwischen den Dämmen. Ich war überzeugt, uns selber unter der Brücke hindurchsteuern zu können, also ging ich nach vorne zum dreistämmigen Bug des Floßes und nahm dem Steuerer Stange und Verantwortung aus der Hand.

Wir sausten aufs tollste dahin, und ich versah mein heikles Amt durchaus vortrefflich, wenn man bedenkt, dass es mein erster Versuch war; aber als ich dann plötzlich feststellte, dass ich die Brücke selber ansteuerte statt des Bogens darunter, stieg ich in kluger Voraussicht an Land. Im nächsten Augenblick erfüllte sich mein langgehegter Wunsch: Ich sah ein Floß zum Wrack zerschellen. Es knallte genau gegen den Pfeiler und barst krachend und splitternd wie eine Schachtel Streichhölzer, in die der Blitz eingeschlagen ist.

Ich war der einzige von unserer Gesellschaft, der dieses großartige Schauspiel sah; die anderen posierten gerade vor einer langen Reihe junger Damen, die sich am Ufer erging, und verpassten es so. Aber ich half mit, sie unterhalb der Brücke aus dem Wasser zu fischen, und beschrieb es ihnen dann, so gut ich konnte.

Sie zeigten sich jedoch nicht interessiert. Sie sagten, sie seien nass und kämen sich lächerlich vor und machten sich nicht das Geringste aus irgendwelchen Beschreibungen irgendwelcher Anblicke. Die jungen Damen und andere Leute umringten uns und zeigten allerhand Mitgefühl, aber das schien nichts zu nützen. Meine Freunde sagten, sie brauchten kein Mitgefühl, sie brauchten Einsamkeit und eine ruhige Nebenstraße.

Rainer Wochele

Flug über Fluss und Kernkraftwerk

Wie würde er reagieren, wenn er es gleich tief unten sähe?

Sie schaute auf ihre Armbanduhr. Es war jetzt fünfzehn Uhr dreiunddreißig. Seit man auf Kurs Nordwest gegangen war, waren eineinhalb Stunden vergangen. Man hatte ganz hervorragend Strecke gemacht, befand sich auf zweitausendfünfhundert Metern mit erster Sicht auf die entscheidende Neckarschleife. Bis hierhin hatte sie um alles in der Welt kommen wollen.

Ines merkte, ihr Kopf arbeitete wunderbar. Ihr Knüppelhändchen, ihre Füße in den Rudern arbeiteten wunderbar, ihr Gesäß, ihre Pobacken, ihre Rückenpartie, ein fein justiertes Empfindungsgerät für Warmluftstöße von unten, für Fliehkräfte, die einen beim spiraligen Höherdrehen des Segelflugzeugs in den Sitz schmeichelten, Empfindungsorgan auch für die freundlichen Schiebereien des von Westen andrängenden Windes. Selbst ihre zarte Weiblichkeit zwischen den Gurten, merkte sie, schien in aufgeweckter Stimmung zu sein. Na so was. Sie lächelte, zog die Beingurte des Fallschirms, die Hüftgurte des Sitzes fester, zupfte zwischen den Beinen Hosenstoff luftiger. Na so was. Sie grinste.

Während man übers Weinsberger Autobahnkreuz bei guter Höhe hinwegflog, fing sie mit ihrem kleinen Programm an.

Der Stahlbolzen, der die beiden Tragflächen des Flugzeugs verbinde, begann sie, das geschehe dicht hinter seinem Rücken im Rumpf, habe eine ganz bestimmte Haltekraft. Diese und ebenso das Lastvielfache des Bolzens seien bekannt. Diese Werte stimmten mit der Wirklichkeit überein.

Er brummte nur.

Sie erwähnte die Checks vor jedem Start. Anfänger sprächen die Checkpunkte laut. Wieder ertönte von hinten nur ein Grunzen.

Würde sie jetzt das Tempo erhöhen, bis der Zeiger des Fahrtmessers über das grüne Feld hinaus ins Orange reinginge, und machte sie dann weiter, flöge ihnen irgendwann die ASK um die Ohren, weil sie die auftretenden Kräfte nicht mehr bewältigen könnte. Man müsse ein Gefühl für die Naturgewalten entwickeln, denn man spiele beim Segelfliegen mit der Sonne, dem Wind und mit der thermischen Energie der Luft. Und trotzdem bleibe alles, was man hier oben tue, immer auch unberechenbar.

Sie schwieg. Dann sagte sie, das Ding, in dem sie säßen und übers Land rutschten, sei technisch ein weit weniger kompliziertes System als etwa das Kernkraftwerk Fuchsklinge.

»Was soll das, Ines …?«, schnauzte er von hinten.

Ines entgegnete nichts.

In der engen Kabine mit den beiden Plätzen hintereinander war es heiß, aber nicht stickig. Fand sie. Durch das kleine Seitenfenster fingerte der Fahrtwind herein. Hundertzwanzig Ka-em-ha, sagte der getreue Fahrtmesser, das Variometer fiel gutmütig in abfallenden Orgelton. Schwaches Sinken, natürlich.

Sie freute sich, dass man es unter diesen fantastischen Wolkenstraßen so rasch bis hier geschafft hatte. Über Heilbronn, Bad Wimpfen, Bad Friedrichshall war man weg.

»Da, schau mal runter, halbrechts«, sagte sie. »Was kommt da aus dem Maisfeld dicht am Waldrand?«

»Rehe«, antwortete er.

»Wildschweine«, sagte sie. »Rehe bewegen sich eleganter.«

»So wie junge Damen auf Stöckelschuhen.«

»Quatschkopf. Schau, jetzt rennen sie in den Wald hinein.«

Rascher Blickkontakt mit den Instrumenten. Zeiger stehen brav, wo sie stehen sollen. Haubenfaden, sieht sie, hält tapfer Mitte. Die Lady liegt bequem.

Dann nähert man sich.

Ines blickt wieder seitlich durch die Haube in die Tiefe. Sie sieht den Fluss von links hinten, von Süden herankommen, sieht wie er im Mittelgrund schön und elegant eine Schleife nach links zieht durch die grünen Flächen der Wiesen, die braunen Rechtecke der Felder, wie er, weiter in der Ferne, entlang eines dunkelgrünen Waldpolsters, grünen Riesenmösenpolsters, zum Horizont will, wo alles im Dunst verschwimmt.

Das Städtchen muss Losbach sein. Die Bahnlinie am Neckarufer entlang, die Bundesstraße.

Und dann, drüben auf der anderen Seite des Flusses, das Dorf.

Fuchsklinge.

Und auf Distanz zum Dorf gerückt, nahe am Ufer, die Anlage. Die Atomanlage.

Weiß, alles weiß, die weiße Halbkugel der Reaktorkuppel, der weiße Würfel des Kraftwerksgebäudes daneben. Oben vom weißen Würfel steigen schwarze Punkte hoch, ziehen weg, Krähen, Krähen wohl, die wegwollen vom Weiß. Weiß. Unschuldig. Schwanenweiß. Dieses Weiß, ein herrlicher Farbkontrast zum Grün der umliegenden Wiesen. Eine hellgraue Fläche. Bunte Würfel darauf. Parkplätze, Autos. Natürlich, denkt sie, dort unten wird ja gearbeitet.

Schicht, Samstagnachmittagsschicht, der Atommeiler steht unter Feuer.

»Schau mal raus«, sagte sie.

Er sagte nichts.

»Bist du noch da?«

»Ja.«

»Was siehst du dort unten?«

Er schwieg.

Sie spürte Wut in sich aufsteigen. Der da hinter ihr im Cockpit saß, er schwieg. Der Herr Umweltminister, der zuständig war für die alte atomare Rumpelkiste Fuchsklinge, er, Gerd F. Rauschenberg, der Mann, den sie seit vielen Jahren kannte, den die Mutter seit vielen Jahren kannte, ja, den sie, Ines, auch irgendwie mochte, er schwieg. Der politische Vielredner, der immer meinte, wenn er nur rede über die Wirklichkeit, dann habe er auch die Wirklichkeit im Griff, aber die Wirklichkeit war anders, so ihre Erfahrung auf der Erde und als Pilotin in der Luft, die Wirklichkeit scherte sich nicht um Politikergerede – also, Gerd F. Rauschenberg, die ministerielle Quatschmaschine schwieg. Vielleicht war ihm ja auch schlecht, dachte sie. Aber sie hatte keine Lust, ihn das jetzt zu fragen. Und wenn er kotzen musste, dann sollte er ihr bloß nicht ins Cockpit kotzen, sondern in die Tüte, Herrgott noch mal.

Sie kontrollierte den Luftraum. Frei.

»Keine Ahnung, wo wir sind?«, fragte sie wütend.

Keine Antwort.

»Dort unten, dein Risiko, Herr Umweltminister.«

Schweigen. Dann ein Hüsteln, ein Krächzen, dem etwas wie ein unterdrücktes Würgen folgte.

Lautlose Lüge, denkt sie, während sie Knüppel, Pedale, locker in Nullstellung hält, die Lady bei mittlerem Tempo geradeaus fliegen lässt.

Vielleicht, wenn er nicht gelogen hätte, nicht auf diese Weise gelogen hätte, wäre alles anders gekommen.

Ihr Plan geht nicht auf. Vielleicht ist der da hinter ihr die reine Abgebrühtheit. Durch nichts zu beeindrucken. Oder falsch, denkt sie, er ist beeindruckt. Von dem, was man da unten sieht.

Und was sieht man, fragt sie sich? Die Sanftheit der Natur sieht man. Man sieht doch jetzt nichts als Landschaftschönheit da unten. Eine liebliche Flusslandschaft ist es, was man da aus dieser herrlichen Vogelperspektive sieht, eine anheimelnde, völlig vertrauenerweckende Neckarflusslandschaft sieht man. Freundliche Pastellfarben, lächelndes Wasserblau, braves Gelb, zum Hinschmeicheln einladendes Moosgrün. Und aus allem erheben sich doch nur riesige weiße Pilze, sonst nichts ..., ein Pilz, ein großer rundkappiger Pilz, dachte sie, ein Bovist ist das, wie man sie auf Wiesen wachsen sehen kann, solche Pilze, und man tritt drauf und die Kappen zerplatzen und setzen einen braunen, feinen Staub frei, Sporen, denkt sie, die der Wind fortträgt.

Idylle. In gläserner, sonnendurchfluteter Luft, zweitausend Meter gläserne Luft unter uns, Idylle.

Die man ihm beflecken muss. Lass ihn zittern, den Herrn Minister, der den atomaren Schrottmeiler immer noch weiter laufen lässt. Jag ihm den Angstschweiß auf die Politikerstirn. Mach dir einen geilen Flugspaß. Und ihm Angst. Mach ihn klein. Quäl ihn ein bisschen. Hau ihm alles ein bisschen um seine verdammten, lieben Ministerohren.

Während sie Karte und Flugplan in der Seitentasche verwahrt, nichts darf jetzt lose im Cockpit herumliegen, malt sie ihm mit einigen Sätzen, leise, fast tonlos, aber voller Wut und so, dass er es hinter ihr hören muss, das noch aus. Wenn sich dort unten in diesem Moment der so genannte zwei F-Bruch ereigne, also Abriss der Hauptkühlmittelleitung, etwas, das bei diesem Reaktortyp nicht beherrschbar sei, wie ihr der für Reaktorsicherheit zuständige Herr Murschel gesagt habe …

Ihre Stimme wird noch leiser, ist hart und sanft zugleich, mischt sich mit dem monotonen Geflüster des Fahrtwinds.

Vielleicht schlügen Flammen empor, sagt sie. Vielleicht gäbe es eine Druckwelle … Es stiege, wie damals in Tschernobyl, ein Pilz auf …

Schon herrscht sie ihn an, er solle seine Gurte festziehen, so straff er könne. »Und drück dir deine blöde Kappe auf den Kopf, sonst fliegt sie dir gleich weg.«

Was das solle, fragt er.

Sie hört Rascheln hinter sich, als er ihre Anweisung befolgt.

Und schon zieht sie am Höhenruder, macht sich die weiße Maschine langsam, der Horizont mit all der Landschaftsschönheit, in die der Riesenbovist eingeschmolzen ist, sinkt nach unten weg. Das Fahrtgeräusch wird deutlich geringer. Sie merkt, Ruderdruck lässt nach. Blick zum Fahrtmesser: Grenzbereich. Geh in Sackflug jetzt, denkt sie, zieht den Knüppel bis zum Anschlag durch. Das Höhenruder fängt an zu rütteln, am Knüppel ist Vibrieren zu spüren, die Strömung reißt ab. Gleich wird die Maschine über den Kopf hinweg abkippen.

Und keinerlei Angst.

Nur Wut. Zorn. Und Lust, ihn das alles spüren zu lassen, Lust auf das, was gleich kommt.

Die Druckwelle würde sie hochwirbeln, vielleicht so, schreit sie und leitet das Trudeln ein.

»Ines«, ruft er, »was machst du?«

Aber sie macht weiter, wie sie es gelernt hat. Sie kreuzt die Ruder, kräftiger Seitenruderausschlag links, kräftiger Ausschlag des Querruders in Gegenrichtung, das Höhenruder rüttelt wie ein Falke, der Knüppel hat Schüttelfrost, und tapfer geht die ASK über Kopf und linker Fläche weg. Und stürzt schon.

Und schon trudelte man, stürzte man, stürzte und drehte sich, stürzte drehend hinunter. Die Erde, ein sich drehender Farbstrudel aus Weiß, Grün, Braun, Blau, Weiß, ein Malstrom.

»Jetzt ein Defekt«, rief sie noch und spürte nichts als Wohlgefühl. »Wir wären verloren.«

Er schrie: »Ines, du bringst mich um.«

Und plötzlich in ihrem Kopf, ein Blitz, ein Flashlight. Und dann rief sie plötzlich dieses Wort. Schrie es heraus, während man in dieser Sturzspirale, in diesem höllischen Sturztanz zur Erde hinunterschoss. Auf den Schlund des farbigen Strudels zu.

Susanne Stephan

Heimatkunde

Geh nicht allein zum Neckar.
Gibt es immer komische Leute um den Sportplatz herum.
Gibt es auch manchmal Wellen von den Schiffen:
Möchten alle lieber heut' als morgen in Rotterdam sein.

Der Neckar so ohne Brücke, gerade bei uns:
Kein Zustand, längst.
Würde nicht für hundert Mark,
nicht den kleinen Zeh.

Wir gehen kurz runter zum Neckar:
gucken, wessen Keller schon vollgelaufen ist.
Schwäne füttern, Schiffe winken:
Da weint wenigstens der Kleine nicht.

Der Neckar ist sauberer geworden,
hat die Zeitung geschrieben.
Die Fische hat jemand probiert,
jemand vom Fernsehen sogar.

Der Neckar ist ein Fluß,
begreife ich bei Stadt-Land-Fluß.

(Die anderen schreiben sicher: Nil.)

Susanne Stephan

Haßmersheim am Neckar

Erdboller an den Schuhen.
Hilft nicht viel, das nasse Gras.

Die Sonne springt in die Pfützen,
die Sonne macht alles noch schlimmer.

Drüben, übern Neckar, der Triebwagen
so rot und munter.
Er hält, er hält ganz still.
Die Fähre legt ab mit schweren Ketten.

Aber niemand steigt aus,
es ist zu früh oder zu spät,
es ist drei Uhr.

Ein Mann schiebt einen Kinderwagen.
Er kann nicht mehr so recht,
der Enkel kann noch nicht laufen.

Die Schwäne sind weg.
Sie schlafen schon, sagt der Mann.

Und was hast du hier verloren?
Jetzt geh' heim, spielen!

Susanne Stephan

Friedliche Nutzung

Mein Vater war auch nicht von hier.
Er war von drüben: geboren in Leipzig, Studium in Jena –
Städte auf alten Drucken,
dort wohnten noch ein paar Verwandte,
die konnten nichts anderes schicken als das.

Was willst du mehr, sagte mein Vater zu meiner Mutter:
Im Neckartal sieht es aus wie an der Saale.
Nur ohne Russen.
Goethe reiste zu den Dornburger Schlössern,
aber auch durch Neckarelz.
Das Zimmer war ihm zu kalt, ist überliefert.
Wenigstens das.
Und stimmt nicht einmal:
Er hat sich krankgestellt, das ist alles,
weil er sonst nicht wegkam aus Heidelberg,
wegen der Willemer.

–

Mein Vater war Kernphysiker,
und wo er sich auskannte,
ging er bis ins kleinste Detail.

Wenn welche diskutieren wollten,
wieder einmal, über den Reaktor im Tal:

Mein Vater nahm ein Blatt,
zeichnete Brennstäbe,
primären, sekundären Kreislauf,
Rohre, Ventile, Ersatzrohre, Ersatzventile

und wenn einer grundsätzlich wurde,
noch ein Kühlsystem.

Bis die Zeichnung schwarz war vor Strichen
und mein Vater sagte: Mir wird's zu bunt,

rausging in den Garten, Obstbäume schneiden,
den Euro-Piepser um den Hals.

—

Meine Mutter fuhr nach drüben.
Mein Vater wollte gar nicht, fürs erste.

Meine Mutter schmuggelte Bücher und Süßes,
brachte kryptisches Material zurück:
Das wohltemperierte Klavier, verlegt in Leipzig.

Dem Bach komme ich mein Lebtag nicht auf den Grund,
sagte mein Vater.
Die ganzen Finessen der Interpretation:
Wer hatte da nicht alles seine Finger im Spiel.

Der alte Bach dachte,
er könne sich auf die Musiker verlassen,
und das ging immer weniger gut.

Wilhelm Hauff

Das Bild des Kaisers

Ne crains pas cependant, ombre encore inquiète
Que je vienne outrager ta majesté muette!
Non – la lyre aux tombeaux n'a jamais insulté.
A. de Lamartine

1

In dem Cabriolet des Eilwagens, der zweimal in der Woche von Frankfurt nach Stuttgart geht, reisten vor einigen Jahren an einem der schönsten Tage des Septembers zwei junge Männer. Der eine von ihnen war erst eine Station hinter Darmstadt eingestiegen und hatte dem früheren Passagier schon beim ersten Anblick durch sein schmuckes Äußere und den freundlichen Gruß, womit er sich neben ihn setzte, die Furcht, der Zufall möchte ihm eine unangenehme Nachbarschaft geben, völlig benommen. Der Fortgang der Reise bewies, daß er nicht unrichtig geurteilt hatte, wenn er seinen Reisegefährten für einen wohlgezogenen, anständigen Mann hielt. Was er sprach, war, wenn nicht gerade heiter, doch offen und verständig; nicht selten sogar überraschten den Reisenden leicht hingeworfene Äußerungen, Gedanken seines Nachbars, die von feiner Bildung, gesellschaftlicher Erfahrung und einer Belesenheit zeugten, die er denn doch hinter dem etwas groben Jagdrock und der unscheinbaren Ledermütze nicht gesucht hätte. Überhaupt deuchte es diesem Reisenden, er müsse, je weiter er im Süden vordrang, desto öfter und nicht ohne Beschämung dem Lande und den Bewohnern Vorurteile abbitten, die man in der Ferne, vom Hörensagen, besonders in einem Alter von vierundzwanzig Jahren, so leicht annimmt.

Wie anders war ihm dieses Land im Brandenburgischen geschildert worden! Manche Reisende hatten zwar diese Bergstraße, dieses Neckartal gelobt, doch erschien dann ihre Beschreibung matt und klein gegen die Wunder der Schweiz, zu welchen sie auf dieser Straße geeilt waren. Über die Bewohner war aber in seiner Heimat nur *eine* Stimme. Hier, bald hinter Darmstadt, fangen die Schwaben an, erzählte man dem jungen Reisenden in Berlin mit einem mitleidigen Blick auf die Karte, mit einem noch mitleidigeren auf ihn, der diese Länder besuchen wolle. Da geht alles gesellschaftliche Leben, alle Bildung aus; ein rohes, ungesittetes Volk, das nicht einmal gutes Deutsch sprechen kann. Und leider! nicht nur die untersten Klassen leiden an diesem Mangel, auch die besseren Stände haben einen Anstrich von eingeschränktem ungalantem Wesen und reden so elendes Deutsch, daß sie vor Fremden, um nicht erröten zu müssen, französisch sprechen. Das war der Reisepfennig, den man ihm nach Schwaben mitgab, und in dem jungen und romantischen Kopf des jungen Brandenburgers hatten diese Sagen sich endlich während der schönen Muße, die ihm die Sandkunststraßen und die schnapsenden Postillons seines Vaterlandes gönnten, so sonderbar gestaltet, daß er sich selbst wie einer jener wohlerzogenen, jungen Herren in einem Scottischen Roman erschien, die von den wehmütigen Erinnerungen an die feinsten Zirkel, an Theater und alle Genüsse der großen Welt erfüllt, von London ausreisen, um das *Hochland* und seine *barbarischen Bewohner* zu besuchen.

Doch, als die herrliche Welt jener Berge voll Obst und Wein und jene gesegneten Täler sich vor seinen Blicken auftaten, als die schönen Dörfer mit ihren roten Dächern, mit ihren reinlichen, fröhlichen Menschen seinem erstaunten Auge sich zeigten, als da und dort, zwischen prachtvollen Buchenwäldern eine alte Burg und ein Schloß mit schimmernden Fenstern auftauchte, da fiel er beinahe in das andere Extrem; er strömte über von Lob und Bewunderung und bemitleidete die arme, flache Mark, ihren kahlen Sandboden, ihre mageren Tannen und ihre bleichen Bewohner, von welchen vielleicht Tausende aus dem Leben gingen, ohne nur eine jener üppigen Trauben gesehen zu haben, die hier in unendlicher Fülle durch das grüne Laub schimmerten, und ein schwacher Trost für seinen Patriotismus war, daß die Natur seine Landsleute durch höhere Einsicht, eine wohllautendere Sprache und feinere Bildung in etwas wenigstens entschädigt habe.

Der junge Mann an seiner Seite schien übrigens, obgleich man seiner Sprache den südlichen Accent anfühlte, die Gesetze des Anstandes nicht minder gut zu verstehen als der Brandenburger; zum mindesten verriet keine seiner Fragen Neugierde, über dessen Stand, Vaterland und Reisezweck etwas zu erfahren, er benahm sich zuvorkommend, aber würdig, schien geneigter zu antworten als zu fragen, und übernahm es, ohne sich dadurch belästigt zu fühlen, den Fremden über Namen und Geschichte der Burgen und Städte, die ihm auffielen, zu unterrichten.

So ruhig und kalt übrigens der junge Mann im Jagdkleid über diese Dinge Aufschluß gab, so waren es doch zwei Punkte, über welche er wärmer und länger sprach. Einmal, als sein Nebensitzer über die gute Gesellschaft in Schwaben einige seiner sonderbaren Begriffe preisgab, sah ihn der Grüne mit Verwunderung an, fragte ihn auch, ob er vielleicht auf einem andern Wege schon früher in Schwaben gewesen sei, und als jener es verneinte, erwiderte er:

»Ich weiß, man macht sich hin und wieder, besonders in Norddeutschland, sonderbare Begriffe von uns. Ob mit Recht, mögen Sie selbst entscheiden, wenn Sie einige Zeit in unserer Mitte verweilt haben. Doch möchte ich Ihnen raten, zuvor etwas unbefangener die mögliche Quelle solcher Urteile zu betrachten. Ich gebe zu, daß eine gewisse nachteilige Ansicht über mein Vaterland seit Jahrhunderten besteht; zum mindesten sind die Schwabenstreiche nicht erst in unseren Tagen bekannt geworden. Doch scheint ein großer Teil dieser aberwitzigen Dinge aus einer gewissen Eifersucht der Volksstämme hervorzugehen, und aus der Kleinstädterei, die von jeher in unserem lieben Deutschland herrschte. In Schwaben z.B. erzählt man alle jene Sonderbarkeiten, die andere uns aufbürden, von den Östreichern; daß aber dieses Vorurteil selbst in neueren Zeiten, selbst durch die Fortschritte der Kultur und das regere gesellige Leben nicht geschwächt wurde, hat zwei wichtige Gründe, die größere Schuld aber liegt nicht auf der Seite von Süddeutschland.«

»Bitte!« rief der brandenburgische Reisende etwas ungläubig, »ich sollte doch nicht denken –«

»Man beurteilt unsere Sitten nach meinen Landsleuten, die man in Norddeutschland sieht. Wenn nun diese auch die vernünftigsten Menschen wären, es würden ihnen doch zwei Mängel anhängen, die sie in Ihren Augen in Nachteil setzen. Einmal die Sprache –«

»Bitte!« erwiderte sein Gefährte verbindlich. »Nicht alle, Sie zum Beispiel drücken sich allerliebst aus.«

»Ich drücke mich aus, wie ich denke, und so macht es ein guter Teil meiner Landsleute auch, weil wir aber die Diphthongen anders aussprechen als ihr, die Endsilben entweder nach unserer altertümlichen Form ändern, oder im Sprechen übereilen, klingt euch unsere Sprache auffallend, hart, beinahe gemein. Die meisten Schwaben, die Sie bei sich sehen, sind junge Männer, die von der Universität kommen und die Anstalten in Norddeutschland besuchen, oder Kaufleute, die ihr Handelsweg dahin führt. Diese Menschen legen nun Ihren Landsleuten durchaus ihren eigenen Maßstab an und tun sehr unrecht daran. In Ihrem Lande wird den äußeren Formen und dem Benehmen des Knaben und des Jünglings einige Aufmerksamkeit geschenkt, er wird sehr bald in die geselligen Kreise gezogen; bei uns findet dies vielleicht erst um acht oder zehn Jahre später statt.«

»Nun, das ist es ja gerade, was ich sagte«, entgegnete jener, »diese Formen gewinnt keiner durch sich selbst, und dies ist also ein Fehler Ihrer Erziehung –«

»Vorausgesetzt, daß jene Formen wirklich so trefflich, daß sie das sind, was dem zukünftigen Bürger eines Staates vor allem als nützlich und notwendig einzuimpfen ist.«

»Das soll es ja nicht! aber so auf dem Wege mitnehmen kann er sie doch wohl«, meinte der Fremde.

»Wenn er sie nur so mitnimmt, verliert er sie auch gelegentlich«, erwiderte der Schwabe. »Doch, das ist nicht der Punkt, wovon wir sprechen. Ich behaupte nur, man hat in Norddeutschland unrecht, unsere Sitten und unsere Gesellschaft nach Leuten zu beurteilen, die der Gesellschaft eigentlich noch nicht angehört hatten, die vielleicht in die Welt geschickt wurden, um ihre Sitten abzuschleifen. Oder wollten Sie nach einigen jungen Gelehrten, die gerade aus der Studierstube zu Ihnen kamen und sich vielleicht ungeschickt in Sprache und Manieren zeigten, die Landsleute dieser Menschen beurteilen?«

»Gewiß nicht, aber gestehen Sie selbst, man hört doch selbst von der guten Gesellschaft in Schwaben so sonderbare Gerüchte, von ihren Sitten und Gebräuchen, von ihren Frauen und Mädchen.«

»Vielleicht kaum so sonderbar«, versetzte der Jäger lächelnd, »als man bei uns von den Sitten Ihrer Damen hört; denn unsere Mädchen stellen sich die *norddeutschen* Damen gewiß immer mit irgendeinem gelehrten Buch in der Hand vor. Die zweite Quelle des Irrtums über mein Vaterland sind aber *Ihre* reisenden Landsleute und die eigentümlichen Verhältnisse unseres Familienlebens. In Norddeutschland fällt es nicht schwer, in Familienkreisen Zutritt zu bekommen, durch einen Bekannten zehn zu erwerben. In Schwaben ist es anders: man ist heiter, gesellig *unter sich* – der Fremde wird als etwas Fremdes angestaunt, aber eher vermieden als eingeladen, doch werden *Sie* für diese scheinbare Kälte immer eine Entschädigung finden. Ihre Landsleute öffnen die Tür, aber selten das Herz, meine Schwaben sind vorsichtiger, aber sie schließen sich an den, welchen sie liebgewonnen, mit einer Herzlichkeit an, die Sie bei künstlichen und verfeinerten Sitten umsonst suchen.«

»Und also liegt eine zweite Quelle unserer Vorurteile«, fragte der Fremde, »darin, daß meine Landsleute eigentlich gar nicht in Ihren besseren Kreisen einheimisch wurden?«

»Gewiß!« sagte der Nachbar. »Lernen Sie, wenn Ihnen das Glück wohlwill, in die Kreise unserer bessern Stände zu kommen, lernen Sie uns näher kennen, lassen Sie sich nicht durch Ihre eigenen Ansichten über Leben und Sitte durchaus leiten, und Sie werden ein gutes, herzliches Völkchen finden, gebildet genug, um, wenn man nur die rechte Saite anschlägt, sich mit den Gebildetsten zu messen, vernünftig genug, um die Grenzen guter Sitten festzuhalten, und das Lächerliche der Unsitte zu belächeln.«

Der Fremde aus der Mark lächelte. Er liebt sein Land, dachte er, und er verteidigt es mit Wärme, weil er es nicht sinken lassen will oder Besseres nie gesehen hat. Er entschuldigte bei sich die warme Verteidigung des Schwaben, aber dennoch konnte er es sich nicht versagen, einen kleinen Triumph über jenen zu feiern. Er machte ihn mit der Geläufigkeit der Zunge und jener Übung über ein *Nichts* schnell und vieles zu sprechen – die man im Norden unseres Vaterlandes häufiger als im Süden treffen soll – auf andere große Vorzüge aufmerksam, welche die nördlichen Provinzen Deutschlands vor den südlichen voraushaben. Er zählte immer zwanzig Schriftsteller und Dichter seiner Heimat gegen *einen* im Süden, und der Schwabe konnte endlich dem Schwall seiner Beredsamkeit nur dadurch Einhalt tun, daß er, als sie um eine Ecke der Landstraße bogen, auf die erhabenen Ruinen von Heidelberg hinwies; der Fremde betrachtete sie staunend und mit Entzücken. Ihre rötlichen Steinmassen waren von der sinkenden Herbstsonne noch höher gerötet, und der Abend ließ die Bäume und Gesträuche, die in den verfallenen Mauern wachsen, im dunkelsten, wundervollsten Grün erscheinen. Durch die hohen, offenen Fensterbogen blickte der schwärzliche Wald hervor, den Gipfel des Berges umzog jener duftige Schleier, welcher allen Gegenständen so eigenen geheimnisvollen Reiz verleiht, und von oben herab spiegelten sich die rötlichen Abendwölkchen und der dunkelblaue Himmel in den Fluten des Neckars.

»Und haben Sie solche Poesie in der Mark?« fragte der Jäger mit gutmütigem Lächeln.

Der Fremde schien es nicht zu hören, unverwandt hingen seine Blicke an diesem reizenden Schauspiel, er mochte fühlen, daß es sich an solchen Stellen über Poesie nicht gut streiten lasse.

Nach diesem Vorfall kehrte übrigens auf dem Gesicht des

Jägers die vorige Ruhe und Unbefangenheit zurück, er stritt über keinen Gegenstand, schien sogar über manche Dinge sich behutsam auszudrücken.

Als aber das Gespräch unter den beiden Reisenden, da die hereinbrechende Nacht ihre Aufmerksamkeit auf die Gegend hemmte, auf einige neuere Ereignisse und auf Politik kam, schien es dem jungen Mann aus der Mark, obgleich er die Züge seines Nachbars nicht mehr gut unterscheiden konnte, sein Atem gehe schneller, seine Rede werde wärmer, kurz, man habe einen Punkt der Unterredung getroffen, welcher für den Schwaben von hohem Interesse sei. Man sprach von der Gestalt und der inneren Kraft Deutschlands. Mit einer gewissen Erbitterung zog jener eine Parallele zwischen jetzt und sonst, die nicht gerade zum Vorteil der neueren Zeit ausfiel. Der Fremde, dessen Grundsätze im ganzen nicht mit diesen Ansichten übereinstimmen mochten, gab ihm dennoch, nicht ohne einiges Selbstgefühl, die letzten Sätze zu. Unglücklicherweise fing er seinen Satz: »*Ich bin ein Preuße*« an, und reizte dadurch unwillkürlich den Unmut des jungen Mannes noch mehr auf. Denn dieser vergaß nun jede Rücksicht der Klugheit; mit einer Beredsamkeit, die an jedem andern Orte dienlich gewesen wäre, suchte er seine Meinung durchzuführen, und nichts war ihm zu hoch, das er nicht mit seinem eigenen Maßstab gemessen hätte. Der Preuße, der solche Leute nur vom Hörensagen und unter dem gefährlichen Namen »Köpenicker« kannte, erschrak über diese Äußerungen. Konnte nicht der Postillon, konnte nicht ein Passagier im Bauch des Wagens diese Reden vernommen haben! Spandau, Köpenick, Jülich und alle möglichen *festen Plätze* schwebten vor seiner aufgeregten Phantasie, und das beste Mittel, seinen Nachbar zum Stillschweigen zu bringen, schien ihm, wenn er sich in die Ecke drückte und sich schlafend stellte.

2

Als die beiden Reisenden am Morgen nach dieser gefährlichen Nacht erwachten, sahen sie in geringer Entfernung die Türme von Heilbronn aus dem Nebel tauchen. »Hier endet meine Fahrt«, sagte der Herr im grünen Rock, indem er auf die Stadt deutete, »und Ihnen danke ich es«, setzte er mit einem freundlichen Blick auf seinen Nachbar hinzu, »daß ich diesmal diesen Wagen ungern verlasse. Wie angenehm wäre mir noch ein Tag in Ihrer Gesellschaft vergangen!«

»Es ist mein Los schon seit vierzehn Tagen gewesen«, erwiderte der Brandenburger. »Der enge Raum macht nachbarlich, Menschen, welche vielleicht in einer größern Stadt, selbst wenn sie Zimmernachbarn gewesen wären, jahrelang unter sich kein Wort gewechselt hätten, treten sich nahe durch den so natürlichen Drang nach Mitteilung. Der Platz an meiner Seite wechselte öfter, als in einer Schlacht, doch darf ich mir Glück wünschen, Sie wenigstens so lange zu meinem Nachbar gehabt zu haben, denn so bin ich auf die angenehmste Weise in Ihr Vaterland eingeführt worden.«

»Werden Sie länger in Württemberg verweilen?«

»Ich besuche Verwandte meiner Mutter«, erwiderte der Fremde; »je nachdem sie und die Residenz mir gefallen, werde ich länger oder kürzer verweilen.«

»Wir werden uns schwerlich wiedersehen«, sagte der Grüne, »ich wüßte wenigstens nicht, was mich nach Stuttgart treiben sollte. Vergessen Sie aber nie, was ich Ihnen über den Charakter meiner Landsleute sagte. Können Sie nach ihrer Denkungsart, nach ihren Sitten sich ein wenig richten, so werden Sie überall gesucht und willkommen sein. Unsern Damen sind Sie dann als Fremder nur um so interessanter und unsern Männern – nun da kömmt es immer auf den Zirkel an, in welchem Sie leben; nur müssen Sie«, setzte er mit einem Lächeln hinzu, das zwischen Ironie und gutmütiger Freundlichkeit schwebte, »nie zu deutlich und fühlbar machen – –«

»Nun?« rief der Fremde erwartungsvoll, als jener innehielt.

»Daß Sie kein Deutscher, sondern ein Preuße sind.«

Das schmetternde Horn des Postillons und das Rasseln des schweren Wagens auf dem Steinweg übertönte die Antwort des Fremden. Den Passagieren ward in dieser Stadt eine kleine Rast vergönnt, und der Fremde wollte seinen Nachbar vom Eilwagen noch einmal zum Frühstück einladen. Doch schon unter der Türe des Posthauses überreichte diesem ein alter Reitknecht mehrere Briefe; er riß den einen hastig, errötend auf und sein Reisegefährte bemerkte im Vorübergehen, daß es die Handschrift einer Dame sei. Der Fremde trat etwas verstimmt in dem Wirtshaus ans Fenster; er sah den Jäger angelegentlich mit seinem Diener sprechen und bald darauf führte man zwei schöne Pferde vor. In demselben Augenblick trat der grüne Herr eilends in den Saal, seine Augen suchten und fanden den Reisegefährten, er trat zu ihm, doch nur um schnell, aber herzlich von ihm Abschied zu nehmen, und so konnte ihn der Brandenburger zu seinem großen Verdruß nicht einmal nach dem Haus und der Familie Käthchens von Heilbronn fragen, eine Frage, die er sich unter seinen Reisenotizen aufgezeichnet und doppelt unterstrichen hatte. Doch der Anblick des Jägers, wie er sich so leicht in den Sattel des schönen, stolzen Pferdes schwang, wie er so majestätisch über den Markt hin sprengte, söhnten ihn mit der beinahe unhöflichen Hast aus, womit jener von ihm Abschied genommen hatte. Er gestand sich, selten eine so wohlgebaute Gestalt mit einem so schönen, ausdrucksvollen Gesicht vereint gesehen zu haben.

»Wer war dieser Herr im grünen Kleid?« fragte er den Kellner, der am andern Fenster dem Reiter nachblickte.

»Mit dem Namen kann ich nicht dienen«, antwortete jener; »ich weiß nur, daß man ihn ›Herr Baron‹ nennt, daß sein Vater einige Stunden von hier am Neckar Güter hat, und daß sie sehr reich sein sollen; in die Stadt kömmt er selten.«

Nicht ganz zufrieden mit dieser Erklärung setzte sich der junge Mann wieder in den Wagen. Sein Vater, der früher einmal in diesem Lande gewesen war, hatte ihm so viel Sonderbares von »schwäbischen Baronen« erzählt, daß er in seinem liebenswürdigen und gewandten Reisegefährten keinen solchen vermutet hätte. Sein neuer Nachbar, der ihm gleich in der ersten Viertelstunde vertraute, daß er ein Hopfenhändler aus Bayern sei, machte ihm den Verlust den er erlitten, nur um so fühlbarer, und da er am Hopfenbau wenig Unterhaltung fand, beschäftigte er sich damit, über den Charakter des jungen Mannes, der ihn verlassen hatte, nachzudenken und dann noch einmal alle Erwartungen und Hoffnungen zu durchlaufen, die er sich von seinen Verwandten, zu welchen er reiste, gemacht hatte. Von dem Oheim versprach er sich für seine Unterhaltung wenig; er mußte nach seiner Berechnung ein vorgerückter Sechziger sein; mürrisch, ungesellig und eigensinnig hatte ihn sein Vater schon vor fünfundzwanzig Jahren gekannt, und solche Eigenschaften pflegen sich im Alter nicht zu verbessern. Desto mehr versprach sich der junge Mann von Fräulein Anna, seiner Cousine. Von einem seiner Freunde, der längere Zeit in Schwaben gelebt hatte, war sie ihm als eine Zierde dieses Landes genannt worden. Ein angenehmes, trauliches Verhältnis von fünf bis sechs Wochen schien ihm ganz wünschenswert, und so eifrig war seine Berechnung der Mittel, die ihm zu Gebot standen, sich liebenswürdig zu zeigen, so gewiß war er sich des Eindrucks bewußt, den seine Person, sein Wesen unfehlbar machen müsse, für so leicht zu erobern hielt er das Herz eines »Fräuleins in Schwaben«, daß ihm nicht einmal der Gedanke kam, die schöne Cousine Anna könne sich vielleicht schon versehen haben. [...]

Je näher er dieser reizenden Gegend kam, desto angenehmer war es ihm, daß er einige Wochen auf dem Lande zubringen sollte. Er wußte aus eigener Erfahrung, daß man auf dem Lande, abgeschnitten von den Zerstreuungen der Stadt und jener Formen enthoben, die man dort für schön und notwendig, hier für überflüssig und lästig hält, schnell bekannt und befreundet wird, daß man sich, auf eine kleine Gesellschaft beschränkt, schneller naherückt. – Etwa eine Stunde von dem Gut bog der Weg von der Hauptstraße ab. Der Kutscher, den er gemietet hatte, deutete auf einen Fußpfad, der in den Wald lief; der Fahrweg wende sich um den ganzen Berg her, sagte er, doch auf diesem Pfad könne man zu Fuß in bei weitem kürzerer Zeit zum Schloß Thierberg hinaufgelangen. Der junge Mann stieg aus; er war bisher auf einem Bergrücken gefahren, sah nun eine mäßige, mit Wald bewachsene Anhöhe vor sich, und schloß, weil er gehört hatte, das Schloß seines Oheims liege im Neckartal, man müsse von dieser Höhe eine weite Aussicht in das Tal genießen. Er ließ den Wagen weiterfahren und stieg den Seitenpfad hinan. Ein Wald von prachtvollen Buchen nahm ihn auf. Nie hatte er diesen Baum so kräftig, so majestätisch gesehen, zwischendurch erblickte er hie und da Eichen und schöne Eschen und zu seiner nicht geringen Verwunderung Waldkirschbäume von ungewöhnlicher Höhe. Nach und nach wurde ihm das Steigen schwerer; der Berg schien sich auf einmal steiler zu erheben, und er war oft versucht, die unbequeme Eleganz zu verwünschen, in welche ihn sein Berliner Schneider gekleidet hatte. Endlich hatte er den Gipfel erreicht, aber noch öffnete sich keine Aussicht. Die Bäume schienen dichter zu werden, je mehr sich der Pfad wieder senkte, und als sich, um seine Ungeduld zu vermehren, der kleine Pfad in zwei noch kleinere teilte, die nach verschiedenen Richtungen liefen, schmälte er auf den Kutscher und auf seine eigene Torheit, die ihn verleitet hatten, in einem fremden Wald sich zu verirren. Er schlug endlich den Weg rechts ein und sah, nachdem er einige Hundert Schritte gegangen war, zu seiner großen Freude ein buntes Kleid durch das Laub schimmern.

Er verdoppelte seine Schritte und war nicht wenig betroffen, als er plötzlich vor einer jungen Dame stand, die im Schatten einer alten Eiche auf einer Bank saß. Sie hatte ein Buch in der Hand, von welchem sie, als sein Schritt in den abgefallenen Blättern rauschte, langsam und ruhig ihre schönen Augen erhob; doch auch sie schien betroffen, als es ein junger, städtisch gekleideter Herr war, den sie in dieser Einsamkeit vor sich sah; sie errötete flüchtig, aber sie senkte ihren Blick nicht, der fragend an dem unerwarteten Besuch hing. Der junge Mann verbeugte sich einigemal, ehe er recht wußte, was er sagen wollte. Ist wohl das schöne Mädchen Cousine Anna? war alles, was er in diesem Augenblick zu denken und sich zu fragen vermochte, und erst als er sich diese Frage schnell bejaht hatte, trat er näher zu der jungen Dame, die indessen ihr Buch schloß und von ihrem Bänkchen aufstand. »Bitte um Vergebung«, sagte er, »wenn ich Sie gestört haben sollte; ich fürchte von dem Wege abgekommen zu sein. Kann ich hier nach dem Schloß des Herrn von Thierberg kommen?«

»Auf diesem Fußpfad nicht wohl, wenn Sie hier nicht bekannt sind«, erwiderte sie mit einer tiefen, aber klangvollen Stimme; »Sie haben oben einen Fußpfad links gelassen, der nach dem Schloß führt.« Sie verbeugte sich nach diesen Worten, und der junge Mann ging seinen Weg zurück; doch kaum hatte er einige Schritte gemacht, so zog ihn ein unwiderstehliches Gefühl zurück. Das schöne Mädchen stand noch einmal von ihrem Sitz auf, als sie ihn zurückkehren sah, doch diesmal schien Bestürzung ihre Wangen zu färben, und eine gewisse Ängstlichkeit blickte aus ihren großen Augen. Auf die Gefahr hin für unbescheiden zu gelten, fragte der Reisende, ob er vielleicht die Ehre gehabt habe, mit Fräulein von Thierberg zu sprechen?

»Ich heiße so«, antwortete sie etwas befangen.

»Eh bien, ma chère cousine!« sagte er lächelnd, indem er sich artig verbeugte; »so habe ich das Vergnügen, Ihnen Ihren Vetter Rantow vorzustellen.«

»Wie, Vetter Albert!« rief sie freudig, »so haben Sie endlich doch Wort gehalten? Wie wird sich der Vater freuen! Und was macht Onkel und die liebe Tante, und wie sind Sie gereist?« so drängte sich eine Frage nach der andern über die schönen Lippen, und Vetter Rantow fand, verloren in sein Glück eine schöne Muhme zu besitzen, keine Worte, alle nach der Reihe zu beantworten. Wie reizend, wie naiv klang ihm die Sprache! Er konnte nicht sagen, daß sie gegen irgendeine Regel des Stils gesündigt hätte, und doch deuchte es ihm, es seien ganz andere Worte, ganz andere Töne, als die er in seinem Vaterland gehört hatte. Er fühlte, er sei zu schnell gereist, als daß er allmählich auf diesen Kontrast vorbereitet worden wäre.

»Dies ist mein Lieblingsspaziergang«, sagte sie, indem sie langsam neben ihm herging. »Zwar ist der Weg im Tal noch angenehmer, der Neckar macht schöne Windungen, alte Burgen schmücken die Höhen – und die unsrige spielt dabei nicht die schlechteste Rolle, wenigstens was das Altertum betrifft – Dörfer und sogar ein Städtchen sieht man Tal auf und ab; aber der Rückweg ins Schloß hinauf ist dann so steil und mühsam, und auf der Straße gehen mir zu viele Leute. Der Wald hier liegt nicht höher als das Schloß, in einem halben Stündchen geht man herüber und ist dann so köstlich einsam, als säße man in seinem Boudoir bei verschlossenen Türen.«

»Bis dann der Zufall einen Vetter aus Preußen hereinwehen muß, der die köstliche Einsamkeit stört«, unterbrach sie Rantow.

»Im ganzen genommen«, fuhr sie fort, »ist es im Schloß gerade auch nicht geräuschvoll. Es ist so einsam als irgendein bezaubertes Schloß in ›Tausendundeinenacht‹. Außer der Dienerschaft und im hinteren Flügel dem Amtmann, den man nie zu sehen bekömmt, sind wir, der Vater und ich, die einzigen Bewohner; ja die Einsamkeit im Schloß ist oft so schrecklich und traurig, daß ich mich lieber in die Waldeinsamkeit flüchte, wo das Rauschen der Bäume und der Gesang der Vögel doch noch einiges Leben verkünden.«

3

Überrascht stand der junge Mann stille, als sie aus dem dichten Holz durch eine Wendung des Weges auf einmal dem Schloß gegenüberstanden. Die Bewohner des südlichen Deutschlands sind von Jugend auf an Anblicke dieser Art gewöhnt. Man trifft in Franken und Schwaben selten ein Tal von der Länge einiger Stunden, in welches nicht eine Burg oder zum mindesten »ein gebrochener Turm und ein halbes Tor« herabschauten. Die natürliche Beschaffenheit des Landes, die vielen Berge und kleinen Flüsse, überdies die eigentümliche Verfassung des zahlreichen Landadels begünstigten oder nötigten in früherer Zeit zu diesen befestigten Wohnungen. Aber der Norden unseres Vaterlandes trägt weniger Spuren dieser alten Zeit; die weiten Ebenen boten keine so natürliche Befestigung, wie die Felsen und Gebirgsausläufer des Süden, und hatte auch hier und dort eine solche Feste im platten Land gestanden, so war sie nur desto schneller dem

Verfall und der Zerstörung preisgegeben. Die Nachbarn teilten sich brüderlich in die teuren Steine, und ihr Gedächtnis verwehte der Wind, der über die Ebene hinstrich. Darum war es dem jungen Mann aus der Mark ein so überraschender Anblick, sich in solcher Nähe einer dieser altertümlichen Burgen gegenüberzusehen, um so überraschender, da er durch diese düsteren, tiefen Tore als Gast einziehen, in jenem altertümlichen Gemäuer wohnen sollte. Doch bald erfüllte kein anderer Gedanke mehr als der malerische Anblick, der sich ihm darbot, seine Seele. Der alte schwärzlich graue Wartturm war auf der Mittagsseite von oben bis in den Graben hinab mit einem Mantel von Efeu umhängt. Aus den Ritzen der Mauer sproßten Zweige und grüne Ranken, und um das Tor zog sich ein breites Rebengeländer, dessen zarte Blätter und Fasern sich mit sanfter Gewalt um die rostigen Angeln und Ketten der Zugbrücke geschlungen hatten. Zur rechten Seite des Schlosses hinderte der dunkle Wald die Aussicht, aber links, an den hohen Mauern vorüber tauchte das Auge hinab in die Tiefe des schönen fruchtbaren Neckartals, schweifte hinauf, den Fluß entlang, zu Dörfern und Weilern und weit über die Weinberge hin nach fernen, blauen Gebirgen.

»Das ist unser Thierberg«, sagte das Fräulein; »es scheint, die Gegend habe einigen Reiz für Sie, Vetter, und ich möchte Ihnen wahrlich raten, recht oft aus dem Fenster zu sehen, um vor unserer Einsamkeit und diesem häßlichen alten Gemäuer nicht zu erschrecken!«

»Ein häßliches Gemäuer nennen Sie diese alte Burg?« rief der Gast; »kann man etwas Romantischeres sehen, als diese Türme mit Efeu bewachsen, diesen Torweg mit den alten Wappen, diese Zugbrücke, diese Wälle und Graben? Glaubt man nicht das Schloß von Bradwardine oder irgendein anderes aus Scottischen Romanen zu sehen? Erwartet man nicht, ein Sickingen, ein Götz werde uns jetzt eben aus dem Tor entgegentreten –«

»Für diesmal höchstens ein Thierberg«, erwiderte das Fräulein lachend, »und auch von diesen spukt nur noch einer in den fatalen Mauern. Dergleichen Türme und Zinnen liebe ich ungemein in einem Roman oder in Kupfer gestochen, aber zwischen diesen Mauern zu wohnen, so einsam, und winters, wenn der Wind um diese Türme heult und das Auge nichts Grünes mehr sieht, als jenen Eppich dort am Turm – Vetter! mich friert schon jetzt wieder, wenn ich nur daran denke. Doch kommt, Herr *Ritter,* das Burgfräulein will Euch selbst einführen.« [...]

Anonym

Notburga in Hochhausen am Neckar

Im siebenten Jahrhundert herrschte im Neckartal der Frankenkönig Dagobert der Erste, der auf der Burg Hornberg residierte. Er hatte eine schöne Tochter namens Notburga. Damals waren die Bewohner dieser Gegend ebenso wie der König selbst noch Heiden, die fromme Notburga aber hatte sich zum Christentum bekehrt.

In jener Zeit führte der Wendenfürst Samo mehrmals Krieg gegen das Frankenreich. Er hatte von der Schönheit Notburgas gehört und war in Liebe zu ihr entbrannt, ja, er kam sogar nach Hornberg selbst und warb um die Hand der königlichen Jungfrau. Dagobert war bereit, dem Wendenfürsten seine Tochter zur Frau zu geben, schon um des lieben Friedens willen, den er dadurch für sein Land zu gewinnen hoffte. Aber Notburgas frommes Herz wollte von der Verbindung mit dem heidnischen Wenden nichts wissen. Dem lärmenden Fest, das zu ihrer Verlobung gefeiert wurde, blieb sie fern und verharrte indes im Gebet in ihrer Kammer. Doch aus Angst, zur Teilnahme am Fest schließlich gezwungen zu werden, floh sie plötzlich auf göttliche Weisung aus dem väterlichen Schloß und eilte an den Neckar.

Von Kindheit an hatte Notburga eine Hirschkuh gepflegt und behütet. Diese stand nun plötzlich vor der zagenden Jungfrau und schaute wie weisend nach der Felswand am anderen Neckarufer. Notburga setzte sich auf den Rücken des Tieres, das sogleich mit seiner Last ans andere Ufer des

Flusses schwamm. Dort suchte die Jungfrau, der Hirschkuh folgend, Zuflucht in einer Höhle. Sie löschte ihren Durst an einer Quelle, und die Hirschkuh brachte ihr täglich das Essen, das sie in der Schloßküche zu Hornberg holte. So lebte Notburga längere Zeit in stiller Abgeschiedenheit.

In Hornberg wußte man nicht, wo sich des Königs Tochter aufhalte. Doch der Küchenmeister merkte mit der Zeit, daß Speisen fehlten, und suchte dem Dieb auf die Spur zu kommen. Schließlich entdeckte er, daß eine Hirschkuh Speisen holte und mit ihnen an den Neckar lief. Von nun an beobachtete er das Tier und sah, wie es mit den Speisen täglich über den Neckar schwamm und in einer Höhle am andern Ufer verschwand. Er meldete das sonderbare Verhalten der Hirschkuh dem König. Dieser begab sich mit dem Küchenmeister über den Fluß und fand seine Tochter in der Höhle. Gerührt durch den Anblick dieser dürftigen Behausung, in der sein Kind schon so lange wohnte, bat der König seine Tochter, mit ihm ins Schloß zurückzukommen. Notburga aber folgte dem Wunsche ihres Vaters nicht, sondern flehte ihn an, allein in der Höhle bleiben zu dürfen.

Über diese Widersetzlichkeit wurde König Dagobert zornig. Er packte die Prinzessin am Arm, um sie gewaltsam aus der Höhle zu ziehen. Aber, o Wunder, er hielt den Arm allein in seinen Händen, Notburga fiel, aus schwerer Wunde blutend, bewußtlos zu Boden. Ergrimmt verließ Dagobert die Höhle. Als Notburga wieder zu sich kam, sah sie eine Schlange neben sich in der Sonne ruhen, die ein Krönlein auf dem Kopf trug und ein Kräutlein im Munde hatte. Damit heilte das Mädchen die Wunde. Der König aber war durch das furchtbare Erlebnis so gebrochen, daß er sogleich aus seinem Schlosse fortzog.

Notburga lebte noch viele Jahre in ihrer Höhle, von den

Umwohnern sehr verehrt. Sie bewog viele Leute, zum Christentum überzutreten. Als sie dann ihr Ende nahen fühlte, bat sie, man möge ihren Leichnam dereinst auf einen Wagen laden, diesen mit zwei weißen Stieren bespannen, die noch kein Joch getragen hätten, und die Tiere frei ziehen lassen. An der Stelle, wo sie halten würden, solle man sie begraben und über ihrem Grab ein Kirchlein erbauen. Bald darauf schlossen sich ihre Augen zur ewigen Ruhe.

Alle Glocken der Kirchen ringsum läuteten von selbst, als der Leichenzug sich in Bewegung setzte. Die Stiere hielten in Hochhausen, wo heute die Kirche sich erhebt.

Dort steht, in Stein gehauen, über Notburgas Grab ihr Standbild. Die Gestalt weist nur einen Arm auf, ihr Haupt ist mit der Königskrone geschmückt. Neben der Jungfrau ist die Schlange mit dem Heilkräutlein im Munde dargestellt.

Alexander von Bernus

Maler, Dichter und ihre Gesellen …

Maler, Dichter und ihre Gesellen
Halten hier immer wieder Haus,
Sehen die Schiffe drunten fahren,
Lehnen mit den wehenden Haaren,
Wie früher andere an den hellen
Sommertagen aus ihren Zellen
Über das offene Tal hinaus.
Aber an Abenden, den klaren,
Trauernden, die nur sie verstehen,
Treten sie in den Park und gehen
Hin auf Träumen von hundert Jahren,
Und sie bilden, was sie sehen.

Friedrich Hölderlin

Heidelberg

Lange lieb ich dich schon, möchte dich, mir zur Lust,
Mutter nennen und dir schenken ein kunstlos Lied,
Du, der Vaterlandsstädte
Ländlichschönste, so viel ich sah.

Wie der Vogel des Waldes über die Gipfel fliegt,
Schwingt sich über den Strom, wo er vorbei dir glänzt,
Leicht und kräftig die Brücke,
Die von Wagen und Menschen tönt.

Wie von Göttern gesandt, fesselt' ein Zauber einst
Auf die Brücke mich an, da ich vorüber ging
Und herein in die Berge
Mir die reizende Ferne schien,

Und der Jüngling, der Strom, fort in die Ebne zog,
Traurigfroh, wie das Herz, wenn es, sich selbst zu schön,
Liebend unterzugehen,
In die Fluten der Zeit sich wirft.

Quellen hattest du ihm, hattest dem Flüchtigen
Kühle Schatten geschenkt, und die Gestade sahn
All ihm nach, und es bebte
Aus den Wellen ihr lieblich Bild.

Aber schwer in das Tal hing die gigantische,
Schicksalskundige Burg nieder bis auf den Grund,
Von den Wettern zerrissen;
Doch die ewige Sonne goß

Ihr verjüngendes Licht über das alternde
Riesenbild, und umher grünte lebendiger
Efeu; freundliche Wälder
Rauschten über die Burg herab.

Sträuche blühten herab, bis wo im heitern Tal,
an den Hügel gelehnt oder dem Ufer hold,
Deine fröhlichen Gassen
Unter duftenden Gärten ruhn.

Johann Wolfgang von Goethe

Tagebuchnotizen

Heidelberg d. 26. August 1797.

Ich sah Heidelberg an einem völlig klaren Morgen, der durch eine angenehme Luft zugleich kühl und erquicklich war. Die Stadt in ihrer Lage und mit ihrer ganzen Umgebung hat, man darf sagen, etwas Ideales, das man sich erst recht deutlich machen kann, wenn man mit der Landschaftmahlerey bekannt ist und wenn man weiß, was denkende Künstler aus der Natur genommen und in die Natur hineingelegt haben. Ich ging in Erinnerung früherer Zeiten über die schöne Brücke und am rechten Ufer des Neckars hinauf. Etwas weiter oben, wenn man zurücksieht, sieht man die Stadt und die ganze Lage in ihrem schönsten Verhältnisse; sie ist in der Länge auf einen schmalen Raum zwischen den Bergen und dem Flusse gebauet, das obere Thor schließt sich unmittelbar an die Felsen an, an deren Fuß nur die Landstraße nach Neckargemünd die nöthige Breite hat. Über dem Thore steht das alte verfallne Schloß in seinen großen und ernsten Halbruinen. Den Weg hinauf bezeichnet durch Bäume und Büsche blickend eine Straße kleiner Häuser, die einen sehr angenehmen Anblick gewährt, indem man die Verbindung des alten Schlosses und der Stadt bewohnt und belebt sieht. Darunter zeigt sich die Masse einer wohlgebauten Kirche und so weiter die Stadt mit ihren Häusern und Thürmen, über die sich ein völlig bewachsner Berg, höher als der Schloßberg, indem er in großen Parthien den rothen Felsen, aus dem er besteht, sehen läßt hinabwärts fort. Wirft man den Blick auf den Fluß hinaufwärts, so sieht man eine große Fläche davon zu Gunsten einer Mühle, die gleich unter dem untern Thore liegt, zu einer schönen Fläche gestemmt, indessen der übrige Strom über abgerundete Granitbänke in dieser Jahrszeit seicht dahin und nach der Brücke zu fließt, welche im ächten guten Sinne gebaut, dem Ganzen eine edle Würde verleiht, besonders in den Augen desjenigen, der sich noch der alten hölzernen Brücke erinnert. Die Statue des Churfürsten, die hier mit doppeltem Rechte steht, so wie die Statue der Minerva von der andern Seite wünscht man um einen Bogen weiter nach der Mitte zu, wo sie am Anfang der horizontalen Brücke um so viel höher sich viel besser und freyer in der Luft zeigen würden. Allein bey näherer Betrachtung der Construction möchte sich finden, daß die starken Pfeiler, auf welchen die Statuen stehen, hier zur Festigkeit der Brücke nöthig sind, da denn die Schönheit wie billig der Notwendigkeit weichen mußte. Der Granit, der an dem Wege heraussteht, machte mir mit seinen Feldspatkristallen einen angenehmen Eindruck. Wenn man diese Steinarten an so ganz entfernten Orten gekannt hat und wieder findet, so machen sie einen angenehmen Eindruck des stillen und großen Verhältnisses der Grundlagen unserer bewohnten Welt gegen einander. Daß der Granit noch so ganz kurz an einer großen Pläne hervorspringt und spätere Gebirgsarten im Rücken hat, ist ein Fall, der mehr vorkommt, besonders ist der vom Roßtrab merkwürdig; zwischen dem Brocken und zwischen diesen ungeheuern Granitfelsen, die so weit vorliegen, finden sich verschiedene Arten Porphyre, Kieselschiefer u. s. w. Doch ich kehre vom rauhen Harz in diese heitere Gegend gern und geschwind zurück und sehe durch diese Granitfelsen eine schöne Straße geebnet, ich sehe hohe Mauern aufgeführt, um das Erdreich der untersten Weinberge zusammen zu halten, die sich auf dieser rechten Seite des Flusses den Berg hinauf gegen die Sonne gekehrt verbreiten. Ich ging in die Stadt zurück, eine Freundin zu besuchen und sodann zum Oberthore hinaus. Hier hat die Lage und Gegend keinen mahlerischen aber einen sehr natürlich schönen Anblick. Gegenüber sieht man nun die hohen gutgebauten Weinberge, an deren Mauer man erst hingehen in ihrer ganzen Ausdehnung. Die kleinen Häuser darin machen mit ihren Lauben sehr artige Parthien, und es sind einige, die als die schönsten malerischen Studien gelten könnten. Die Sonne machte Licht und Schatten so wie die Farben deutlich, wenige Wolken stiegen auf.

Die Brücke zeigt sich von hier aus in einer Schönheit, wie vielleicht keine Brücke der Welt. Durch die Bogen sieht man den Neckar nach den flachen Rheingegenden fließen und über ihr die lichtblauen Gebirge jenseits des Rheins in der Ferne. An der rechten Seite schließt ein bewachsner Fels mit rötlichen Seiten, der sich mit der Region der Weinberge verbindet, die Aussicht. [...]

Sinzheim den 27. Aug. 1797.

Aus Heidelberg um 6 Uhr an einem kühlen und heitern Morgen. Der Weg geht am linken Ufer hinaus zwischen Granitfelsen und Nußbäumen. Drüben liegt ein Stift und Spital sehr anmuthig. Rechts am Wege stehen kleine Häuser mit ihren Besitzungen, die sich den Berg hinauf erstrecken. Über dem Wasser am Ende der Weinbergshöhe, die sich von Heidelberg heraufzieht, liegt Ziegelhausen. Es legen sich neue Gebirge und Thäler an; man fährt durch Schlierbach. Über dem Wasser sieht man Sandsteinfelsen in horizontalen Lagen, diesseits am linken Ufer Frucht- und Weinbau. Man fährt an Sandsteinfelsen vorbey; es zeigt sich über dem

Wasser eine schöne, sanft ablaufende wohlgebaute Erdspitze, um die der Neckar herum kommt. Der Blick auf Neckar Gemünd ist sehr schön, die Gegend erweitert sich und ist fruchtbar. Neckar Gemünd ist eine artige reinliche Stadt. Das obere Thor ist neu und gut gebauet, ein scheinbarer Fallgatter schließt den obern Halbzirkel. Man hat hier den Neckar verlassen, man findet Maulbeerbäume, dann, neben einer geraden Chaussee durch ein sanftes nicht breites Thal, an beyden Seiten Feld- Obst- und Gartenbau; die gleichen Höhen sind an beyden Seiten mit Wald bedeckt; man sieht kein Wasser. Der Wald verliert sich, die Höhen werden mannigfaltiger; man sieht nur Fruchtbau, die Gegend sieht einer thüringischen ähnlich. Wiesenbach, sauberes Dorf, alles mit Ziegeln gedeckt. Die Männer tragen blaue Röcke und mit gewirkten Blumen gezierte weiße Westen. Hier fließt wenig Wasser. Der Hafer war eben geschnitten und das Feld fast leer. Der Boden ist lehmig, der Weg geht bergauf, man sieht wenig Bäume, die Wege sind leidlich reparirt. Mauer, liegt freundlich; eine artige Pappelallee führt vom Dorfe zu einem Lusthause. Die Weiber haben eine catholische nicht unangenehme Bildung. Die Männer sind höflich, keine Spur von Roheit; man bemerkt eher eine sittliche Stille. Runkelrüben und Hanf standen allein noch auf den Feldern. Hinter dem Ort findet man eine Allee von Kirschbäumen an der Chaussee, die durch feuchte Wiesen erhöht durchgeht; sie wird mit Kalkstein gebessert. Meggersheim liegt artig an einem Kalksteinhügel, der mit Wein bebaut ist; es hat Wiesen und Feldbau vor sich. Zuzenhausen, auf Lehmhügeln; guter Fruchtbau an der rechten Seite, links Wiesen und anmuthige waldige Hügel. Hoffenheim; von da geht eine schöne alte Pappelallee bis Sinsheim, wo wir ein Viertel nach 10 ankamen. […]

Um 2 Uhr.

Von Sinzheim ab. Draußen links liegt ein ansehnliches Kloster; eine alte schöne Pappelallee begleitet die Straße. Vorwärts und weiter rechts sieht man an einem schönen Wiesengrund Rohrbach und Steinfurth liegen, durch welche man nachher durchkommt. Die Pappeln dauern fort; wo sie auf der Höhe aufhören, fangen Kirschbäume an, die aber traurig stehen. Der Feldbau ist auf den Höhen und den sanften Gründen wie bisher, der Weg steigt sanft aufwärts. Die Kirschbäume zeigen sich schöner gewachsen. Flötzkalk in schmalen horizontalen, sehr zerklüfteten Schichten. Über der Höhe gehen die Pappeln wieder an. Kirchhart. Der Weg geht wieder auf und absteigend. Der horizontale Kalk dauert fort. Gerade Chausseen und schöner Fruchtbau bis Führfelden. Geringer Landort. Weiter dauern die Fruchtbäume fort. Auf dieser ganzen Fahrt sieht man wenig oder gar kein Wasser. Man erblickt nun die Berge des Neckarthals. Kirchhausen liegt zwischen anmuthigen Garten und Baumanlagen; dahinter ist eine schöne Aussicht nach den Gebirgen des Neckars; man kommt durch ein artiges Wäldchen und durch eine Pappelallee bis Frankenbach. Die Kieshügel an der Chaussee erleichtern sehr die Erhaltung derselben. Schöne Pappelallee bis Heilbronn, die hie und da wahrscheinlich vom Fuhrwerk im Kriege gelitten hat und deren baldige Rekrutirung nach dem Frieden jeder Reisende zum Vergnügen seiner Nachfolger wünschen muß. Überhaupt sind von Heidelberg hierher die Chausseen meist mit mehr oder weniger Sorgfalt gebessert.

Heilbronn den 27. Aug. 97.

Abends um 6 Uhr angekommen. In der Sonne abgestiegen. Ein schöner Gasthof und bequem, wenn er fertig seyn wird. Man ist stark im Bauen begriffen.

D. 28. August.

Wenn man sich einen günstigen Begriff von Heilbronn machen will, so muß man um die Stadt gehen. Die Mauern und Gräben sind ein wichtiges Denkmal der vorigen Zeit. Die Gräben sind sehr tief und fast bis herauf gemauert, die Mauern hoch und aus Quaderstücken gut gefugt und in den neuern Zeiten genau verstrichen. Die Steine waren als Rustika gehauen, doch jetzt sind die Vorsprünge meistens verwittert. Das geringe Bedürfniß der alten Defension kann man hier recht sehen. Hier ist blos auf Tiefe und Höhe gerechnet, die freylich kein Mensch leicht übersteigen wird; aber die Mauer geht in geraden Linien und die Thürme springen nicht einmal vor, so daß kein Theil der Mauer von der Seite vertheidigt ist. Man sieht recht, daß man das Sturmlaufen bey Anlage dieses großen Werks für unmöglich gehalten hat, denn jede Schießscharte vertheidigt eigentlich gerade aus nur sich selbst. Die Thürme sind viereckt und hoch, unten an der Mauer her geht ein gleichfalls gemauerter bedeckter Weg. Die Thürme an den Thoren springen vor, und es sind daselbst die nöthigen Außenwerke angebracht; nirgends ist ein Versuch einer Befestigung nach neuer Art sichtbar. Unterhalb des bedeckten Wegs und an dessen Stelle sind an einigen Orten Baumschulen und andere Pflanzungen angelegt.

Eine schöne Allee führt um den größten Theil des Grabens. Sie besteht aus Linden und Kastanien, die als Gewölbe gehauen und gezogen sind; die Gärten stoßen gleich daran in größern und kleinern Besitzungen.

Die Stadt ist ihrer glücklichen Lage, ihrer schönen und fruchtbaren Gegend nach auf Garten-, Frucht und Weinbau gegründet, und man sieht wie sie zu einer gewissen Zeit der Unruhe sich entschließen mußte, alle sämtlichen Bewohner, sowohl die Gewerbetreibenden als Ackerbauenden, in ihre

Mauern einzuschließen. Da sie ziemlich aus der Pläne liegt, sind ihre Straßen nicht ängstlich, aber meist alt mit Überhängen, Giebeln, auf die Straße gehenden großen hölzernen Rinnen, die das Wasser über die Seitenwege, welche an den Häusern her meistens erhöht gepflastert sind, hinweg führen. Die Hauptstraßen sind meistens rein; aber die kleinern, besonders nach den Mauern zu, scheinen hauptsächlich von Gärtnern und Ackerleuten bewohnt zu seyn. Die Straße dient jedem kleinen Hausbesitzer zum Misthof; Ställe und Scheunen, alles ist dort, jedoch nur klein und von jedem einzelnen Besitzer zusammen gedrungen. Ein einziges großes steinernes Gebäude bemerkt ich zu Aufbewahrung der Frucht, das einen reichen Besitzer ankündigte. Man bemerkt nicht wie an andern Orten verschiedene Epochen der Bauart, besonders keine Ämulation, die solche Epochen mit sich führen. Ein einziges Gebäude zeichnet sich aus, das durch die Bildsäule des Äskulaps und durch die Basreliefs von zwey Einhörnern sich als Apotheke ankündigt. Noch einige neue steinerne aber ganz schlichte Häuser finden sich auch; das übrige ist alles auf alten Schlag, nur wird sich das Gasthaus zur Sonne durch einen Sprung, wenn es fertig ist, auszeichnen. Es ist ganz von Stein und in gutem, wenn schon nicht im besten Geschmack, ohngefähr wie das Sarrasinische auf dem Kornmarkt zu Frankfurt. Das Untergeschoß hat recht wohnbare Mezzaninen, darüber folgen noch zwey Geschosse. Die innere Einrichtung, so weit sie fertig ist, ist geschmackvoll, mit französischem Papier sehr artig ausgeziert. [...]

Der Neckar ist oberhalb und unterhalb der Stadt zum Behufe verschiedener Mühlen durch Wehre gedämmt; die Schifffahrt von unten herauf geht also nur bis hierher, wo ausgeladen werden muß; man lädt oberhalb wieder ein und

kann bis Kannstadt fahren. Diese Schiffe tragen bey hohem Wasser ohngefähr 800 Centner, auch wird hier viel ausgeladen und weiter ins Land hinein zur Axe transportirt. [...]
An der Wirthstafel speiste außer der Hausfamilie noch der Oberamtmann von Mekmühl und seine Frauenzimmer.

Die Mägde sind meist schöne stark und fein gebildete Mädchen und geben einen Begriff von der Bildung des Landvolks; sie gehen aber meistentheils schmutzig, weil sie mit zu dem Feldbau der Familien gebraucht werden.

Den 28ten.

Abends um 6 Uhr fuhr ich mit dem Bruder des Wirthes auf den Wartberg. Es ist, weil Heilbronn in der Tiefe liegt, eigentlich die Warte und anstatt eines Hauptthurms für dasselbe. Die eigentliche Einrichtung oben aber ist eine Glocke, wodurch den Ackerleuten und besonders Weingärtnern ihre Feyerstunde angekündigt wird. Er liegt ohngefähr eine halbe Stunde von der Stadt auf einer mit buschigem Holz oben bewachsenen Höhe, an deren Fuß Weinberge sich hinunterziehen. Vorwärts des Thurms ist ein artiges Gebäude mit einem großen Saale und einigen Nebenzimmern, wo die Woche einige mal getanzt wird. Wir fanden eben die Sonne als eine blutrothe Scheibe in einem wahren Sirokoduft rechts von Wimpfen untergehen. Der Neckar schlängelt sich sanft durch die Gegend, die von beyden Seiten des Flusses sanft aufsteigt. Heilbronn liegt am Flusse und das Erdreich erhöht sich nach und nach bis gegen die Hügel in Norden und Nord-Osten. Alles was man übersieht ist fruchtbar; das nächste sind Weinberge, und die Stadt selbst liegt in einer großen grünen Masse von Gärten. Es giebt den Anblick von einem ruhigen breiten hinreichenden Genuß. Es sollen 12000 Morgen Weinberge um die Stadt liegen; die Gärten sind sehr theuer, so daß wohl 1500 Gulden für einen Morgen gegeben werden.

Ich hatte sehr schönes Vieh gesehen und fragte darnach. Man sagte mir, daß vor dem Krieg 3000 Stück Rindvieh in der Stadt gewesen, die man aber aus Sorge vor der Viehseuche nach und nach abgeschafft und erst wieder beyschaffen werde; eine Kuh könne immer 12 bis 18 Karolin kosten und werth seyn. Viele halten sie auf Stallfütterung; geringe Leute haben Gelegenheit sie auf die Weide zu schicken, wozu die Gemeinde schöne Wiesen besitzt. [...]

Die Obrigkeit besteht aus lauter Protestanten und Studirten. Sie scheint sehr gut zu haushalten, denn sie hat die bisherigen Kriegslasten ohne Aufborgung oder neue Auflagen bestritten. Einer Contribution der Franzosen ist sie glücklich entgangen. Sie war auf 140000 Gulden angesetzt, die auch schon parat lagen. Jetzt werden alle Vorspanne, welche die Österreicher verlangen, aus dem Ärario bezahlt und die Bürger verdienen dabey. Das beste Zeichen einer guten Wirthschaft ist, daß die Stadt fortfährt Grundstücke zu kaufen, besonders von fremden Besitzern in der Nachbarschaft. Hätten die Reichsstädte in früherer Zeit diesen großen Grundsatz von den Klöstern gelernt, so hätten sie sich noch sehr erweitern und zum Theil manchen Verdruß ersparen können, wenn sie fremde Besitzer mitunter in ihr Territorium einkaufen ließen.

Die Stadt hat eine Schneidemühle mit dem Rechte, allein Bauholz und Breter zu verkaufen. Diese Befugnisse sind auf 30 Jahre verpachtet. Der Einwohner kann zwar von einem vorbeyfahrenden Flößer auch kaufen, muß aber den Monopolisten einen Batzen vom Gulden abgeben, so wie der Flößer ihm auch eine Abgabe zahlen muß. Da nun der Pachter, indem er Holz im Großen kauft und selbst stößt, das Holz so wohlfeil als der Flößer geben kann, so kann er sich einen guten Vortheil machen. Dagegen wird er, wenn er es zu hoch treiben wollte, wieder durch die Concurrenz des Flößers balancirt. Unter diesen Umständen scheint also nicht, wie ich anfangs glaubte, diese Art von bedingtem Alleinhandel dem Bauen hinderlich zu seyn.

Was die Abgaben betrifft, so sollen die Grundstücke sehr gering, das baare Vermögen hingegen und die Capitalien hoch belegt seyn. Es giebt hier große und wohlgebildete Mädchen. Die Mägde sehen größtentheils schmutzig aus, weil sie mit zur Feld- und Stallarbeit gebraucht werden. […]

In dem Hinfahren sah ich auch Weinsberg liegen, nach dem man wohl, wie Bürger thut, fragen muß, da es sehr zwischen Hügel hineingedrückt ist, am Fuße des Berges, auf dem das, durch Frauentreue berühmte, jetzt zerstörte Schloß gelegen ist, dessen Ruinen ich denn auch, wie billig ist, begrüßt habe. Auch hier ist man mit der Erndte sehr zufrieden, sie kam, wie überall, sehr lebhaft hinter einander, so daß die Sommerfrüchte mit den Winterfrüchten zugleich reif wurden. Der Feldbau ist auch hier in 3 Jahresabtheilungen eingetheilt, obgleich kein Feld Brache liegt, sondern ihr drittes ist das Haferfeld; so wirds im Ganzen gebaut, ob gleich jeder noch außerdem, in so fern er es mit der Düngung zwingen kann, seinen Boden in der Zwischenzeit benutzt wie z. B. mit Sommerrüben.

Ludwigsburg, den 29. Aug. 97.

Von Heilbronn gegen 5 Uhr, vor Sonnen Aufgang fort. Man kommt erst durch schöne Gärtnerey, verläßt dann die Allee und kommt auf die alte Ludwigsburger Straße. Nebel bezeichneten den Gang des Neckars. Bockingen lag rechts im Nebel des Neckarthals, links Feldbau auf der Fläche. Man kommt durch Sontheim, das deutschherrisch ist. Bis Ludwigsburg ist Ebene und eine immer abwechselnde Fruchtbarkeit, bald Wein bald Feldbau. Man fährt quer durch den obern Theil eines artigen Wiesenthals, in und an dem weiter unten Schloß und Dorf Thalen liegt. Man findet den horizontalen Kalkstein wieder.

Laufen. Eine artige Lage theils auf der Höhe theils am Wasser. Hier sind die Weinberge wieder häufig, man kommt über das Wasser, der Boden ist sehr gut, sie hatten nach der Erndte noch türkisch Korn gesäet, das grün abgehauen und verfüttert wird.

Man fährt durch eine schöne Allee von Obstbäumen. Man sieht den Neckar wieder, kommt durch Kirchheim, genannt am Neckar. Die Chaussee ist durchaus gut, der Feldbau fährt fort. Links im Rücken den Neckar. Der Fluß geht zwischen engern Hügeln durch, läßt aber hie und da schöne flache Rücken, an den ausspringenden Winkeln, zum Frucht- und Weinbau. Bey Wahlen Weinberge. Bey Besigheim fließen die Enz und der Neckar zusammen. Horizontale Kalkfelsen, mit Mauerwerk artig zu Terrassen verbunden, und mit Wein bepflanzt. Ein runder hoher Thurm auch mit Rustica gebauet. Übelgebautes, schmutziges Landstädtchen, Brücke über die Enz. Halb 7 Uhr daselbst rafrächirt. Bidigheim abermals Weinbau, Brücke über die Enz, man machte durchaus Grummet. Horizontale, mächtige Kalklager, schöne Allee von Fruchtbäumen, ferne und nahe Wäldchen durch Alleen verbunden. Man sieht den Asperg und bald Ludwigsburg.

Gustav Schwab

Das Mahl zu Heidelberg

Von Württemberg und Baden
Die Herren zogen aus,
Von Metz des Bischofs Gnaden
Vergaß das Gotteshaus;
Sie zogen aus zu kriegen
Wohl in die Pfalz am Rhein,
Sie sahen da sie liegen
Im Sommersonnenschein.

Umsonst die Rebenblüte
Sie tränkt mit mildem Duft,
Umsonst des Himmels Güte
Aus Ährenfeldern ruft:
Sie brannten Hof und Scheuer,
Daß heulte Groß und Klein;
Da leuchtete vom Feuer
Der Neckar und der Rhein.

Mit Gram von seinem Schlosse
Sieht es der Pfälzer Fritz,
Heiß springen auf die Rosse
Zwei Mann auf einem Sitz.
Mit enggedrängtem Volke

Sprengt er durch Feld und Wald,
Doch ward die kleine Wolke
Zum Wetterhimmel bald.

Sie wollen seiner spotten,
Da sind sie schon umringt,
Und über ihre Rotten
Sein Schwert der Sieger schwingt.
Vom Hügel sieht man prangen
Das Heidelberger Schloß,
Dorthin führt er gefangen
Die Fürsten samt dem Troß.

Zu hinterst an der Mauer,
Da ragt ein Turm so fest,
Das ist ein Sitz der Trauer,
Der Schlang' und Eule Nest;
Dort sollen sie ihm büßen
Im Kerker, trüb' und kalt;
Es gähnt zu ihren Füßen
Ein Schlund und finst'rer Wald.

Hier lernt vom Grimme rasten
Der Württemberger Utz,
Der Bischof hält ein Fasten,
Der Markgraf läßt vom Trutz.
Sie mochten schon in Sorgen
Um Leib und Seele sein,
Da trat am andern Morgen
Der stolze Pfälzer ein.

»Herauf, ihr Herrn, gestiegen
In meinen hellen Saal!
Ihr sollt nicht fürder liegen
In Finsternis und Qual.
Ein Mahl ist euch gerüstet,
Die Tafel ist gedeckt;
Drum, wenn es euch gelüstet,
Versucht, ob es euch schmeckt!«

Sie lauschten mit Gefallen,
Wie er so lächelnd spricht,
Sie wandeln durch die Hallen
An's gold'ne Tageslicht.
Und in dem Saale winket
Ein herrliches Gelag,
Es dampfet und es blinket,
Was nur das Land vermag.

Es setzten sich die Fürsten;
Da mocht' es seltsam sein:
Sie hungern und sie dürsten
Beim Braten und beim Wein.
»Nun, will's euch nicht behagen?
Es fehlt doch, deucht mir, nichts.
Worüber ist zu klagen?
An was, ihr Herrn, gebricht's?

Es schickt zu meinem Tische
Der Odenwald das Schwein,
Der Neckar seine Fische,
Den frommen Trank der Rhein.

Ihr habt ja sonst erfahren,
Was meine Pfalz beschert,
Was wollt ihr heute sparen,
Wo keiner es euch wehrt?«

Die Fürsten sahn verlegen
Den andern jeder an,
Am Ende doch verwegen
Der Ulrich da begann:
»Herr, fürstlich ist dein Bissen,
Doch eines tut ihm Not,
Das mag kein Knecht vermissen:
Wo ließest du das Brot?«

»Wo ich das Brot gelassen?«
Sprach da der Pfälzer Fritz,
Er traf, die bei ihm saßen,
Mit seiner Augen Blitz;
Er tat die Fensterpforten
Weit auf im hohen Saal,
Da sah man aller Orten
In's off'ne Neckartal.

Sie sprangen von den Stühlen
Und blickten in das Land:
Da rauchten alle Muhlen
Rings von des Krieges Brand;
Kein Hof ist da zu schauen,
Wo nicht die Scheune dampft,
Von Rosses Huf und Klauen
Ist alles Feld zerstampft.

»Nun sprecht, von wessen Schulden
Ist so mein Mahl bestellt?
Ihr müßt euch wohl gedulden,
Bis ihr besä't mein Feld,
Bis in des Sommers Schwüle
Mir reifet eure Saat,
Und bis mir in der Mühle
Sich wieder dreht ein Rad.

Ihr seht, der Westwind fächelt
In Stoppeln und Gesträuch;
Ihr seht, die Sonne lächelt,
Sie wartet nur auf euch.
Drum sendet flugs die Schlüssel
Und öffnet euren Schatz,
So findet bei der Schüssel
Das Brot den rechten Platz!«

Joseph von Eichendorff

Die Freier (Auszug, 1. Akt, 4. Szene)

Gräfin Adele und Flora treten oben auf den Balkon heraus. Man hört von Zeit zu Zeit Hörnerklang in der Ferne.

ADELE.
Nur einen Augenblick muß ich eratmen
Hier in der Kühle! fast gereut mich schon
Der fade Schwank. – Laß sie drin schwatzen,
Wir ruhn indes hier in der lauen Luft. –
Der Harfe gleicht in solcher stillen Zeit
Der Seele Grund, da haucht ein leises Tönen
Durch alle Saiten in der Einsamkeit,
Und niemand weiß, woher, wohin es geht. –

FLORA.
Die Jäger kehren heim schon von den Bergen,
Wie lustig geht der Widerhall durchs Tal!

ADELE.
Aus der Verwirrung dieser Töne taucht
Ein langversunknes Bild mir wieder auf. –
Denkst du des Abends noch in Heidelberg?
So standen auf dem Söller wir der Burg,
Bis alles still, und nur die Wälder rauschten
Noch über uns, und unter uns der Neckar.
Da kam ein Schifflein auf dem Strom gezogen

Mit Waldhornsklang und Fackelschein, der seltsam
Sich spiegelt' rings am Fels und in der Flut –

FLORA.
Und auf des Schiffes Spitze, über alle
Hochragend, stand ein fröhlicher Gesell.

ADELE.
Und als das Schiff vorüberrauscht' am Schlosse,
Da wandt er plötzlich sich und grüßt die Burg,
Sein Windlicht schwingend, daß gleich einem Feuer
Die herrliche Gestalt im Dunkel aufstieg. –
So ist das wunderbare Bild uns schnell
Erschienen und verschwunden, wie bei Nacht
Ein schöner, wilder Grund im Wetterleuchten.

FLORA.
Wir stiegen voll Gedanken drauf hinab,
Wo alles wieder dunkel war und still –
Und bei dem ersten Strahl sahn wir schon weit
Vom Reisewagen wieder Strom und Burg
Im Morgenrote hinter uns versinken. –

ADELE *nach einer Pause.*
Oft ist's, als hättst du recht; es mag mehr Glück
Und Lust da unten sein, als ich hier oben
Mir träumen ließ, wer sich nur dran gewöhnte –
Was kümmert's mich, ich bleibe auf der Höh! –
Horch, wer naht dort, so spät? –

FLORA.
Es scheint ein Fremder.

GRAF LEONARD *erscheint auf dem Gartenzaun, sich nach allen Seiten umsehend.*
Hier also ist das Feenreich? – Nicht übel!
Die Büsche flüstern heimlich miteinander
Und Wasserkünste singen Zauberlieder –
Auf lust'ger Höhe zwischen schlanken Wipfeln,
Das ist ein guter Sitz für einen Sänger!
Doch wo blieb mein Kumpan? He, Schlender, hier!

ADELE *zu Flora.*
Blick einmal recht ihn an – fällt dir nichts ein? –

FLORA.
Ich wüßte nicht –

ADELE.
Und doch – nein! laß uns gehen,
Verlockend weht die Abendluft herauf
Und dieses Dämmerlicht verwirrt das Auge. –

FLORA.
O bleiben wir – bei Gott, da kommt noch einer!

SCHLENDER *gleichfalls auf den Zaun heraufsteigend.*
Ich wollt, wir fänden erst die Tür. –

LEONARD.
Geduld,
Sie werden sie uns bald genug wohl zeigen.

Er schwingt sich in den Garten, Schlender folgt zögernd.

ADELE *zu Flora.*
Wie – sagt er nicht vorhin, er sei ein Sänger?

FLORA.
Ja, so verstand ich. – Nun fürwahr, die haben
Den rechten Schwung, zum mindsten über Zäune,
Die sind vom Metier, das sieht man gleich.

LEONARD.
Horch, flüstert' dort nicht was? Gewänder schimmern –
Bei Gott, die Damen stehn auf dem Balkon –
Galantes Glück! 's ist just die rechte Stunde
Zu Serenaten – *Zu Schlender.* Frisch! heraus die Geige!
Wir nahn in Tönen. – So, hieher – nur näher.

Sie stellen sich in einiger Entfernung, dem Balkon gegenüber.

LEONARD *singt, während Schlender akkompagniert.*
O ihr Güt'gen und Charmanten!
Auf der späten Wanderung
Nehmt der lust'gen Musikanten
Ganz ergebne Huldigung!

FLORA.
Das ist unleidlich –

Laut vom Balkon herab.

Unverschämt Gesindel!
Hier ist kein Wirtshaus, um den Durst zu löschen!

LEONARD *singt, wie oben.*

Jeder schlürft und denkt die Seine,
Und wer nichts Besondres weiß:
Nun – der trinkt ins Allgemeine
Frisch zu aller Schönen Preis –
Da bricht der schlaue Mond hervor – laß sehen,
Was er bescheint.

Er tritt näher an den Balkon heran.

ADELE *plötzlich an Floras Brust sinkend.*
Das ist Er! – Fort, nur fort! –

Die Damen verschwinden oben.

LEONARD *singt.*

Ob sie schmähn, ob sie sich zieren:
Musikanten spielen drein,
Brechen so im Musizieren
Kühn in Tür und Herzen ein!

Sie gehen singend und spielend in das Schloß.

Joseph von Eichendorff

Einzug in Heidelberg

Doch da sie jetzt um einen Fels sich wandten,
Tat's plötzlich einen wunderbaren Schein,
Kirchtürme, Fluren, Fels und Wipfel brannten,
Und weit ins farbentrunkne Land hinein
Schlang sich ein Feuerstrom mit Funkensprühen,
Als sollt' die Welt in Himmelsloh'n verglühen.

Geblendet sahen zwischen Rebenhügeln
Sie eine Stadt, von Blüten wie verschneit,
Im klaren Strome träumerisch sich spiegeln,
Aus lichtdurchblitzter Waldeseinsamkeit
Hoch über Fluß und Stadt und Weilern
Die Trümmer eines alten Schlosses pfeilern.

Und wie sie an das Tor der Stadt gelangen,
Die Brunnen rauschend in die Gassen gehn,
Und Hirten ferne von den Bergen sangen,
Und fröhliche Gesell'n beim duft'gen Wehn
Der Gärten rings in wunderlichen Trachten
Vor ihrer Liebsten Türen Ständchen brachten.

Der Wald indes rauscht von uralten Sagen,
Und von des Schlosses Zinnen über'm Fluß,
Die wie aus andrer Zeit herüberragen,
Spricht abendlich der Burggeist seinen Gruß,
Die Stadt gesegnend seit viel hundert Jahren
Und Schiff und Schiffer die vorüberfahren.

In dieses Märchens Bann verzaubert stehen
Die Wandrer still – Zieh' weiter wer da kann!
So hatten sie's in Träumen wohl gesehen,
Und jeden blickt's wie seine Heimat an,
Und keinem hat der Zauber noch gelogen,
Denn Heidelberg war's, wo sie eingezogen.

Achim von Arnim

An den Meistbiethenden gegen gleich baare Bezahlung

Lieber Schatz, wohl nimmerdar,
Will ich von dir scheiden,
Kannst du mir aus deinem Haar
Spinnen klare Seiden.

Soll ich dir aus meinem Haar
Spinnen klare Seiden,
Sollst du mir von Lindenlaub
Ein neu Hemdlein schneiden.

Soll ich dir aus Lindenlaub
Ein neu Hemdlein schneiden,
Mußt du mir vom Krebselein
Ein paar Scheeren leihen.

Soll ich dir vom Krebselein
Ein paar Scheeren leihen,
Mußt du tausend Krebselein
Durch den Neckar treiben.

Soll ich tausend Krebselein
Durch den Neckar treiben,
Mußt du mir die Schrittlein zählen,
Die die Krebslein schreiten.

Soll ich dir die Schrittlein zählen,
Die die Krebslein schreiten,
Mußt du mir die Brücke schlagen
Von einem kleinen Reise.

Soll ich dir die Brücke schlagen
Von einem kleinen Reise,
Mußt du mir den Siebenstern
Am hellen Mittag weisen.

Soll ich dir den Siebenstern
Am hellen Mittag weisen,
Mußt du auf den Münsterthurm
Mit mir zu Pferd auch reiten.

Soll ich auf den Münsterthurm
Mit dir zu Pferd auch reiten,
Mußt du mir die Spornen machen,
Wohl von dem glatten Eise.

Soll ich dir die Spornen machen,
Wohl von dem glatten Eise,
Mußt du sie an die Füße schlagen,
Am heißen Sonnenscheine.

Soll ich sie an die Füße legen
Am heißen Sonnenscheine,
Mußt du mir eine Peitsche drehen
Von Wasser und von Weine.

Soll ich dir eine Peitsche drehen,
Von Wasser und von Weine,
Mußt du mir den Riesenstein
Zu klarem Staube reiben.

Soll ich dir den Riesenstein
Zu klarem Staube reiben,
Mußt du mir den Apfel roth
Wohl um die Welt rum treiben.

Soll ich dir den Apfel roth
Wohl um die Welt rum treiben,
Mußt du ziehen übers Meer,
Und doch auch bei mir bleiben.

Soll ich ziehen übers Meer,
Und doch auch bei dir bleiben,
Mußt du deine Mutter geben
Als Jungfrau mir zum Weibe.

Soll ich meine Mutter geben
Als Jungfrau dir zum Weibe,
Lieber will ich dir ein Kindlein geben,
Und keine Jungfrau bleiben.

Gottfried Keller

Die Schifferin auf dem Neckar

Wir standen an rauschender, schwellender Flut,
Wir sieben Gesellen mit siedendem Blut,
Vom Weine entzündet, voll Leben und Lust;
»Hol über!« ertönt' es aus jauchzender Brust.

Da kam eine Schifferin rüstig heran,
Sie faßte das Ruder und wandte den Kahn;
Wir sprangen mit Mutwill und Lachen hinein,
Fast war der gebrechliche Nachen zu klein.

So stieß sie vom Land in die Wogen hinaus,
Die Mitte des Stromes war weißlich und kraus;
Wir brachten mit Schaukeln das Schifflein in Not,
Doch ruhig und aufrecht regiert' sie das Boot.

Mit Schmeicheln und Scherzen belagerten wir
Die wehrlose Maid, und es hingen an ihr
Die glühenden Blicke, doch ihnen vorbei
Schaut' sie auf die Wasser so kühl und so frei!

Zuletzt in den Lüften entbrannte die Lust,
Zu stehlen der Jungfrau das Tuch von der Brust,
Und Worte und Augen und Wellen und Wind,
Sie gaben zu schaffen dem kämpfenden Kind.

Und siegreich erreicht' sie den anderen Strand
Und setzt' uns mit klopfendem Herzen ans Land;
Dann wandte sie leicht in den Strudel zurück
Und sah auf die Wasser mit heiterem Blick.

Gottfried Keller

Schöne Brücke

Schöne Brücke, hast mich oft getragen,
Wenn mein Herz erwartungsvoll geschlagen
Und mit dir den Strom ich überschritt.
Und mich dünkte, deine stolzen Bogen
Sind in kühnerm Schwunge mitgezogen,
Und sie fühlten meine Freude mit.

Weh der Täuschung, da ich jetzo sehe,
Wenn ich schweren Leids hinübergehe,
Daß der Last kein Joch sich fühlend biegt;
Soll ich einsam in die Berge gehen
Und nach einem schwachen Stege spähen,
Der sich meinem Kummer zitternd fügt?

Aber sie, mit anderm Weh und Leiden
Und im Herzen andre Seligkeiten:
Trage leicht die blühende Gestalt!
Schöne Brücke, magst du ewig stehen,
Ewig aber wird es nie geschehen,
Daß ein beßres Weib hinüber wallt!

Heidelberg 1849

Johann Peter Hebel

Der böse Winter

Mancher, der nicht gern die Stube und den Ofen hütet, zumal wenn kein Feuer darin ist, denkt noch an den langen Winter von 1812 auf 1813. Mancher aber denkt auch nimmer daran und weiß nichts mehr davon. Ist nicht der Boden und alles, was noch darin ist, eingefroren schon im frühen November und verschlossen geblieben, wie der Himmel zur Zeit Eliä, bis hinaus in den Februar?

Der Hausfreund aber erinnert sich jetzt wieder, was die Alten von dem Winter des Jahrs 1740 erzählt und geschrieben haben, und wie es aussah, nicht nur in Moskau oder Smolensko, nicht nur am Fluß Borysthenes oder an der Düna, nicht nur an der Weichsel, sondern auch am Rheinstrom und an dem Neckar. Die Stuben waren nicht zur Wärme zu bringen. Während der Ofen glühte, gefror zu gleicher Zeit das Wasser an den Fenstern zu Eis, so daß jedes Stüblein, auch noch so klein, gleich der Erde eine heiße Weltgegend hatte und auch eine kalte, nur keine gemäßigte. Wenn man langsam Wasser von einem hohen Fenster herabgoß, es kam kein Wasser auf den Boden, sondern Eis. Nicht immer war es gleich. Aber in den kältesten Tagen, wenn einer aus dem warmen Zimmer gegen den Wind ging, er kam nicht tausend Schritte weit, so bekam er Beulen im Gesicht, und die Haut an den Händen sprang ihm auf. Die Erde war drei Ellen tief gefroren. Wollte der Totengräber einem sein Grab auf dem Kirchhof zurechtmachen, er mußte zuerst einen Holzhaufen auf dem Platz anzünden und abbrennen lassen, damit er mit der Schaufel in die Erde kommen könnte. Das Wild erfror in dem Walde, die Vögel in der Luft, das arme Vieh in den Ställen.

In Schweden kamen 300 Menschen um das Leben, die doch dort daheim und der Kälte von Kindesbeinen an gewohnt und nicht auf dem Heimweg aus einem russischen Feldzug waren. In Ungarn aber erfroren achtzigtausend Ochsen.

Aber das kühne und mutwillige Menschengeschlecht weiß fast alle Schwierigkeiten und Anfechtungen zu besiegen, welche die Natur seinem Beginnen entgegenstellt. Es hat sich nicht zweimal sagen lassen: »Machet sie euch Untertan.« Denn die Küfer in Mainz verfertigten damals zum Andenken mitten auf dem Rhein ein Faß von sieben Fuder und zwei Ohm, trotz der Kälte. Aber die Heidelberger Bäcker meinten, das sei noch nicht das Höchste, was man tun könne. Denn der Pfälzer will alles noch ein wenig weiter bringen als andere Leute. Also setzten sie mitten auf dem Neckar, wo nach wenig Monaten wieder die Schiffe fuhren, einen Backofen auf, und es ist manches Laiblein Weißbrot und Schwarzbrot aus demselben gezogen und zum Wunder und Andenken gegessen worden.

Dies ist geschehen im Winter des Jahrs 1740.

Joseph Victor von Scheffel

Trompeter von Säckingen

Alt Heidelberg, du feine,
Du Stadt an Ehren reich,
Am Neckar und am Rheine
Kein' andre kommt dir gleich.

Stadt fröhlicher Gesellen,
An Weisheit schwer und Wein,
Klar ziehn des Stromes Wellen,
Blauäuglein blitzen drein.

Und kommt aus lindem Süden
Der Frühling über's Land,
So webt er dir aus Blüthen
Ein schimmernd Brautgewand.

Auch mir stehst du geschrieben
In's Herz gleich einer Braut,
Es klingt wie junges Lieben
Dein Name mir so traut.

Und stechen mich die Dornen,
Und wird mir's drauß zu kahl,
Geb' ich dem Roß die Spornen
Und reit' ins Neckarthal.

Rainer Maria Rilke

Brief an Lotti von Wedel (1922). Heidelberg

Eine schwedische und eine russische Freundin, die beide in Heidelberg studiert hatten und sich dann, etwa nach einem Jahrzehnt, verheiratet, beide wieder trafen, hörte ich vor Jahren bei einem dîner ihre Studien-Erinnerungen austauschen, vielmehr, muß man schon sagen, sich gegenseitig zu solchen Erinnerungen steigern und anregen. Ein übers andere Mal mußte ich, der Zuhörende, der Heidelberg nicht kennt, mich fragen, ob es denn wirklich denkbar sei, daß es sich da um eine deutsche Stadt, ihre Gärten, ihre Hügelwege, ja ihre Himmel handle: was da aufgerufen wurde, war von so landschaftlichem Überschwang, von solcher Fülle von Südlichkeit, von einer so grenzenlosen atmosphärischen Gewährung, daß ich mindestens auf Südfrankreich hätte schließen mögen.

Neckarkiesel

… Denn der schönste Platz, der hier auf Erden mein, das ist Heidelberg in Wien am Rhein …

Kurt Tucholsky

Ossip Schubin

Es fiel ein Reif in der Frühlingsnacht

Memento mori.
A la marchesa Maurizio Cavalotti.

I.

»Es ist sonderbar, daß man in vorgerücktem Alter seine Tugenden oft so viel mehr bereut als seine Sünden – das kommt daher, weil man die Sünden durch die Buße auslöschen kann – die Tugend aber durch nichts!«

Dieses verblüffende Paradoxon hörte ich an einem Herbstnachmittag in Paris vor dem Café Tortoni. – Ich sah mich um, erblickte einen Mann mit einem leichenhaft blassen Gesicht, einer mächtigen, nachlässig gebückten Gestalt, breiten, runden Schultern und leicht behaarten, schmalen, nervigen Händen. Auf den ersten Blick gab ich ihm sechzig Jahre, dann kaum vierzig. Er trug einen weiten, struppigen Paletot, zu kurze Beinkleider, zu lange Haare, einen schlecht gebürsteten Cylinder und nachlässigen Hemdkragen. Seine Stimme klang eigentümlich weich, leicht singend, seine Betonung war monoton gleichgültig, die Artikulation deutlich, zu deutlich für einen geborenen Franzosen, die »r« sehr scharf.

»Ein Russe«, sagte ich mir und dachte dabei, daß er sich auf seine alten Tage nicht allzuviel Tugenden zu verzeihen haben würde.

Ich hatte recht – es war der Fürst Wladimir Alexandrowitsch Suworin – man sagte es mir ein paar Minuten später und setzte zugleich hinzu: »Ein Mann nicht ohne Geist, aber mit einer *conduite déplorable*!«

Ich hörte kaum. Suworin fesselte meine Aufmerksamkeit. Er saß, den Arm über seiner Stuhllehne, die Füße von sich gestreckt, inmitten einer Gruppe von Männern, von denen der eine besonders das große Wort führte – ein kleines, mageres, sehr sorgfältig gekleidetes Individuum. »Ebenfalls ein Russe«, sagte man mir. Ich hätte das seiner kosmopolitisch faden Physiognomie nicht abgelesen.

Für mich hätte er ebenso irgend ein Büreaukrat sein können oder ein französischer Coiffeur, der viel mit der Aristokratie umgegangen wäre.

»Was Sie da sagen, ist eine Blasphemie«, rief er in einer hohen banalen Stimme und streckte seinen langen, mit einem großen Adamsapfel geschmückten Hals aus seinem tadellosen Hemdkragen hervor – »eine Blasphemie, und erlauben Sie mir, Wladimir Alexandrowitsch, es hat keinen Sinn! –«

»Um so besser für Sie, wenn Sie den Sinn nicht verstehen, Valerian Valerianowitsch«, erwiderte Suworin gelassen, stand gähnend auf und verließ die Gesellschaft.

Der kleine Valerian Valerianowitsch Borgilow sah ihm triumphirend nach.

»Man muß ihm nur entgegen zu treten wissen, diesem Ketzer, dann schweigt er.«

»Ja«, rief ein lustiger Franzose, »wenn man Suworin los werden will, braucht man ihn nur zu langweilen.«

Unterdessen promenirte der Besprochene langsam über den Boulevard – den Kopf vorgeschoben, die rechte Schulter beim Ohr, die Füße hinter sich herschleppend. Er gaffte allen Damen unter den Hut mit großartig impertinenter Gelassenheit und – ohne eine Spur von wirklichem Interesse. Bisweilen starrte er ein Ladenfenster an.

Meine Beschäftigung rief mich von Tortoni hinweg. Drei Stunden später sah ich Suworin noch immer am Boulevard.

II.

Man nannte ihn den Schutzheiligen von Mabille, kurzweg *Saint Mabille*, weil er jahrelang der regelmäßigste Besucher dieses Instituts war; man nannte ihn auch den Boulevard Sardanapal, weil er mit so majestätischer Gleichgültigkeit von seinem Blechstuhl vor Tortoni aus dem allmählichen Weltuntergang zusah. Am häufigsten aber nannte man ihn: »*Memento mori!*« weil er durch das wilde Jubeltreiben von Paris schlich, wie ein Gespenst gestorbener Lust, wie ein lebendiges Memento mori aller Jugendillusionen und Freuden.

Er war der eingefleischteste Bummler, der mir je vorgekommen; man sah ihn in allen Theatern, auf allen Maskenbällen und jeden Nachmittag am Boulevard.

Seine große gebückte Gestalt, seine schlotternde Vagabundentoilette, seine langen Haare und sein struppiger, immer nach rückwärts aufgesetzter Cylinder fielen von weitem auf inmitten der geschniegelten, elegant schlanken Pariser. Stundenlang ging er zwischen dem Capucines- und dem Madeleine Boulevard auf und nieder. Immer die Hände in den Taschen, die Schulter beim Ohr, immer mit derselben beharrlichen Rücksichtslosigkeit allen Damen ins Gesicht starrend. [...]

IV.

Ich habe nie einen unterhaltenderen Plauderer gekannt als Suworin, und keinen beleseneren.

Seine Neider behaupteten, er bereite sich, ehe er unter Leute gehe, auf seine Konversation vor. – Eine erbärmliche

Erfindung. Ihm lag zu wenig an der Meinung der Menschen, um sich vor ihnen zu verstellen.

Seine Misanthropie und sein Cynismus suchten ihresgleichen; doch verletzten beide Eigenschaften weniger bei ihm als bei anderen Menschen, weil sie nichts Gekünsteltes und nichts Selbstzufriedenes hatten.

Seine Persönlichkeit bildete einen Lieblingsgesprächsstoff der Damen in der Gesellschaft. Sie haßten ihn!

Was sie ihm übelnahmen, war nicht die Unregelmäßigkeit seiner Lebensweise, sondern … die empörende Banalität seiner Intriguen. Er hatte noch nie eine Dame aus der Gesellschaft kompromittirt.

V.

Es war im März. Die Schatten auf den Boulevards wurden schwarz und dicht, das Licht weiß und grell. Die Luft war weich wie eine Liebkosung, und ganz Paris durchzittert von einem süßen Veilchengeruch.

Eine Sintfluth von Fremden überschwemmte die Hotels; die Pariser klagten wie alle Jahre mit charakteristischer Undankbarkeit darüber, daß die geschmacklosen Ausländerinnen ihnen die Boulevards verdürben.

Laut enthusiastische Wienerinnen standen solange vor dem Lederparadies Klein's, als seien sie bloß nach Paris gekommen, um Wiener Leder zu bewundern – und ganze Familien sächsischer Reisender, reich an blumenhaft unschuldigen Töchtern, saßen mitten zwischen den geschminkten Sirenen vor den Cafés und aßen Eis.

Suworin war verschwunden!

Er hatte sich in seine Wohnung eingesperrt und ließ Niemand vor.

»Er meidet die Boulevards, weil die vielen geschmacklosen

Ausländerinnen seinen Schönheitssinn verletzen!« sagte ein Pariser Geck aus Suworin's Gesellschaft im Café Anglais. Dieser schlechte Witz erfuhr natürlich keine Beachtung.

Ein junger Idealist brachte vor, Suworin leide an periodischem Herzschmerz – und kämpfe jedes Frühjahr die Erinnerungen an eine längst zu Grunde gegangene Liebe nieder.

Dieser poetischen Supposition wurde die Verachtung zu theil, welche dieselbe verdiente.

Ein Dritter erzählte, Suworin habe jedes Frühjahr Anfälle von Geistesstörung. Man höre ihn durch die geschlossenen Fensterläden bis auf die Straße hinunter bellen und heulen.

Diese Behauptung hatte etwas für sich. Das Café Anglais wanderte aus, um Suworin Fensterparaden zu machen, um ihn bellen zu hören.

Man hörte nichts.

Man fragte seinen Arzt. Dieser fuhr sich gleichgültig mit der Hand über die glattrasirte Oberlippe und sagte: »Suworin habe eine Bronchitis.« – Das Café Anglais zog verdrießlich die Mundwinkel herunter und die Augenbrauen hinauf und vergaß Suworin.

VI.

Eines Tages kam ich zufällig an seiner Wohnung in der Avenue Montaigne vorbei, blieb davor stehen und überlegte nachdenklich: »Nun, an der Thür zu klingeln, ist keine große Mühe, und abgewiesen zu werden, wo schon so viele Andere abgewiesen worden, keine persönliche Schmach!«

Ich klingelte, man ließ mich vor.

Suworin lebte, obzwar er Paris seit fünfzehn Jahren nicht verlassen, in einem Garni – das eintönig mit verschossenem gelben Damast meublirt war. Japanische Raritäten standen kunterbunt umher, und dennoch zeigte sich überall eine beinahe herausfordernde Geschmacklosigkeit. Er hatte weder mehr Anhänglichkeit noch Pietät für seine Wohnung als Diogenes für sein Faß.

Heute lag er, möglichst nahe an den Kamin gerückt, mit geschlossenen Augen in einem Riesenfauteuil, und sah so grün aus inmitten seiner gelben Umgebung, daß ich erschrak, obgleich ich an die Leichenhaftigkeit seines Aeußeren gewöhnt war.

Ich athmete auf, als er die Augen öffnend mir die Hand reichte und fragte: »Wie geht's? Steht der Arc de Triomphe noch? Was macht der Boulevard?«

»Der Arc de Triomphe steht noch, und der Boulevard sehnt sich nach Ihnen.«

»Ich kann nicht ausgehen, die Frühlingsluft greift meine Nerven an«, sagte er kurz und verfiel in brütendes Schweigen.

Seine Augen waren unruhig, seine Haare unordentlich.

»Vielleicht ist er wirklich unterwegs nach Charenton« – dachte ich.

Bisweilen überkam sein Gesicht ein Zug von schrecklicher Sehnsucht, dann murmelte er Unverständliches vor sich hin.

VII.

»Es ist eine traurige und entnervende Beschäftigung, in dem Kirchhof der Vergangenheit nach der Leiche eines längstgestorbenen Glücks zu graben. Suworin befaßt sich damit«, dachte ich einen Augenblick; im nächsten erröthete ich darüber, so naiv gewesen zu sein wie der Idealist im Café Anglais.

Da langte Suworin nach einem Veilchenstrauß, der auf dem Kamin stand, und warf ihn zornig ins Feuer, dann sagte er, beide Hände auf den Knieen, ohne Einleitung: »Wenn ich vor zwanzig Jahren gedacht hätte, ich würde so werden wie ich bin – ich hätte ...«

Erstaunt betrachtete ich ihn.

»Hm«, fuhr er fort, »alle jungen Laffen bewundern meinen absurden Cynismus und machen ihn nach, wie ihre Vorfahren Lord Byron's vagabundische Hemdkragen nachgemacht haben. Keiner ahnt, daß ich eigentlich ein ganz lächerlicher Romantiker bin! – – – Warum soll ich mir nicht gönnen, Ihnen dieses Geständniß abzulegen?« brummte er, die Achseln zuckend, weiter.

»*Ça ne tire pas à conséquence*, wenn Sie morgen im Café Anglais erzählen, daß Suworin ein Romantiker ist, so hält man Sie höchstens für einen Narren!« –

Es gibt – selbstverleugnende Philosophen mögen behaupten, was sie wollen – für keinen Menschen ein interessanteres Thema als sein eigenes Ich!

Suworin lieferte ein neues Beispiel davon.

»Was Sie für neugierige Augen machen«, rief er spöttelnd. »Sie fragen nicht – Sie sind diskret, aber Sie möchten doch gerne wissen, wie ich so geworden bin – so unromantisch? Sie erwarten die Geschichte einer großen Enttäuschung. Unser Idealismus wird gewöhnlich sauer, weil etwas Schmutz hineingefallen ist; bei mir war dem nicht so. Ach! es ist eine uralte Geschichte, ich glaube selber nicht mehr daran! Oft kommt es mir fast vor, als wäre sie nicht mir, sondern einem Andern passirt, und wenn ich sie heute in der *Revue des Deux Mondes* läse, würde ich sagen, sie sei schlecht erfunden.«

»Ich hatte ganz vergessen – wollen Sie nicht rauchen? – da haben Sie russischen Tabak – Sie ziehen ihn dem türkischen vor?«

Er legte sich in seinem Armstuhl zurück, die Hände auf die

Seitenlehnen, und fing in seiner weichen, monotonen Stimme also zu erzählen an:

»Ich kann meinen Kopf hochhalten. Unter allen Taugenichtsen von Paris bin ich König. Dies ist um so verdienstvoller bei mir, als mir das Leben, welches ich führe, eigentlich gar kein Vergnügen macht. Vor zwanzig Jahren hätten mich alle diese *petits crevés*, die jetzt mit schmeichelhafter Genauigkeit meine Unarten nachahmen, nur mitleidig verachtet.

Ich liebte die Menschheit und verehrte die westliche Zivilisation. Ich glaubte an Gott, soweit es die Philosophen, und an das Glück, soweit es die Dichter erlauben. Ich hatte eine leidenschaftliche Vorliebe für Beethoven'sche Sonaten und Mondscheinspaziergänge und jammerte mit enthusiastischer Bitterkeit über die Fäulniß der russischen Zustände.

Natürlich schrieb ich Gedichte und schämte mich dessen: Ich war sehr gesund, und die Schwerfälligkeit, die man jetzt an mir als eine Art barbarischen Chics interessant findet, hatte damals entschieden etwas Bärenhaftes. Ich verschmähte zu tanzen, weil ich mich bei dieser Bewegung nicht graziös genug ausnahm, hatte viel von jener rührenden Demuth der Intelligenz, die man Autoritätsglaube nennt – las gute Bücher und trug ein Bild meines im Krimkrieg gebliebenen Vaters um den Hals. Im Ganzen war ich ein etwas abgeschmackter, sehr guter Junge. Geld hatte ich immer genug und infolgedessen auch Freunde.

Daß ich trotz meiner tiefen Sympathie mit den allgemeinen Leiden der Menschheit ein ziemlich glückliches Individuum war, versteht sich von selbst.

Nur Eines störte mich manchmal, der Gedanke an meinen Großvater, der sich in einem deutschen »Irrenhaus mit humaner Behandlung« am Rhein aufhielt, wo er sich allen interessanten Experimenten der Aerzte zum Trotz weigerte, zu Verstand zu kommen.

Wenn der mir einfiel, so überrieselte mich stets eine kalte Angst. Ich tröstete mich mit dem Gedanken, daß mein Vater ein ganz vernünftiger Mensch gewesen, und meine Tante nur ein Original sei, im übrigen mein Großvater sich seine geistige Indisposition durch zuviel kalte Douche geholt. Auch dachte ich nicht gar zu oft an ihn, mochte ihm nur nicht in die Nähe kommen – fast als hätte ich die Ansteckung gefürchtet, und vermied es schon deshalb über die Grenze zu gehen.

Da – ich war gerade zweiundzwanzig Jahre alt und in vollem Sturm und Drang – schrieb man mir, mein Großvater sei geistig genesen, befinde sich aber im letzten Stadium körperlicher Hinfälligkeit, habe dabei gefühlvolle Anwandlungen und wünsche mich zu sehen.

Ich wünschte es durchaus nicht, ihn zu sehen – und ärgerte mich sogar nicht wenig darüber, daß er nicht lieber meinen Bruder, der sich indessen in Baden-Baden umhertrieb, an sein Krankenlager berufen. Nichtsdestoweniger machte ich mich auf die Reise, um seinem Verlangen zu willfahren – aus Aberglauben und Angst, mir späterhin Vorwürfe zu machen. Andere Leute nennen es Pflichtgefühl.

Ich kam in das »Irrenhaus mit humaner Behandlung« und besuchte meinen armen Großvater. Er erkannte mich – ich hätte ihn nie erkannt. Von dem schönen prächtigen Kosaken war nichts übrig geblieben, als ein verkrümmtes, mit schlaffer, gelber Haut überzogenes Gerippe, ein paar gelbgraue Haare, ein beständig murmelnder und geifernder Mund und ungeheure blicklose Augen.

Die Aerzte versicherten mir, er sei bei völlig nüchternem Verstand, was er auch sogleich bewies. Er warnte mich davor, zu viel grünes Obst zu essen, was meine Gewohnheit vor fünfzehn Jahren gewesen war, faßte mich mit zitternden Fingern beim Kopf, beschnüffelte mich, und sagte: »Du riechst nach Steppe« – erhob hierauf flehend die Hände und bat, ich möge ihn nur nicht schlagen: endlich fiel er in seine Lage zurück, steckte die Daumen hinter die Zeigefinger, wimmerte eintönig wie ein Spinnrad vor sich hin und schlief ein.

Ich war noch weichherzig damals, und dieses Resultat der »humanen Behandlung« that mir sehr weh. Da die Aerzte mir gestanden, daß es »nicht mehr lange dauern würde«, so wollte ich natürlich bei ihm bleiben bis zum Schluß.

Wenn er schlief, und er schlief – beständig dabei wimmernd – beinahe den ganzen Tag, so stieg ich hinunter in den Garten, setzte mich in den Schatten der großen Kastanienbäume und sah dem Treiben um mich zu.

Was mir am meisten an den etwa zwanzig Narren – lauter Narren aus guten Kreisen – auffiel, war ihre Häßlichkeit, die fratzenhaften Züge, die stieren, weißen Augen, die schlaffen oder krampfhaft verzerrten Glieder.

Ein paar arme Idioten abgerechnet, die bis auf ein Gefühl vager, erbärmlicher Angst völlig abgestumpft einherkrochen, hatten alle irgend einen bunten Lappen an sich, mit dem sie sich liebevoll beschäftigten. Einige gingen stampfend und den Sand aufwirbelnd an mir vorbei und sahen mich aus zusammengekniffenen Augen stier und mißtrauisch an, andere tänzelten vorbei und maßen mich mit vornehmer Verachtung. Alle haßten mich und wünschten doch meine Aufmerksamkeit zu erregen. Ihre verdrehten Augen ekelten mich an und magnetisirten mich zugleich.

Einer unter diesen Unglücklichen, ein magerer, gelblicher Mensch in einem blauen Frack von verschollener Mode und mit großen Berlockes auf dem Magen, ein Sonderling, der sich von seinen Gefährten vornehm abseits hielt, trat eines Tages zu mir, reichte mir die Hand und knüpfte ein Gespräch mit mir an, bei dem er mir in einem Athem auseinandersetzte, daß er der Talleyrand sei, daß er sich hier befinde, um Studien zu machen. – Es sei ein sehr angenehmer Ort, fuhr er fort, etwas einsam anfangs, aber daran gewöhne man sich – wie lange wolle ich bleiben? – Ich antwortete gereizt: »Ich habe gar nicht die Absicht zu bleiben« – worauf er mir mit einem feinen Lächeln erwiderte: »O, wir haben keiner die Absicht, zu bleiben, wenn wir herkommen. Sie sind mir sehr sympathisch, ich freue mich, Sie meinen Freunden vorzustellen«, setzte er hinzu.

Brr! – Des Nachts, während ich neben dem Bett meines Großvaters saß, sah ich beständig alle die stieren, weißen Augen und hörte die heiseren gebrochenen Uhustimmen – ich wiederholte mir einmal um das andere: »Wir haben keiner die Absicht, hier zu bleiben« …

Endlich starb mein Großvater. – Der Sonderling sagte mir, als ich von ihm Abschied nahm: »Auf Wiedersehen!« Der Arzt sagte: »Schonen Sie sich!« Ich sah aus wie ein reconvalescenter Narr – ein Opfer der »humanen Behandlung«.

Ich war um zwanzig Pfund leichter geworden, meine Haut fahl und runzlig, meine Gelenke steif. Ich mied die Menschen, weil ich fürchtete, sie könnten mir ansehen, wo ich gewesen, stand stundenlang vor dem Spiegel, verglich mein Gesicht mit den Fratzen der Irren und sagte kleine sinnlose Sätze vor mich hin, um mich von dem natürlichen Klang meiner Stimme zu überzeugen.

Diese Experimente regten mich ungemein auf. Eines Tages verdrehte sich mein Blick, ich fühlte einen Druck, eine Art Lähmung im Kopfe – rief nach meinem Diener – meine Stimme hatte den häßlichen, krächzenden Klang, ich stieß einen Schrei aus – mein Diener fand mich auf allen Vieren am Boden ...«

Mir entfuhr eine Bewegung!

Suworin drehte sich kaltblütig eine Cigarette und rief, die Hand gegen mich ausstreckend: »Fürchten Sie nichts, ich bin nicht im Begriff, närrisch zu werden, ich habe die interessantesten Anlässe dazu unbenützt gelassen – die Gefahr ist vorüber – ich habe keine Anlagen zum Wahnsinn.

Damals freilich glaubte ich das Gegentheil. Ich nahm zwar meinen Kopf zwischen die Hände und sagte mir, daß ich vernünftig sei – ganz vernünftig. Dann fiel mir der Narr ein, dem ich so sympathisch gewesen, und der mir zum Abschied gesagt hatte »auf Wiedersehen!« ... Und ich grübelte und brütete, und wurde fahl und mager. Mein alter Diener wähnte, ich sei vom bösen Geiste besessen.

Ich reiste da und dorthin, um mich zu zerstreuen, las jedoch zu gleicher Zeit Bücher über den Wahnsinn. Ich legte den Finger auf jeden vagen Instinkt und secirte jeden Gedanken – – – Sapristi, da bin ich im Begriff, Ihnen eine interessante Auseinandersetzung zu geben. Ich wollte Ihnen ja meinen Roman erzählen. Das kommt vom Materialismus. Anstatt der Geschichte seiner Liebe erzählt man die Geschichte seiner Nerven! ... Meine Liebe! ... Wo ich sie getroffen? ... In Heidelberg, auf dem Perron des Bahnhofs. – Ich sehe noch Alles vor mir, die Sonnenstrahlen, die blaue Luft und den lustigen Neckar, die altväterischen blauen Kutschen und die roth aufgedunsenen Kutscher, die lebensgefährlichen Studenten, wie sie mit ihren dicken Ziegenhainern Terzen und Quarten in der Luft herumwarfen, die bunt zerrauften Mädchen, die kindischen, englischen alten Jungfern und meine blasirten Landsleute. Und inmitten von all dem – sie! ... Welche Vornehmheit, welche Grazie!

Sie trug einen großen, spanischen Federhut, ein graues Leinwandkleid und graue, für ihre kleinen Hände viel zu große Handschuhe. Sie hielt eine schwarze Reisetasche mit weißen Beschlägen in der Hand und sah aufmerksam, neugierig unbefangen um sich herum. Da schrie eine alte, laute Stimme: »Sonja!«

Sie eilte die Treppe des Perrons herunter, trat auf ihr Kleid, stolperte, schwankte ... schon streckte ein Student seinen Arm ihr entgegen, doch ich kam ihm zuvor, fing sie auf und schleppte sie den Perron herab.

Sie sah mich kaum an, nickte nur leicht mit dem Kopfe und sagte zerstreut: »Danke« ... eine geborene Königin.

Da hörte ich wieder die rauhe Stimme in schnarrendem Russisch-Deutsch: »Aber Sonja, der Herr rettet Dir das Leben, und Du sagst »Danke«, als habe er Dir Dein Taschentuch aufgehoben. Ich bin Ihnen unendlich verbunden, mein Herr.« – Und ein sehr schön gewesenes, sehr altes, sehr gelbes Gesicht – ein Gesicht, das an wurmstichige Holzschnitzerei erinnerte, nickte und grinste mir aus einem großen, schwarzen Tunnelhut zu.

Dann streckten sich mir plötzlich zwei schwarz behandschuhte Hände entgegen, statt des schnarrenden Französisch klang es in etwas singendem Russisch zu mir herüber:

»*Wolodja tschtostoboi!*«

Es war meine alte Tante Aurora Wikentiewna – das Original. Eine ihrer Eigenheiten bestand darin, daß sie immer Trauer trug für Chopin, den sie nie gekannt hatte.

»Wo reist Du hin – was hast Du vor – steigst Du im Hotel Schrieder ab. Im Bädeker steht Hotel Schrieder –« schrie sie mit ungenirter Lautheit. »Das ist mein Pathenkind Sofie Iwanowna B. ... Sonja, das ist mein Neffe, ein guter Junge, aber er hat zu viel deutsche Philosophie im Kopf.« Dann gestikulirte sie mit ihrem Sonnenschirm einem Kutscher zu, und ehe ich's mich versah, saß ich ihrem Pathenkind gegenüber in einer der altväterischen blauen Kutschen und hatte meine Karte für Baden-Baden in den Wind hinaus geworfen – und meinen Großvater, den Wahnsinn und alle Nachtseiten des Lebens vergessen!« –

VIII.

»Ich leide gewiß nicht an Kirchthurmpatriotismus, aber ich bin stolz auf unsere russischen Frauen. Unterbrechen Sie mich nicht ... nach all den russischen Karikaturen von Pariserinnen, nach den grimassirenden Fürstinnen und Intrigantinnen, die wir exportiren, können Sie sich keinen Begriff von einer echten, natürlichen Russin machen.

Ich habe nie ein zweites Mädchen gesehen wie Sonja. So einfach, so barbarisch wahr, so ernst und doch kindlich lustig – dabei voll so tiefen großmüthigen Gefühls.

Schön war sie auch, echt russisch schön.

Mein Gott, wie lange hat mich die Erinnerung an das seltsame, blasse Gesicht mit den großen, dunkelgrauen Augen unter niedrigen deutlich gezeichneten Brauen, der kurzen charakteristischen Nase und dem weichen schwermüthigen Mund verfolgt!

Vielleicht waren ihre Backenknochen etwas zu breit, das Oval des Gesichtes zu kurz. Mir aber gefiel selbst diese Unregelmäßigkeit. Und dann! welch herrliche Gestalt sie doch hatte, welche Vornehmheit in den Bewegungen und welche Grazie, welche bizarre frappante Grazie. Alles an ihr war so spontan, so ungekünstelt.

Wir dinirten auf der Terrasse des Hotel Schrieder. Sie sagte »Danke«, wenn ich ihr etwas reichte, kümmerte sich im übrigen sehr wenig um mich, blickte da und dorthin und machte komische Bemerkungen über ihre Umgebung. Beim Dessert las sie die »Fliegenden Blätter«.

Nachmittags unternahmen wir natürlich einen Ausflug nach dem Schloß! Wie grün die Welt war damals und wie blau der Himmel! Für den Tag in Heidelberg und für noch ein paar, die auf ihn folgten, verzeih' ich dem Schöpfer meine Existenz.

Träumerisch wanderten wir durch die grauen Räume des alten Pfalzgrafenschlosses mit seiner närrisch verschnörkelten, deutschen Renaissancebauart. Wir sahen das große Faß, welches sich ausnimmt wie ein Monument, das die Heidelberger Studenten ihrem eigenen Durst gesetzt, sahen den durstigen Narrenzwerg und vielen anderen alterthümlichen Krimskrams.

Wir spähen durch das große Fernrohr auf der Molkenkur und trinken saure Milch. Ich bemühe mich, Sonja's Aufmerksamkeit zu fesseln und lenke ihren Blick schließlich auf ein englisches Ehepaar, das, offenbar auf der Hochzeitsreise begriffen, zwei ganz identische derbe Matrosenhüte und möglichst ähnliche Anzüge aus demselben blau- und weißgestreiften Zwilch trägt.

Sonja lacht hell auf. Wie sie lacht! Der Neckar tief unten im Thal lacht auch – wie ein Echo, und aus einem fernen Biergarten tönt es weich und traumduselig zu uns herüber: »süße Lust ... süße Lust«, das Liebesduett aus der damals neuen Oper Gounod's.

Meine Tante starrt die Passanten ungenirt durch ihr silberplattirtes altmodisches Schildpattlorgnon an und äußert verblüffende Aphorismen in ihrer tiefen energischen Stimme, vergleicht ein flinkes Windspiel mit einem englischen Wagengestell und einen aristokratisch-schwindsüchtigen Franzosen mit einer feudalen Burgruine.

Der Abend dämmert, wir fahren zurück, hinunter in das Städtchen. Der Neckar murmelt schläfrig, blaß und still kriechen die Sterne aus ihrem blauen Nest. Die Luft ist unsagbar weich und süßduftig. Durch mein ganzes Sein schleicht sich eine Empfindung unaussprechlich friedlichen Glücks. Ich habe aufgehört zu denken. *Je me laisse vivre*.

Und weiter rollen wir die grünen Hügel hinab, dann durch die schlaftrunkenen Gäßchen, in denen das Gras zwischen den Steinen wächst. Müde Verkäuferinnen stehen auf den Schwellen ihrer Läden und blinzeln vor sich hin durch die helle Sommerdämmerung, zwei kleine Jungen spielen, die Köpfe voll papierner Pflästerchen aus imaginären Wunden, mit Stöcken »Mensur«, und in einer Kneipe singt eine Gesellschaft halb betrunken, halb sentimental.

Abends nahmen wir den Thee in dem kleinen Salon meiner Tante. Sonja machte ihn. – Ich werde Ihnen keine ausführliche Beschreibung liefern von ihren rosigen Fingerspitzen und nicht von den lieben Grübchen, die in ihren Wangen immer deutlicher hervortraten, je ernsthafter sie die Stirne zu runzeln versuchte. Wissen Sie mir Dank dafür.

Wir fingen schon an, recht vertraut mit einander zu werden, Sonja und ich. Der Samowar war ausgekühlt, meine Tante schnarchte laut und gemüthlich in ihrer Americaine. Wir traten hinaus auf den Balcon, um Cigaretten zu rauchen. Wie hübsch sie beim Rauchen aussah! ... Ich habe nie mehr eine Frau rauchen sehen können seitdem! ...«

Suworin stützte den Kopf in die Hand und verstummte zerstreut, dann sich plötzlich aufrüttelnd, rief er: »Von was habe ich Ihnen denn erzählt, von ... Ja richtig, von Heidelberg! – Nun! Der blaue Himmel schien sich auf uns herunterzubeugen. Die Sterne glänzten so nahe, daß man die Hand nach ihnen hätte ausstrecken mögen, um sie zu pflücken. Da plötzlich durchfuhr es den Himmel wie eine goldene Schlange. Eine Sternschnuppe war's!

Sonja schrak zusammen. »Es ist ein Stern aus dem Himmel gefallen«, sagte sie dumpf, »das ist der Glücksstern eines Menschen!«

»Der meine!« murmelte ich, und dabei wurde mir sehr kalt inmitten der warmen Sommernacht.

Ich mußte plötzlich recht elend aussehen, denn das liebenswürdigste Mitleid trat auf ihr kindlich-muthwilliges Gesicht. »Ach, Wladimir Alexandrowitsch, glauben Sie doch nicht daran!« rief sie altklug, »das sind nur Ammenmärchen, wahrhaftig, ich begreife Sie gar nicht! – Wie können Sie nur so abergläubisch sein!« Dabei legte sie unbefangen ihre kleine, warme Hand auf meinen Arm und sah zu mir empor.

Mir wurde, ich weiß nicht wie! – Ich nahm ihre Hand und küßte sie leise, behutsam innig, wie man die eines ganz kleinen Kindes küßt. Vielleicht haben Sie schon gehört, daß in Rußland jede Dame den Handkuß eines Mannes mit einem Kuß auf die Stirne beantworten soll. Schon streckte mir Sonja halb mechanisch das Köpfchen entgegen – da aber wurde sie mit einemmal roth wie eine wilde Mohnblume, entriß mir mit beinahe zornigem Ungestüm ihre Hand und eilte fort!

IX.

»Sie war exaltirt und excentrisch, wie alle russischen Mädchen. Sie hatte Sympathie mit den Nihilisten und träumte davon, einem verbannten Helden nach Sibirien zu folgen.

Sie sang wunderbar schön und hatte eine von den ergreifenden Altstimmen, wie sie den Frauen unseres Volkes eigen sind, ein eigentümliches Gemisch von Kraft und Weichheit.

Sie war launenhaft, unberechenbar – mit einem Wort vollkommen. Lange Zeit lebte sie lustig, kameradschaftlich neben mir hin, ohne das geringste wärmere Gefühl zu verrathen. Endlich aber kam eine Stunde … O, ich erinnere mich dessen, als wäre es gestern gewesen.

Es war in einem kleinen Gasthaus in irgend einem Städtchen am Rhein. – Ein großes Gewitter hatte sich soeben erst ausgetobt. Am Horizont wälzte sich noch ein violetter Wolkenschwall, in dem hier und da ein fahler Blitz aufzuckte. Ein Regenbogen stand am Himmel, und ein feiner, aus den weißlichen Wolken niedersickernder Regen glitzerte wie Brillantstaub.

Wir saßen unten in dem sogenannten Saal, einem niedrigen, himmelblau angestrichenen Raume, der hauptsächlich mit einem Porträt des Königs, einem alten gelben Klavier und einem mit Bierkrügen gefüllten Glasschrank möblirt war, und in dem die jüngst verflossenen zwei Stunden hindurch eine verunglückte Landparthie gelärmt, getanzt, Bier getrunken und *Gaudeamus igitur* gesungen hatte. Wir öffneten die Fenster, um den Bierdunst hinaus und die Abendluft herein zu lassen. In der Ferne zwischen der Pappelallee sahen wir die Landpartie im unordentlichen Gänsemarsch der nächsten Bahnstation entgegenstolpern.

Sonja setzte sich nun an das Klavier und sang Schumann's »Erstes Grün« und »Stirb Lieb' und Freud'« und viele andere süße schwermüthige Lieder. Der platte, dünne Ton des Klaviers erinnerte an eine Harfe und paßte sich eigenthümlich anspruchslos den schwärmerischen Weisen an. Schließlich stimmte Sonja noch »Des Mädchens Klage« an. Es war ihr Lieblingslied, und sie hatte mir dasselbe schon oft mit kindlicher Begeisterung und vollständiger Unbefangenheit vorgesungen. Diesmal aber mochte sie bemerken, daß ich sie während ihres Vortrages allzu aufmerksam beobachtete. Ihre Augen begegneten den meinen, das Blut stieg ihr in die Wangen, und sie brach inmitten eines Taktes ab. »Es ist doch ein dummes Lied«, rief sie, die Lippen aufwerfend.

»Warum?« fragte ich, ohne die Augen von ihr zu wenden, mit neckender Neugier.

»Die Worte sind unsinnig«, murmelte sie, »ich habe gelebt und geliebt! Ja, und was nun – damit soll Alles zu Ende sein? Ist das ein Lebenszweck? Schmähliche Genußsucht des Herzens, sentimentaler Egoismus.«

So eiferte sie, wendete ärgerlich das Köpfchen von meinem forschenden Blick ab und klimperte übermüthig einen Walzer von Strauß.

»Kinder«, rief jetzt Aurora Wikentiewna aus dem Studium ihres Bädekers heraus, »wie ich soeben entdeckt, befinden wir uns in der Nähe des Ortes, wo die berühmte Günderode sich erdolcht hat!«

Sonja interessirte sich für die Günderode, warum weiß ich nicht mehr; ich glaube, sie hatte einmal ein Porträt von ihr gesehen – ihre Gedichte hatte sie gewiß nicht gelesen. Es gelüstete sie nun, den Ort aufzusuchen, wo dereinst zwischen den Weidenbüschen am Rheinufer jenes bedauernswerthe Opfer deutscher Romantik mit durchstochener Brust gefunden worden war.

Meine Tante aber wollte nichts davon hören, noch einen Spaziergang zu machen. Sie fürchtete sich vor nassen Füßen und sagte phlegmatisch: »Du kannst mit Wolodja gehen, wenn Du den Platz durchaus sehen willst. Der Wirth gibt Euch einen Führer mit. Es ist ganz nahe. Im Bädeker steht's!« Und so wandelten wir denn um weniges später und von einem weißlockigen Bauernjungen begleitet, dem Rheinufer zu, wo wir uns in nasses Wiesengras versenken mußten, aus dem nur hier und da ein Baumstumpf emporragte, auf den man den Fuß setzen konnte. Sonja sprang behende von einem zum andern. Als nun endlich unser kleiner Führer stehen blieb und in seinem rheinischen Dialekt erklärte, »dies sei die Stelle, wo das Unglück geschehen sei«, senkte sie den Kopf und murmelte: »Arme Günderode!« –

Hierauf aber lachte ich nur und bemerkte trocken: »Sentimentaler Egoismus!«

Sie wandte sich ärgerlich von mir, wies die Hand, welche ich ihr gereicht, um ihr über eine Pfütze hinüber zu helfen, zurück, versuchte selbständig ihr Glück, strauchelte und fiel der Länge nach in den Schlamm. Eilig half ich ihr auf. Ihr armes Gesichtchen zuckte vor Schmerz. »Haben Sie sich wehgethan?« rief ich besorgt.

Etwas in meinem Ton, in meinem Blick mußte sie rühren. Sie wechselte plötzlich die Haltung und sagte mit einem komischen Seufzer: »Wladimir Alexandrowitsch, ich erlaube Ihnen mich auszulachen!«

Als ob ich dazu die geringste Lust gehabt hätte, mein Gott!

Unser kleiner Führer war mit seinem Trinkgelde davon gesprungen. Wir waren allein, sie und ich: rechts von uns der Rhein, links von uns ein an Goethe'sche Tragödien und Schumann'sche Lieder erinnerndes hochgiebliges Städtchen. Das Herz pochte mir laut in der Brust, ich fühlte meine Hände heiß und groß und meine ganze Gestalt ungewöhnlich plump werden. Die Zunge klebte mir am Gaumen, ich räusperte mich dreimal, ehe ich herausbrachte: »Sofia Iwanowna, ich habe Sie so schrecklich lieb …«

Mein Blick begegnete ihren großen neckenden Koboldaugen. Mein bißchen Contenance floß in nichts zusammen. Ich hätte mein Gefühl so gerne in poetische, geistreiche Worte gekleidet, nicht aus läppischer Eitelkeit, nur um bei ihr Terrain zu gewinnen; aber je schönere Worte ich suchte, destoweniger fand ich, und schließlich brachte ich nichts heraus als: »Ich weiß, daß Ihnen so etwas nicht einfällt, Sie haben lauter Großartigkeiten im Kopf – das *bien public* und Sibirien, aber – Sonja! könnten Sie wirklich nicht?« – ich sah sie flehend und gewiß unendlich albern an.

»Könnte ich was?« fragte sie mit quälender Gemessenheit.

»Meine Frau werden, ... mich lieb haben!«

Ein wenig gerührt schien sie doch. – Das dauerte nur eine Minute, dann warf sie mit lustigem Muthwillen das Köpfchen zurück, lachte so frisch auf, daß es wie das Plätschern eines tollen Gebirgsbaches klang, und rief: »Wenn Sie sich Arme und Beine gebrochen haben, werden Sie mir vielleicht einiges Interesse einflößen – wenn Sie erst in die Bergwerke verbannt sind, folge ich Ihnen nach Sibirien per Etappe. In Ihren jetzigen bequemen und angenehmen Verhältnissen begnüge ich mich damit ... zu thun, was Sie mir gegenüber so gnädig unterlassen haben, nämlich ... Sie auszulachen!«

An jenem Abend war kein vernünftiges Wort mehr aus ihr herauszubringen: und dennoch fühlte ich mich unbeschreiblich glücklich. Die ganze Nacht schlief ich nicht vor seliger Erregung. Immer und immer wieder schritt ich die Diele meines weißgetünchten, nach Kalk und Fichtenholz riechenden Zimmerchens auf und ab; schließlich stellte ich mich an das offene Fenster, lehnte beide Arme auf die von der Nachtluft feuchte Brüstung und hörte dem Pochen meines Herzens zu. Was es mir alles für Unsinn zuflüsterte, was für seligen, herrlichen Unsinn! Manchmal horchte ich auf, ob sich denn in dem Zimmer unter mir nichts bewege. Ich hörte etwas wie einen leichten Flügelschlag und sagte mir jubelnd, daß Sonja vielleicht ebensowenig schlafen könne, wie ich selber. Der Morgen graute schon, als ich mich endlich niederlegte. Da beschlich mich eine unheimliche Empfindung. Mein Kopf wurde heiß, mein Körper schwer und steif. Die weißlich graue Dämmerluft schien sich über mir zu verdichten, zu verdunkeln, sich auf mich herabzusenken, wie ein schwarzes Bahrtuch. Ich wähnte zu versinken. – Plötzlich stierten ein Paar verdrehte weiße Augen durch das Schwarz, und eine krähende Falsettstimme flüsterte mir zu: »Auf Wiedersehen!«

Eine schreckliche Angst erfaßte mich. Der Schweiß trat mir auf die Stirn. Ich grub mein Gesicht in die Polster und ächzte.

Als ich den nächsten Morgen aufstand, sah ich aus wie eine Leiche, fast wie ich jetzt aussehe. Ich war todesmatt; mir schwindelte beim Gehen.

Der Anblick Sonja's verscheuchte freilich momentan alle meine Schrecken. Mit Gewalt redete ich mir das, was ich nun meine fixe Idee nannte, aus. »Was«, so sagte ich mir, »ging es mich weiter an, daß ein alter Mann in Folge von ungeschickten Experimenten mit kalter Douche närrisch geworden war, sei es nun mein Großvater oder nicht!«

Trotz dieser virtuosen Beweisführung gegen meine Angst kehrte meine Verstimmung bald und mit verdoppelter Gewalt wieder. Mein elendes Aussehen erregte Sonja's Theilnahme.

Es war nach Tisch in dem himmelblauen Saal unten. Wir hatten soeben den Kaffee eingenommen. Meine Tante war über einer Nummer der Revue in einem harten rechtwinkligen Lehnstuhle eingeschlafen, und ich stand fröstelnd und schwermüthig in einer Fensternische, da trat Sonja zu mir ohne alle zögernde Verlegenheit, mit gerader Haltung und ernstem Blick.

»Habe ich Sie verletzt durch meine gestrigen Leichtfertigkeiten?« fragte sie mich.

»Sonja!«

Sie lächelte zu dieser vertraulichen Benennung und fuhr fort: »Konnten Sie denn im Ernste wähnen, ich sei ... selbstsüchtig genug, Sie unglücklich haben zu wollen, nur um Sie trösten zu dürfen!«

Eine lange Pause folgte. Mein Kopf war voller Skrupel und Zweifel, mein Herz voll zwingender Sehnsucht. Durfte ich ...?

Sie erröthete, wurde hierauf todtenblaß vor Scham und Schmerz – weil ich nichts sagte. Ihre Augen füllten sich mit Thränen, empört wandte sie sich von mir ab. – Ich vergaß Alles und zog sie an meine Brust. [...]

Klabund

Mimi

I

Als ich bei dir lag
Auf dem Wiesenhag,
Und der Neckar flutete so mild:
Fähre führte Vieh,
Hügel bog sich wie
Eine Mutter, die ihr Kindlein stillt.

Berg und Brust ist eins,
Schoss und Erd ist eins,
Augen, Augen blinken wie von Tau.
Welche Kühle ach
Wind, ich fühle ach
Plötzlich eine andre Frau.

O begegne doch
Frau und segne doch
Deine Schwester, die sich vor dir neigt.
Die auf Leiter von
Zartem Stricke schon
Aufwärts zu den Wolken steigt.

II

Was ich dir hier singe,
Ist nur für dich gemacht.
Die violette Syringe,

Der Mond und das Ding der Dinge
Ist nur für dich gemacht.

Die heimliche Lust der Lüste
Ist nur für dich gemacht,
O gib mir deine Brüste.
Ebbe und Flut unsrer Küste
Sind nur für dich gemacht.

Das breite Bett, ich dächte
Es ist für dich gemacht.
Komm, löse deine Flechte,
Denn diese Nacht der Nächte,
Sie ist für uns gemacht.

III
Trinklied

Wirt, schlag aus dem Fass den Banzen,
Wir wollen saufen und tanzen:
Mimi und ich.
Lahmer, du spielst Harmonika,
Und die zahme Elster schreit krakra.
Die Amseln flöten.

War das ein Tag! Wird das eine Nacht!
Auf den Neckarhügeln sind Sonnwendfeuer entfacht:
Unsre Herzen.
Mädchen, du lachst verschwenderisch!
Du bist atemlos! Komm ins Gebüsch!
Ich will dich umarmen!

Der feiste Wirt zapft an seinem Fass.
Der Lahme singt mit rostigem Bass.
Die Elster schreit.
Mädchen, ich spüre deinen Schoss
Als läge die Sonne vor mir bloss,
Die Nacht leuchtet.

Ich streiche dir das Haar zurecht.
Der Wirt offeriert gebratenen Hecht
Und goldenen Mosel.
Öffne das Auge! Jetzt bist du sanft
Wie der Mond überm Wiesenranft,
Holde Dryade!

Fritz Löhner-Beda und Ernst Neubach

Ich hab' mein Herz in Heidelberg verloren

Es war an einem Abend,
als ich kaum 20 Jahr'.
Da küßt' ich rote Lippen
und gold'nes, blondes Haar.
Die Nacht war blau und selig,
der Neckar silberklar,
Da wußte ich, da wußte ich,
Woran, woran ich war:

Ich hab' mein Herz in Heidelberg verloren,
In einer lauen Sommernacht.
Ich war verliebt bis über beide Ohren
Und wie ein Röslein hat ihr Mund gelacht.
Und als wir Abschied nahmen vor den Toren
Beim letzten Kuß, da hab ich's klar erkannt:
Daß ich mein Herz in Heidelberg verloren.
Mein Herz, es schlägt am Neckarstrand.

Und wieder blüht wie damals
am Neckarstrand der Wein,
Die Jahre sind vergangen,
und ich bin ganz allein.
Und fragt ihr den Gesellen,
warum er keine nahm,

Dann sag ich euch, dann sag ich euch,
Ihr Freunde, wie es kam.

Ich hab' mein Herz in Heidelberg verloren,
In einer lauen Sommernacht.
Ich war verliebt bis über beide Ohren
Und wie ein Röslein hat ihr Mund gelacht.
Und als wir Abschied nahmen vor den Toren
Beim letzten Kuß, da hab ich's klar erkannt:
Daß ich mein Herz in Heidelberg verloren.
Mein Herz, es schlägt am Neckarstrand.

Was ist aus dir geworden,
seitdem ich dich verließ,
Alt-Heidelberg, du Feine,
du deutsches Paradies?
Ich bin von dir gezogen,
ließ Leichtsinn, Wein und Glück,
Und sehne mich, und sehne mich
Mein Leben lang zurück.

Ich hab' mein Herz in Heidelberg verloren,
In einer lauen Sommernacht.
Ich war verliebt bis über beide Ohren
Und wie ein Röslein hat ihr Mund gelacht.
Und als wir Abschied nahmen vor den Toren
Beim letzten Kuß, da hab ich's klar erkannt:
Daß ich mein Herz in Heidelberg verloren.
Mein Herz, es schlägt am Neckarstrand.

Alfred Mombert

Nachmittags am Neckar

Nachmittags am Neckar schreite ich uferlang auf die alte schöne Brücke zu. Drüben vom Turm der Heiliggeistkirche glänzt freudig das große goldene Zifferblatt der Uhr. Und im Sonnenschein wird hier ein Säuglingswägelchen hinter dem anderen vorübergefahren. Der muß erst geboren werden, der mir einreden wird, diese reizend knospenden, mit dem Schnuller im Mündchen uns anlächelnden Staatsbürgerlein (vermutlich bald schon wortgewaltige Politiker!) seien in ohnmächtigen, kopfhängerischen, glücklosen Nächten gezeugt …

Wer statt am Fluß im Bergwald spaziert, der gerät manchmal vor einen Ameisenhaufen. Gerade hat ein böser Junge mit diabolischer Chaoslust mit seinem Stecken darin herumgestochert und sich dann in die Büsche verzogen. Nun geht es hier drunter und drüber! Die Ameisen rennen irrsinnig durcheinander. Erst vorwärts – dann rückwärts. Dann zugleich vorwärts und rückwärts. Wer die Ameisensprache versteht, kann sie jammern hören: »Das Weltall eingestürzt.« »Untergang des Abendlandes.« »Kulturbruch.« »Keine Schönheit mehr.«

(1932)

Jean-Pierre Lefèbvre

Die Nacht des Fährmanns

Als Jonas Fieber an jenem Morgen aus dem Haus trat, um seine Kurse an der Universität abzuhalten, stürmte der Wind plötzlich in den Flur des mächtigen Gebäudes, riß ihm fast die Tür aus der Hand und erfüllte das ganze Treppenhaus mit faden Geruchschwaden, die vom Fluß aufstiegen.

Fieber nahm den von runden Semmeln prallen Beutel herein, den der Bäcker im Morgengrauen an den äußeren Türknauf gehängt hatte, trug ihn zur Wohnung seiner Vermieterin am Ende des Flurs und verließ dann, dem Sturm Trotz bietend, das Haus.

Selten stürmte der Wind bis zur letzten Stufe der Außentreppe herauf, da ihm zu viele Hindernisse Einhalt geboten. Für gewöhnlich kam er von der anderen Seite, in Begleitung der Winterregen, und beließ den Flußgeruch gefangen zwischen Ufern und Brücken.

Doch in dieser Nacht hatte er sogar das Moos auf den Stufen trockengefegt und alle Winkel durchstöbert, die Luft ausgetauscht, die Farbe des Morgens verändert.

Das Gittertor unten stand seit dem Abend offen. Fieber zog es hinter sich zu, überquerte umsichtig die am Fluß entlangführende Landstraße, stieg die rosa Granittreppe zur Böschung hinunter und ging dann die paar Meter bis zur Anlegestelle der Fähre; dort drüben, auf der anderen Seite, lag diffus und düster das kleine graue Fährhaus; es schien noch zu schlafen.

Um das Boot herbeizurufen, betätigte man eine imposante mondfarbene Messingglocke, wie man sie auf Schiffen findet. Bei seiner ersten Überfahrt, meist noch vor sieben Uhr früh, pflegte der Fährmann sie am Landesteg aufzuhängen und allabendlich abzunehmen.

Die Glocke hing schon da, gewichtig, sturmerprobt. Fieber läutete gemächlich, beobachtete, wie sich das Wasser, das seit der überraschenden und verfrühten Schneeschmelze im Oberland stark angeschwollen war, dahinwälzte, und lauerte gleichzeitig auf den Augenblick, wo die Tür des Fährhauses drüben sich öffnen würde.

Für gewöhnlich verlief dies alles reibungslos. Der Fährmann trat heraus, in seiner eintönig grauen Kluft, zündete sich im Windschatten der rechten Tür, der einzigen, die sich öffnen ließ, eine Zigarette an, trottete ohne jede Hast die Böschung hinab, kletterte ins Boot und warf mit der einen Hand den Motor an, während er gleichzeitig mit der anderen die Vertäuung löste. Einen Augenblick lang steuerte er das Boot gegen die Strömung, beschrieb einen Halbkreis flußaufwärts und glitt dann langsam an den Steg heran, machte in den Fluten eine Kehrtwendung, legte an, mit einem flüchtigen Gruß zu den wartenden Fahrgästen, und setzte in gleicher Weise wieder über.

So ging es tagaus, tagein. Wieder und wieder schrieb er eine geschmeidige, leicht deformierte große Acht in die Strömung, sich entlang hangelnd an den immer gleichen, im Laufe der Jahre zwischen bestimmten Fixpunkten auf beiden Ufern gespannten unsichtbaren Fäden. Und das ganze Jahr über, wenn nicht gerade Hochwasser herrschte oder der Motor streikte, zog sich diese Zahl unermüdlich wie eine Kennmarke über das Wasser, bis der Fluß diese Vogelspur wieder verwischte.

Es kam vor, daß der Fährmann krank war oder etwas zu

erledigen hatte. Dann betätigte seine Mutter die abgegriffene eiserne Stange, übernahm wieder für kurze Zeit den Beruf, den sie ihn gelehrt hatte, beschrieb von neuem das immer gleiche, stets auf sich selbst zurückverweisende Zeichen in das Geflimmer zwischen den Ufern, und nur die fliehenden Wasser hätten zu sagen vermocht, daß eine andere Hand, ein anderes Wesen den Kahn steuerte.

Mutter wie Sohn hatten bei dieser Gebärdensprache den gleichen grauen und entrückten Blick. Doch ihr Gruß beim Anlegen am Steg klang heller und fröhlicher als das eher abweisende Gebrumm des Sohnes.

Fieber läutete mehrmals, doch die Tür blieb hartnäckig verschlossen. Es war auch niemand auf dem anderen Ufer, der, wie es manchmal um die Tagesmitte geschah, an die geschlossenen Läden der Hütte hätte klopfen können. Um diese Uhrzeit wurde fast ausschließlich zur einen Seite hin übergesetzt, zur Stadt hin, zur Arbeitsstätte.

Er gab auf und beschloß, den Weg zu Fuß zu machen. Die Fähre war von beiden Brücken fast gleich weit entfernt. Da war die alte, flußaufwärts, mit ihren rosa schimmernden Steinbögen und dem von Glockendächern gekrönten Brückentor; sie führte, unweit der Universität, direkt ins Herz der Altstadt. Und die neue, weiter unten flußabwärts, die aussah wie ein Schienenstrang zwischen den Neubauvierteln und den ersten Vororten auf dem rechten Ufer. Dort in der Ferne rollten die Trambahn und die Flut der Wagen mit vollem Scheinwerferlicht erstaunlich lautlos dahin.

Der Himmel hatte sich schon aufgehellt, als Fieber die alte Brücke erreichte, und der Wind blies heftiger als auf dem tiefer liegenden Uferstreifen. Er hielt nicht inne, wie er es häufig tat, um die braunen Wassermassen, die den Städten des Rheins entgegenwallten, zu betrachten oder die flußaufwärts der Schleuse zustrebenden Lastkähne. Er dachte auch nicht mehr daran, daß der Fährmann nicht zur Stelle gewesen war, und rekapitulierte im Geiste, was er den Studenten sagen wollte.

Er beschleunigte den Schritt, denn durch den Umweg war er verspätet, lief um den westlichen Glockenturm des Brückentors herum und dann vorsichtig weiter über das Buckelpflaster. Die Lebensmittelläden waren schon weit geöffnet, alle Lampen brannten, und die Gerüche zogen hinaus auf die Bürgersteige. Vom Ufer, wo sie ihre Wagen für den Tag abgestellt hatten, kamen die Menschen herauf, gingen zu ihren Büros, ihren Werkstätten, ihren Läden. Das gleiche Morgenritual begrüßte den Tag in Hunderten von Ortschaften, ein ungewöhnlicher monotoner Psalm, ein tibetischer Singsang, der sich einschlich in das Stimmengewirr der Schulhöfe, die Fensterscheiben leise vibrieren ließ und den in den Kneipen hängenden Mief wieder aufrührte. Nur hatte an diesem Morgen der Wind es sich in den Kopf gesetzt, ein wenig stärker zu wirbeln, vielleicht als Vorgeschmack auf den Frühling, obwohl es erst der 13. Februar war. Und als Fieber die große Eingangshalle der Universität betrat, klang das akademische Viertel, das die Glocken schlugen, ein wenig unkoordiniert.

Er hieß Jonas Fieber, und alle Welt hier nannte ihn Lump. Daheim, in Frankreich, hatten weder Vor- noch Nachname ihm je einen Spitznamen eingebracht, weder in der Schule noch anderswo, nicht einmal beim Militärdienst. [...]

Aber hier war's gleich passiert. Bei seiner ersten Vorlesung war er getauft worden. Als er im großen Hörsaal ans Pult trat, mit dem Lampenfieber aller Anfänger im Bauch, hatten die Studenten ihn zuerst für einen der ihren gehalten und die Imitationsnummer beklatscht ...

Roswitha Fröhlich

Erkennungszeichen

oder Wenn die Platanen noch stehen. Eine Momentaufnahme von damals

Der Zug in Richtung Frankfurt, der irgendwann am Vormittag an der kleinen Station hielt, war nicht übermäßig voll. Ich fand einen Sitzplatz am Fenster, sah – den Seesack fest gegen die Knie gedrückt – auf die triste, mit Pfützen und Schneematsch bedeckte Landschaft, an der wir vorbeiratterten, und gab mir Mühe, mich auf Heidelberg zu freuen. Deutschland wirkte traurig zur Begrüßung, hatte nichts mit mir im Sinn. Ein Soldat mir gegenüber, Heimkehrer wie ich, erkundigte sich, woher ich käme und was ich da alles mit mir herumschleppte. »Gefangenschaft«, sagte ich, »Frankreich. Ich war lange nicht zu Hause ...« Wir redeten eine Weile miteinander, tauschten unsere Erfahrungen aus, immer lebhafter werdend – zwei Fremde, die sich vertrauter waren als alles scheinbar Vertraute, das sie umgab. Dann, wie auf Verabredung, begannen wir zu schweigen, den Blick nach innen gerichtet, dorthin, wo gestern noch die Vorfreude lebte. Die Platanen, dachte ich, ob die Platanen noch am Ufer stehen, dicht am Neckar? Ob es noch Liebespaare gibt, die von den Uferbänken aus den Weg der Schiffe verfolgen? Die Gedanken tasteten sich weiter, wagten sich vor: Das Haus, die ausgetretenen Stufen, das Gartentor, die Haustür. Wer würde sie öffnen? Wer würde mich erwarten? Wer war am Leben und wer nicht? Und wenn sie am Leben waren – würden sie mich erkennen? Einfach in den Arm nehmen – so wie früher? »Ich habe Angst«, sagte der Soldat. »Man weiß nicht, was man vorfindet. Ich habe mir das alles viel leichter vorgestellt.«

»Es wird schon gut gehen«, sagte ich. »Ganz bestimmt wird es gutgehen. Man macht sich viel zu viel Sorgen …«

Ich überlegte, was geschehen würde, wenn ich einfach an Heidelberg vorbeiführe. Einfach so zu tun, als gebe es diesen Bahnhof nicht. Einfach weiterfahren mit unbekanntem Ziel. War ich nicht frei? Konnte ich nicht endlich tun und lassen, was ich wollte? »Sie müssen jetzt aussteigen«, sagte der Soldat, »Sie haben es geschafft.«

»Ja, ja …« Ich nahm meinen Seesack. »Auf geht's. Leben Sie wohl.« Der Bahnhof sah unverändert aus, fast so, als sei ich niemals fortgewesen. Warum kümmerte er sich nicht darum, daß ich zitterte? Warum tat er so, als sei alles beim alten? Ich sah mich um, suchte nach Erkennungszeichen. Ich fand keine, meine Augen hatten sich verändert. Erst, wenn ich die Platanen sehe, dachte ich, und lief weiter. Wenn die Platanen noch stehen, dicht am Neckar, wird auch das Haus noch stehen, vielleicht, vielleicht. Und wenn ich Glück habe, werden die Gartenstufen ausgetreten sein wie früher, und das Gesicht, das hinter der geöffneten Haustür erscheint, wird mich an das Gesicht erinnern, das ich einmal, vor vielen, vielen Wochen, aus der Erinnerung verlor. Ich beschleunigte meine Schritte, begann zu rennen. Dann sah ich den Fluß, dann sah ich die Platanen, winterlich entlaubt, wie es sich für die Jahreszeit gehörte. Ich rannte schneller. Ich läutete. Das Gesicht hinter der Haustür lächelte. Die Erkennungszeichen fügten sich zusammen. Ich war zu Hause.

Thomas Meinecke

Tomboy

Der Amerikaner Allen Ginsberg hatte einst oben am Philosophenweg gestanden und gleich über die gesamte, meist dunstige Ebene, welche sich vor ihm ausbreitete, ein Beat Poem verfaßt, das sogar die chemischen Werke Ludwigshafens inkorporierte. Vivians Mutter hatte daraus die folgenden Zeilen auswendig gekonnt: Highdelbergh below, orange roofed, misty under grey cloud flowing over oak ridge, across the red stone bridge, over brown Neckar waters, flowing west to the Rhine plains; supporting BASF. Nicht lange nach der Zerschlagung der IG Farben standen sogar am unteren Mississippi BASF-Werke, hatte Vivians Daddy zu berichten gewußt, und natürlich gab es auch ein kleines Heidelberg im Staate Mississippi.

Johann Peter Hebel

Bequeme Schiffahrt, wer's dafür halten will

Ein Schiff wurde von Mannheim den Neckar hinauf nach Heidelberg gezogen. Kommt hinterdrein mit vollem Felleisen und ein Paar heraushängender Stiefelschuhe ein Handwerksbursche. »Darf ich auch mit für Geld und gute Worte? Was muss ich geben?« Der Schiffmeister, der ein gar lustiger Kumpan war, sagte: »Fünfzehn Kreuzer, wenn Ihr in's Schiff wollt sitzen. Wollt Ihr aber helfen ziehen, nur sechs. Das Felleisen könnt Ihr mir in das Schiff werfen, es hindert Euch sonst nur.« Der Handwerksbursche fing an zu rechnen. »Fünfzehn Kreuzer – sechs Kreuzer – sechs von fünfzehn bleibt neun.« Die neun Kreuzer, dachte er, kann ich verdienen. »Wenn's denn erlaubt ist«, sagte er und warf das Felleisen in das Schiff. Hernach schlang er eins von den Seilern über die Achsel und half ziehen, was er nach Leibeskräften vermochte. »Wir kommen eher an Ort und Stelle«, dacht' er, »wenn ich nicht lass bin.« In Heidelberg aber entrichtete er sechs Kreuzer Fährgeld – für die Erlaubnis mit zu ziehen und nahm das Felleisen wieder in Empfang.

Charles de Montesquieu

Mannheim

Sieben Straßen in einer Richtung, gekreuzt durch sieben andere, bilden die Stadt; breit, kerzengerade. Schöne Plätze; zweistöckige, meist wohlgebaute Häuser. Die Lage der Stadt ist reizend, an der Stelle wo der Neckar in den Rhein mündet; sie wird eine der hervorragendsten Städte Deutschlands werden, und wenn die Franzosen sie hätten, so würden Mainz, Speyer, Worms, Heidelberg, Philippsburg, Trier ihre Bedeutung verlieren oder doch im Schach gehalten werden. [...]

Die Stadt ist niedrig gelegen und steht sozusagen gleichsam in einem Sumpf.

Darum behaupten die Heidelberger, die Luft in Mannheim sei schlecht: aber nach den Gesichtern der Mannheimer zu urteilen ist dies nicht der Fall. [...] Aber wenn die Luft wirklich schlecht wäre, würde es mich nicht wundern, denn man baut dort unaufhörlich, man hebt Erde aus und das Wasser wird faulig in den Vertiefungen, die man nicht ausfüllt in dem Verhältnis wie man baut, und, da die Straßen nicht alle gepflastert sind, bleibt das Wasser stehen.

Joy Fleming und Carl J. Schäuble

Neckarbrückenblues

Her, her mol her, was ich Dir jetzt sag e will.
Des is ä kleeni Gschicht vun geschtern morge.
Do is de Briefträger zu ma kumme un hot gsacht,

Klenie kumm mol her, ich hab da was zu sage.
Oh, deun Karl is schun widder iwwer die Brick,
iwwer die Brick is er widder niwwer zu der onnere.

Oh, hab ich zu dem Briefträger gsacht:
Her mol, des is moin Karl sei Sach.
Ma zwingt keen Mensch zu seunem Glick.
Un wann er meent er muss iwwer die Brick,
soll er doch, soll er doch, soll er doch.

Oh, ich weeß, der kummt a widder zurück.
Der kummt schun widder, wann er Hunger hot.
Die Männer kumme alleweil widder zurück.
Dann sin se hungrisch oder kronk. – Gott sei Donk.
Und ach moin Karl g'heert zu dere Sort.
Gott sei Dank, Gott sei Dank, Gott sei Dank.

Ne, so oft kann der gar net fort,
wie er widder zurück kummt iwwer die Brick.
Do steht er schun widder an de Dür, moin Karl
un dann sacht er ganz fresch zu mir:

Kleeni her, her mol her
ich geh mol schnell uff ä Bier,
ich bin bald widder zurück.

Oh Karl, Oh Karl, Oh Karl, Oh Karl, Oh Karl,
Du hoscht doin' Hut tief im G'nick.
Isch wääß ganz genau,
jetzt geht er widder iwwer die Brick.
Er geht widder üwwer die Mannemer Brick,
die Mannemer Neckarbrick.

Achim von Arnim

Rheinischer Bundesring

(Mitgetheilt von Frau von Pattberg.)

Bald gras ich am Neckar,
Bald gras ich am Rhein,
Bald hab ich ein Schätzel,
Bald bin ich allein.

Was hilft mir das Grasen
Wann die Sichel nicht schneidt,
Was hilft mir ein Schätzel,
Wenn's bei mir nicht bleibt.

So soll ich dann grasen
Am Neckar am Rhein,
So werf ich mein goldiges
Ringlein hinein.

Es fliesset im Neckar,
Und fliesset im Rhein,
Soll schwimmen hinunter
Ins tiefe Meer n'ein.

Und schwimmt es das Ringlein,
So frißt es ein Fisch,
Das Fischlein soll kommen
Aufs König sein Tisch.
Der König thät fragen,

Wems Ringlein soll sein?
Da thät mein Schaz sagen,
Das Ringlein g'hört mein.

Mein Schäzlein thät springen,
Berg auf und Berg ein,
Thät mir wiedrum bringen,
Das Gold Ringlein fein.

Kannst grasen am Neckar,
Kannst grasen am Rhein,
Wirf du mir immer
Dein Ringlein hinein.

Verzeichnis der Autoren

Hans Christian Andersen: Geboren 1805 in Odense auf der dänischen Insel Fünen, gestorben 1875 in Kopenhagen. Der reiselustige Autor (»Es ist mir wirklich gelungen, der berühmteste Däne zu werden, die Reise hat mich davon überzeugt ...«) war mehrfach in Deutschland und auch in Stuttgart, wo er 1860 auf Einladung des Verlegers Carl Hoffmann ein paar Tage blieb. »Hoffmann bat mich, ihm ein Werk in Verlag zu geben: Mein Porträt kommt in sein ›Buch der Welt‹, das ist die am meisten verbreitete Schrift in Deutschland. Welches Honorar ich immer will, er gibt es mir, war sein Wort, bekomme er nur ein Märchen von mir ...« Ein Jahr später erschien im »Schiller-Album der Allgemeinen deutschen National-Lotterie zum Besten der Schiller- und Tiedge-Stiftungen« das Märchen von der alten Kirchenglocke zum ersten Mal in deutscher Sprache.«

Achim von Arnim: Geboren 1781 in Berlin, gestorben 1831 in Wiepersdorf (Fläming), Kreis Jüterbog. Er gilt neben Clemens Brentano und Joseph von Eichendorff als wichtigster Vertreter der Heidelberger Romantik. 1805 gaben Arnim und sein Schwager Brentano eine Volksliedersammlung unter dem Titel »Des Knaben Wunderhorn« heraus. Darin auch »An den Meistbiethenden gegen gleich baare Bezahlung« und »Rheinischer Bundesring«.

Joe Bauer: Geboren 1954 in Möglingen bei Schwäbisch Gmünd. Joe Bauer arbeitet als Kolumnist bei den Stuttgarter Nachrichten; seine Glossen und Geschichten erscheinen mehrfach wöchentlich. Zusammen mit Musikern und Comedy-Künstlern präsentiert er regelmäßig seine Leseshow »Flaneuersalon«. Hauptberuflich ist er als kritisch-satirischer Spaziergänger und Straßenbahn-Herumfahrer unterwegs. Beide Texte © Joe Bauer, Stuttgart.

Johannes R. Becher: Geboren 1891 in München, gestorben 1958 in Berlin. Der Dichter expressionistischer Lyrik schrieb in den 1920er Jahren zwei Antikriegsromane, die zu einem Hochverratsprozess führten. Dieser wurde jedoch aufgrund zahlreicher Proteste eingestellt. Zwischen 1918 bis 1931 lebte Becher immer wieder in Bad Urach, wo der »Uracher

Kreis« auf der Suche nach alternativen Lebensformen war. Becher war 1928 Mitbegründer des Bundes proletarisch-revolutionärer Schriftsteller. Nach der Machtübernahme Hitlers emigrierte er über mehrere Stationen 1935 nach Moskau. Als DDR-Politiker verfasste er den Text zur Nationalhymne. 1954 wurde er zum ersten Minister für Kultur berufen. Das Gedicht »Tübingen oder Die Harmonie« entstand 1936 in Moskau, vermutlich in Erinnerung an seine Zeit in Schwaben. Aus: Johannes R. Becher: Gesammelte Werke. Band 4: Gedichte 1936-1941. © Aufbau Verlag Berlin, 1966, S. 26.

Samuel Beckett: Geboren 1906 in Dublin, gestorben 1989 in Paris. Der irische Schriftsteller, der seine Texte zunächst in englischer, dann in französischer, später wechselnd in beiden Sprachen schrieb und 1969 den Nobelpreis für Literatur erhielt, kam immer wieder nach Stuttgart, wo er beim SDR in der Stuttgarter Neckarstraße als Autor und Regisseur für Hörfunk- und Fernsehproduktionen tätig war. Text aus: Samuel Beckett: Flötentöne. Übersetzung von Karl Krolow. © Suhrkamp Verlag, Frankfurt am Main 1982.

Alexander von Bernus: Geboren 1880 in Aeschach bei Lindau, gestorben 1965 auf Schloss Donaumünster in Tapfheim bei Donauwörth. 1908 erbte Bernus das Stift Neuburg bei Heidelberg, wo er große Teile seiner Kindheit verbrachte. Dort fand sich von 1908 bis 1926 regelmäßig im Sommer sein Freundeskreis zusammen. Er selbst beschreibt diese Zeit als »das Geschenk einer wunderbaren geistigen Geselligkeit.« Sein Text aus den: Veröffentlichungen der Deutschen Akademie für Sprache und Dichtung, Bandnummer 37. Hg. Otto Heuschele. Darmstadt 1966.

Sebastian Blau: Pseudonym von Josef Eberle. Geboren 1901 in Rottenburg am Neckar, gestorben 1986 in Samedan / Graubünden, begraben in Rottenburg. Nach einer Buchhändlerlehre bei Heckenhauer in Tübingen arbeitete er als Buchhändler unter anderem in Berlin, Stuttgart und Leipzig. Bereits mit 23 Jahren entstanden erste Gedichte und Glossen in Erich Schairers »Sonntags-Zeitung«. Während seiner Zeit als Leiter der Vortragsabteilung beim Süddeutschen Rundfunk lehnte er 1933 die Übertragung einer Hitler-Rede ab. Dies kostete ihn seine Stelle. Außerdem wurde er von den Nationalsozialisten mit einem Schreib- und Veröffentlichungsverbot belegt. In dieser Zeit entstanden schwäbische Gedichte unter dem Pseudonym Sebastian Blau, darunter 1934 »Dr Necker« und »St. Nepomuk«. Nach dem 2. Weltkrieg gründete Eberle die »Stuttgarter Zeitung«, die er bis 1971 herausgab. Zwischen 1951 und 1976 war er Vizepräsident der Deutschen Schillergesellschaft in Marbach am Neckar. Seine Gedichte, erschienen in sieben längst vergriffenen Bänden, gehören als Klassiker längst zum schwäbischen Literaturkanon. Die Texte in diesem Band stehen in der 2009 bei Klöpfer & Meyer erschienenen Gesamtausgabe aller schwäbischen Gedichte Sebastian Blaus. © Klöpfer & Meyer, Tübingen.

Bertolt Brecht: Geboren 1898 in Augsburg, gestorben 1956 in Berlin. Der große deutsche Dramatiker und Lyriker des 20. Jahrhunderts wurde 1933 nach der Aufführung von »Die Maßnahme« von den Nationalsozialisten wegen Hochverrats angeklagt. Kurz vor der Bücherverbrennung flüchtete er nach Dänemark, kam über die UdSSR nach Kalifornien und kehrte nach dem Krieg über die Schweiz nach Deutschland zurück, wo er seine letzten Lebensjahre in Ost-Berlin verbrachte. In seiner für ihn typischen Weise bürstet er die Weibertreugeschichte gegen den Strich. In: Bertolt Brecht: Werkausgabe, Band 11, Prosa 1. Frankfurt 1967. © Suhrkamp Verlag, Frankfurt am Main.

Adelbert von Chamisso: Geboren 1781 auf Schloss Boncourt bei Ante, Châlons-en-Champagne, Frankreich, gestorben 1838 in Berlin. Chamisso war Naturforscher und Dichter. Obwohl seine Muttersprache Französisch war, verfasste er in der deutschen Fremdsprache Meisterwerke. Neben Dramen und Erzählungen (»Peter Schlemihls wundersame Geschichte«) schrieb Chamisso zahlreiche Balladen, darunter 1831 »Die Weiber von Winsperg«, die erst 1852 postum veröffentlicht wurde. Der Schluss ist als eine Reaktion auf die gebrochenen Demokratisierungsversprechen des preußischen Königs Friedrich Wilhelm III. zu verstehen.

Friedrich Christian Delius: Geboren 1943 in Rom, wo er heute im Wechsel mit Berlin als freier Schriftsteller lebt und arbeitet. Der promovierte Germanist verfasste politische Romane und satirische Texte sowie gesellschaftskritische Lyrik. Obwohl Delius 1964 auf der Durchreise nach Stuttgart nur eineinhalb Tage in Tübingen weilte, inspirierte dieser Aufenthalt den jungen Berliner Studenten zu einem Gedicht über die akademische Ausstrahlung der Stadt am Neckar: »Tübingen 1964« aus: Friedrich Christian Delius: Kerbholz. Gedichte. Berlin 1965. © Friedrich Christian Delius.

Heimito von Doderer: Geboren 1896 in Weidlingau bei Wien, gestorben 1966 in Wien. Der österreichische Schriftsteller schrieb Lyrik, Erzählungen und zahlreiche Romane, darunter 1938 den Kriminalroman »Ein Mord den jeder begeht«. © 1938 Verlag C.H. Beck oHG, München.

Werner Dürrson: Geboren 1932 in Schwenningen am Neckar, gestorben 2008 auf Schloss Neufra bei Riedlingen. Nach einer langen Ausbildungszeit, die über eine Handwerkslehre in Stuttgart und ein Musikstudium in Trossingen bis zum Studium der Romanistik, Germanistik und Musikwissenschaft in München und Tübingen mit abschließender Promotion reicht, lehrte Dürrson in Zürich und Poitiers Literaturwissenschaft. Als freier Schriftsteller, der abwechselnd in Oberschwaben und Paris lebte, schrieb er Lyrik, Erzählungen und Essays. 2007 erschien bei Klöpfer & Meyer sein autobiografischer Roman »Lohmann oder Die Kunst, sich das Leben zu nehmen«. Die »Schauergeschichte« steht in: Werner Dürrson: Aufgehobene Zeit. Zürich 2002. © Irmgard Wieland, Öhringen.

Heinrich Ebner: Geboren 1826, gestorben 1878. Der Sohn eines Instrumentenmachers studierte in Tübingen Medizin und leitete ab 1867 die »Orthopädisch-heilgymnastische Anstalt« am Wilhelmsplatz in Cannstatt, wo er als Arzt und Chirurg wirkte. Sein »Album von Cannstatt« erschien 1868.

Joseph von Eichendorff: Geboren 1788 auf Schloss Lubowitz bei Ratibor in Oberschlesien, gestorben 1857 in Neiße. Eichendorff ist einer der bedeutendsten deutschen Lyriker, viele seiner Gedichte wurden vertont. Seine Novelle »Aus dem Leben eines Taugenichts« gilt als Höhepunkt und zugleich Ausklang der Romantik. Als Joseph von Eichendorff in Heidelberg Jura studierte, wurde er vor allem durch die romantische Atmosphäre, die in der Stadt herrschte, angezogen. Das Gedicht »Einzug in Heidelberg« entstand 1855 in Erinnerung an die Stadt und die Alte Bücke. Bereits 1829 erschien das Lustspiel »Die Freier«, doch erst 1849 wurde es von einem kleinen Theater in Graudenz uraufgeführt.

Joy Fleming: Bürgerlich Erna Liebenow, geb. Raad, in 1. Ehe Strube. Geboren 1944 in Rockenhausen. Bereits in jungen Jahren konnte die deutsche Jazz-, Blues- und Schlagersängerin Erfolge erzielen, als sie vor amerikanischen Soldaten in Mannheim auftrat. Der »Neckarbrückenblues« entstand 1972 zusammen mit Carl J. Schäuble, einem der deutschen Starschlagertexter, und zählt zu den bekanntesten Liedern von Fleming nach dem Start ihrer Solokarriere. © Text (Carl J. Schäuble / Erna Strube): Global Musikverlag München; Musik (Albin Metz / Roland Heck): Badenia Musikverlag, Ketsch.

Ferdinand Freiligrath: Geboren 1810 in Detmold, gestorben 1876 im Cannstatter Wirtshaus »Alter Hase«. Der deutsche Lyriker, Dichter und literarische Übersetzer begeisterte sich für »Revolution, Klassenkampf und Proletariat«, musste mehrfach ins Exil und zog zwei Jahre vor seinem Tod in die Neckarstadt.

Roswitha Fröhlich: Geboren 1924 in Berlin, gestorben 2008 in Mannheim. In Heidelberg studierte Roswitha Fröhlich Germanistik, in Berlin und Frankfurt/Main Kunst und Malerei. Nach dem Krieg arbeitete sie als Portraitmalerin und Illustratorin. Seit den 60er Jahren war sie Mitarbeiterin beim Süddeutschen Rundfunk. Die Autorin veröffentlichte zahlreiche Kinder- und Jugendbücher, Erzählungen und Romane, schrieb Hörspiele und Texte fürs Kabarett. Der Text »Erkennungszeichen ...« erschien im Tübinger Vorlesebuch, herausgegeben von Rainer Rinker im Theiss Verlag, Stuttgart 1984.

Friedrich Karl von Gerok: Geboren 1815 in Vaihingen an der Enz, gestorben 1890 in Stuttgart. Von Gerok studierte Theologie am Tübinger Stift und war später Oberhofprediger an der Stuttgarter Schlosskirche. Die Gedichte des Stuttgarter Ehrenbürgers behandeln überwiegend religiöse Themen.

Albrecht Goes: Geboren 1908 in Langenbeutingen, gestorben 2000 in Stuttgart-Rohr. Nach dem Studium der Germanistik und Geschichte in Tübingen sowie Theologie in Berlin war Goes als Pfarrer in Schwaben tätig. 1953 quittierte er seinen Dienst und lebte fortan als freier Schriftsteller. In Erinnerung an seine Studienzeit entstand das Gedicht »Tübingen 1928«. Albrecht Goes: Lichtschatten du. Gedichte aus fünfzig Jahren. © S. Fischer Verlag GmbH, Frankfurt am Main 1978.

Johann Wolfgang von Goethe: Geboren 1749 in Frankfurt am Main, gestorben 1832 in Weimar. Neben den bekannten literarischen Werken Goethes sind seine Briefe und Tagebücher von großer literarischer Bedeutung. Die Kapitel, in denen er sich zur Neckarlandschaft äußert, stammen aus seinen Reisetagebüchern. Neben Tübingen hielt sich Goethe mehr noch in Heidelberg immer wieder auf. Für ihn war diese Stadt schicksalhaft mit weit reichenden Entscheidungen und Begegnungen verbunden. 1775, auf dem Weg in den Süden, erreichte ihn in Heidelberg der Ruf nach Weimar, und im September 1815 besuchte Marianne von Willemer den Dichter, der zu Besuch bei den Brüdern Boiserée war. Dieser Begegnung verdankt die deutsche Literatur einige der schönsten Texte des »West-östlichen Divans«.

Carl Theodor Griesinger: Geboren 1809 in Kirnbach bei Wolfach, gestorben 1884 in Stuttgart. Deutscher Schriftsteller und Geistlicher, der in Tübingen Theologie studierte und anschließend eine Zeit lang im geistlichen Amte tätig war. Ab 1838 widmete er sich ausschließlich der Schriftstellerei und dem Journalismus. 1839 erschienen seine »Humoristischen Bilder aus Schwaben«.

Axel Hacke: Geboren 1956 in Braunschweig, lebt heute in München und im Chiemgau. Axel Hacke ist Journalist und Schriftsteller, Satiriker und Kinderbuchautor. Den in diesem Band abgedruckten Ausspruch zum Neckar äußerte Hacke 2009 auf seiner Lesereise in Tübingen.

Häberle und Pfleiderer: Das »Stuttgarter Komikerpaar des Jahrhunderts« hatte im Jahr 1931 seinen ersten Auftritt. 40 Jahre lang waren die beiden auf der Bühne und im Fernsehen zu sehen. Der letzte Auftritt war erst 1972. Willy Reichert wurde 1896 in Stuttgart geboren und starb 1973 in Mietenkam im Chiemgau. Oscar Heiler wurde 1906 ebenfalls in Stuttgart geboren und starb dort 1995. Den Sketch »Auf der Neckarbrücke« schrieb der aus Bayern stammende frühpensionierte Lehrer Ludwig Hofmeier, der als freier Mitarbeiter für den Süddeutschen Rundfunk tätig war und dessen Beiträge im Sender sehr gefragt waren. Manuskript im SWR Archiv, Stuttgart. 25.11.1940, Reichssender Stuttgart. © Ludwig Hofmeier.

Theodor Lorenz Haering: Geboren 1884 in Stuttgart, gestorben 1964 in Tübingen. Promotion und Habilitation der evangelischen Theologie am Stift in Tübingen. Er verfasste philosophische, literarische und heimatkundliche Werke. Unter dem Nationalsozialistischen Regime war er sowohl Mitglied des NS-Dozentenbundes als auch der NSDAP. Nach dem Ende des 2. Weltkrieges verlor er drei Jahre lang die Bürgerrechte sowie seine Professur, die er jedoch mit gleichzeitiger Emeritierung 1951 zurückerhielt. Haering vererbte seine Villa in der Neckarhalde der Stadt Tübingen. Der Roman »Der Mond braust durch das Neckartal« entstand 1935, wurde jedoch in späteren Ausgaben entschärft und von nationalsozialistischen Äußerungen befreit. © 1977, Deutsche Verlags-Anstalt, München, in der Verlagsgruppe Random House GmbH.

Peter Härtling: Geboren 1933 in Chemnitz. Nach dem Zweiten Weltkrieg kam Härtling nach Nürtingen, besuchte das dortige Gymnasium und absolvierte ein Volontariat bei der »Nürtinger Zeitung«. In Nürtingen lernte er 1948 Fritz Ruoff kennen, der zu seinem Mentor wurde. Ab 1974 arbeitet Härtling als freier Schriftsteller. Neben zahlreichen Gedichtbänden und Kinderbüchern veröffentlichte Härtling äußerst erfolgreiche Romane, seine eigene Biographie und die Heimat, die er in Württemberg gefunden hat, war für sein Werk thematisch prägend. Peter Härtling lebt in Mörfelden-Walldorf, besitzt aber in Tübingen mit Blick ins Ammertal eine Schreibstube. Die Auszüge aus »Herzwand« (Gesammelte Werke Band 8. Köln 1996); »Nürtingen Neckarbrücke« und »Landschaft unterm Hohenneuffen« aus: Gesammelte Werke Band 8. Hg. v. Klaus Siblewski. Köln 1999, alle © Kiepenheuer & Witsch, Köln.

Christa Hagmeyer: Geboren 1944 in Deckenpfronn. Die Autorin und Journalistin lebt und arbeitet in Tübingen, schreibt Lyrik, kurze Prosa, Theaterstücke, Libretti und Essays. Kay Borowsky u. Barbara Werner (Hg.): Tübingen im Gedicht. Tübingen / Berlin 2003. © Edition Heckenhauer, Tübingen, 2003.

Marcus Hammerschmitt: Geboren 1967 in Saarbrücken, Studium der Philosophie und Literaturwissenschaft in Tübingen, wo Hammerschmitt seit 1994 als freier Schriftsteller und Journalist lebt. Viele seiner Erzählungen, Kurzromane und Hörspiele gehören den Bereichen Sience-Fiction und Fantasy an. Sein Gedicht »Umzug« stammt aus: Kay Borowsky u. Barbara Werner (Hg.): Tübingen im Gedicht. Tübingen / Berlin 2003. © Edition Heckenhauer, Tübingen, 2003 © Marcus Hammerschmitt, Tübingen.

Ute Harbusch: Geboren 1967 in Köln. Nach dem Abitur studierte sie Romanistik, Vergleichende Literaturwissenschaft und Germanistik in Bonn und Paris mit abschließender Promotion. Heute lebt sie als freiberufliche Literaturwissenschaftlerin in Stuttgart. Sie leitet literarische Spaziergänge in Stuttgart und Umgebung, organisiert Literaturausstellungen für das Deutsche Literaturarchiv Marbach und publiziert zur Literaturgeschichte des 19. und 20. Jahrhunderts, mit Schwerpunkt Baden-Württemberg. Für das »Spuren«-Heft 51 gestaltete sie die Collage aus unterschiedlichsten Quellen zur Begegnung von Rimbaud und Verlaine am Neckarstrand in Bad Cannstatt. Ute Harbusch: »Die Neckarschlacht.« Arthur Rimbaud in Stuttgart. (Spuren 51). Marbach 2000. © Deutsche Schillergesellschaft Marbach am Neckar, S. 6f.

Wilhelm Hauff: Geboren 1802 in Stuttgart, gestorben 1827 an einem Nervenfieber ebenda. Nach der Promotion am Tübinger Evangelischen Stift arbeitete Hauff als Hauslehrer und Redakteur des »Cottaschen Morgenblattes für gebildete Stände«. Trotz seiner kurzen Lebenszeit hinterließ er ein umfangreiches Werk: Märchen- und Sagensammlungen, Romane, Satiren, Gedichte und Erzählungen. »Die Seniade«, die Hauff als »scherzhaftes Heldengedicht in vier Gesängen« betitelt, enthält Erinnerungen an seine Studentenzeit in Tübingen. Sein Gedicht »Zur Erinnerung an die Neckarbrücke« entstand zwischen 1822 und 1823. Kurz vor seinem Tod verfasste Hauff die Erzählung »Das Bild des Kaisers«, das die politische Stimmung in der Zeit des Vormärz zum Ausdruck bringt. Die beiden Burgen der Erzählung haben ihr Vorbild in Burg Guttenberg bei Haßmersheim-Neckarmühlbach, dem Stammsitz der Freifrau von Hügel, geb. Gemmingen-Guttenberg, und in der jenseits des Neckar in Sichtweite gelegenen Burg Hornberg (Thierberg in der Novelle).

Johann Peter Hebel: Geboren 1760 in Basel, gestorben 1826 in Schwetzingen. Der evangelische Theologe, Pädagoge und bedeutende alemannische Mundartdichter wurde vor allem durch zahlreiche Sammlungen von Kalendergeschichten bekannt. »Der böse Winter« und »Bequeme Schiffahrt« sind dem »Schatzkästlein des rheinischen Hausfreundes« aus dem Jahr 1811 entnommen.

Heinrich Heine: Geboren als Harry Heine 1797 in Düsseldorf, gestorben 1856 in einer »Matratzengruft« in Paris. Sein Lyrikband »Buch der Lieder« erschien 1827 und begründete seinen Ruhm. Doch der »letzte Dichter der Romantik« wandelte sich im Laufe seines Lebens zum politisch-kritischen Journalisten und ironischen Satiriker. 1844 erschien erstmals »Deutschland. Ein Wintermärchen«. Immer wieder äußerte sich Heine spöttisch über Schwabens Dichter.

James Henry: Geboren 1798 in Dublin, gestorben 1876 in Dalkey, County Dublin. Im zarten Alter von elf Jahren verliebte er sich in Vergils Werke und trug, so die Legende, ein Exemplar der Äneis stets bei sich in der linken Brusttasche. Henry studierte Medizin und praktizierte bis 1845. Dank einer größeren Erbschaft konnte er ab dato ausgedehnte Reisen durch ganz Europa unternehmen, um seine Vergilstudien zu vertiefen. James Henry war bekannt für seine gelegentlich exzentrischen und bissigen Kommentare. 1855 weilte der Dichter und Gelehrte zusammen mit Ehefrau und Tochter zehn Tage in Tübingen. Mit »Tafel« ist der Weinsäufer und Hochschullehrer Gottlieb Lukas Friedrich Tafel gemeint. »Ich blieb zehn Tage – zu lang!« aus dem Englischen von Barbara Werner und Frank Werner. In: Kay Borowsky u. Barbara Werner (Hg.): Tübingen im Gedicht. Tübingen / Berlin 2003. © Edition Heckenhauer, Tübingen, 2003.

Hermann Hesse: Geboren 1877 in Calw, gestorben 1962 in Montagnola, Schweiz. Nach Aufenthalten in drei verschiedenen Heilanstalten absolvierte er in Calw ein Praktikum als Turmuhrmechaniker und begann im Oktober 1895 eine Buchhändlerlehre bei J. J. Heckenhauer in Tübingen, 1899 war er in Basel als Buchhändler und Antiquar tätig. Der Erfolg seines ersten Romans »Peter Camenzind« ermöglichte ihm, als freier Schriftsteller zu leben. Mehrere Reisen führten ihn 1911 durch Europa und Fernost, was seine literarischen Werke prägte. 1923 erhielt Hesse die schweizerische Staatsbürgerschaft und lebte bis zu seinem Tod im Tessin. »Die Novembernacht« gibt Eindrücke aus Hesses Lehrzeit in Tübingen wieder. Heimatliche Gefühle spiegeln sich in seinem Gedicht »Abends auf der Brücke«, das Hesse um 1905 schrieb. »Floßfahrt« in: Hermann Hesse: Sämtliche Werke, Band 12. © Suhrkamp Verlag, Frankfurt am Main 2003; »Abends auf der Brücke« in: Hermann Hesse: Sämtliche Werke, Band 10. © Suhrkamp Verlag, Frankfurt am Main 2002, und »Die Novembernacht« in: Hermann Hesse: Sämtliche Werke, Band 1. © Suhrkamp Verlag, Frankfurt am Main 2001.

Theodor Heuss: Geboren 1884 in Brackenheim, gestorben 1963 in Stuttgart. Politikwissenschaftler, Journalist und nach dem zweiten Weltkrieg erster Bundespräsident der Bundesrepublik Deutschland. Seine Stimme als die eines unbescholtenen Politikers der ersten Stunde hatte Gewicht auch über Deutschland hinaus. Und auch beim Wein hatte er ein Wörtchen mitzureden: Seine Dissertation aus dem Jahr 1906 trug den Titel »Weinbau und Weingärtnerstand in Heilbronn am Neckar«. »Schwäbischer Wein« aus: Heinrich Domes (Hg.): Laßt uns nach Schwaben entfliehn ... © Herwig Verlag Göppingen 1992.

Friedrich Hölderlin: Geboren 1770 in Lauffen am Neckar, gestorben 1843 in Tübingen. Hölderlin lebte lange Zeit seines Lebens in den verschiedensten Neckarstädten. Er besuchte die Lateinschule in Nürtingen, dann von 1788 bis 1793 das Tübinger evangelischen Stift, wo er mit Schelling und Hegel befreundet war. Als Hauslehrer war er in Waltershausen und Frankfurt, wo er sich in Susette Gontard verliebte, seine Diotima. Wegen dieser unglücklichen Liebesaffäre musste er diese Stelle jedoch bald wieder aufgeben, kam als Hauslehrer in die Schweiz und 1802 für einige Monate nach Bordeaux. Nach seiner Erkrankung lebte er ab 1806 bis zu seinem Tod bei der Familie Zimmer in einer Turmstube über dem Neckar in Tübingen, heute bekannt als der »Hölderlinturm«. In Hölderlins Ode »Der Neckar« aus dem Jahr 1800 überlagern sich die vertraute Umgebung und die südliche Landschaft. Auch sein Gedicht »Da ich ein Knabe war« bezieht sich auf eine Neckarstadt, auf Nürtingen, Ort der Kindheit, Wohnort der Mutter und immer wieder auch Zufluchtsort Hölderlins. Die erste Strophe seines »Heidelberg«-Gedichts, eines der am meisten zitierten Gedichte der deutschen Literatur, befindet sich eingemeißelt auf einem Stein in der so genannten »Hölderlin-Anlage« am Heidelberger Philosophenweg.

Felix Huby: Geboren 1938 als Eberhard Hungerbühler in Dettenhausen bei Tübingen, lebt und arbeitet Felix Huby seit vielen Jahren in Berlin. Seit 1976 verfasste der langjährige Journalist, Spiegel-Korrespondent und Autor Kriminalromane. Für das deutsche Fernsehen schrieb er zahlreiche Tatort-Folgen und schuf unter anderem die Kommissare »Max Palu«, »Jan Casstorff« und »Ernst Bienzle«. Bienzle ist auch die Hauptfigur von inzwischen über 15 Kriminalromanen. Im Fernsehen lief die zitierte Geschichte bereits 1989 als Tatort, Folge 394, die Originalausgabe von »Bienzle und der Champion« erschien 1999. © 1999 by Rowohlt Taschenbuch Verlag GmbH, Reinbek bei Hamburg.

Nina Jäckle: Geboren 1966 in Villingen-Schwenningen. Zu ihren Werken zählen Romane, Hörspiele und Erzählungen. Zeitgleich mit diesem Band erscheint im Klöpfer & Meyer Verlag die Erzählung »NAI oder was wie so ist«. Den Kurztext »Großereignis Ursprung« verfasste sie 2009 für die hier versammelten »Neckargeschichten«. © Nina Jäckle.

Charles Juliet: Geboren 1934 in Jujurieux bei Lyon. Nach einer schwierigen Kindheit und einem abgebrochenen Studium der Medizin an der Militärhochschule von Aix-en-Provence widmete er sich ganz dem Schreiben, zunächst 15 Jahre nur für sich. Seine erste Veröffentlichung »Fragments« mit autobiographischen Texten ist erst 1972 erschienen. 1986 erhielt er ein Stipendium der Robert-Bosch-Stiftung, Aufenthalte in Tübingen und Stuttgart schlossen sich an. 1994 erschien der vierte Band der Tagebücher, dem der Eintrag vom 8. Oktober entnommen ist. © P.O.L. Paris 1994.

Gottfried Keller: Geboren 1819 in Zürich, gestorben 1890 ebenda. Nach einem missglückten Versuch, Kunst zu studieren, besuchte Keller von 1848 bis 1849 in Heidelberg Vorlesungen zu Geschichte, Jura und Politik, aber auch zu deutscher Literaturgeschichte bei Hermann Hettner, der zu seinem Freund wurde. Von dem Gedicht »Die Schifferin auf dem Neckar« existieren zwei Fassungen, die frühere entstand 1848 und wurde für dieses Buch verwendet. Keller wohnte auf der Altstadtseite, nur wenige Häuser flussabwärts vom Brückenturm. Auf der anderen Seite des Flusses lebte in der Villa »Zum Waldhorn« die junge Johanna Kapp, Tochter des Philosophiegelehrten Christian Kapp. Gottfried Keller, der regelmäßig im Kappschen Hause verkehrte und den eine innige Freundschaft mit Johanna verband, konnte aber ihre Liebe nicht gewinnen – was in dem Gedicht »Schöne Brücke« zum Ausdruck kommt.

Justinus Kerner: Geboren 1786 in Ludwigsburg, gestorben 1862 in Weinsberg. 1804 bis 1808 Studium der Medizin an der Universität Tübingen. Von 1810 an praktizierte er als Arzt, 1819 zog er nach Weinsberg, wo sein Haus, das »Kerner-Haus« zum gesellig-geistigen Treffpunkt von Persönlichkeiten seiner Zeit wurde, darunter Ludwig Uhland und Gustav Schwab, die er bereits aus seiner Studienzeit kannte. Kerners dichterisches Werk wurde beeinflusst von Heimatsagen und Schauergeschichten. »Der Wassermann« entstand 1826 und spiegelt Kerners Faszination für die Geisterwelt und seinen Hang zum Okkulten wider.

Klabund alias Alfred Henschke: Geboren 1890 in Crossen an der Oder, gestorben 1928 in Davos. Sein Pseudonym »Klabund« geht auf einen in Nord- und Nordostdeutschland geläufigen Familiennamen zurück und wird von Henschke unter anderem als eine Zusammensetzung aus den beiden Wörtern Klabautermann und Vagabund erklärt. Klabund verfasste überwiegend Dramen und Romane, allerdings auch Gedichte und literaturgeschichtliche Werke. Das Gedicht »Mimi« erschien 1922 unter dem Titel »Das heiße Herz« im Erich Reiss Verlag Berlin.

Bernd Kohlhepp: Geboren 1962, lebt in Ammerbuch bei Tübingen. Seit über zwanzig Jahren ist Bernd Kohlhepp als Kabarettist und Autor vorwiegend im Schwabenland unterwegs. Vielen ist die von ihm kreierte Figur des »Herrn Hämmerle« bekannt. Einen Namen gemacht hat er sich aber auch durch zahlreiche Hörspiele, Kinderbücher und seine Interpretation des »Stuttgarter Hutzelmännleins« von Eduard Mörike. Kongenial sind seine gefeierten schwäbischen Versionen amerikanischer Rock'n Roll Klassiker. Für seinen Humor und seine spitze Zunge wurde er vielfach ausgezeichnet. Das »Neckar Sonett« verfasste er 2009 für diese Anthologie. © Bernd Kohlhepp, Ammerbuch.

Isolde Kurz: Geboren 1853 in Stuttgart; gestorben 1944 in Tübingen. Die Schriftstellerin und Übersetzerin verbrachte ihre Jugendjahre in einem äußerst freigeistigen Elternhaus in Tübingen. Es sind teils witzige, teils sarkastische Sätze, die die Schriftstellerin Isolde Kurz über die Rolle der Frau in der Literatur und der Gesellschaft äußert. Ihre Erfahrungen in Tübingen schildert sie in dem Buch »Aus meinem Jugendland« von 1918, erschienen im Rainer Wunderlich Verlag in Tübingen.

Tatjana Kusowljewa: Geboren 1939 in Moskau. Kusowljewa war mehrfach zu Besuch in Stuttgart und Tübingen. Dabei besuchte sie auch den Hölderlinturm am Neckar. Das Gedicht »Tübingen, Turm« wurde von Kay Borowsky aus dem Russischen übersetzt. Kay Borowsky u. Barbara Werner (Hg.): Tübingen im Gedicht. Tübingen / Berlin 2003. © Edition Heckenhauer, Tübingen, 2003

Armin Lang: Geboren 1928 in Holzkirchen, gestorben 1996 in Stuttgart. Deutscher Filmproduzent, der 1960 zusammen mit dem Grafiker Werner Klein für den SDR zwei Zeichentrickfiguren entwickelte, zunächst das von dem Stuttgarter Wappentier inspirierte »Pferdle«, dann als Partner 1965 das »Äffle«. Sowohl sprachlich als auch inhaltlich sind die Beiden sehr mit dem »Ländle« verwachsen. © Äffle und Pferdle = © LANG-FILM, Stuttgart/Lizenz: www.bullyland.de

Jean-Pierre Lefèbvre: Geboren 1943 in Boulogne-sur-Mer. Jean-Pierre Lefèbvre ist Professor für deutsche Literatur und Leiter der Germanistischen Abteilung an der Pariser Ecole Normale Supérieure. 2008 erhielt er den Jacob- und Wilhelm-Grimm-Preis des Deutschen Akademischen Austauschdienstes (DAAD). Sein erster Roman, »Die Nacht des Fährmanns«, erschienen bei Fischer Taschenbuch Frankfurt/Main 1992, ist nach eigenem Bekunden stark von Günther Grass beeinflusst. Die Geschichte spielt 1967 in Heidelberg, wo Lefèbvre als Dozent am Romanischen Seminar lehrte. © Edition Denoël, Paris.

Fritz Löhner-Beda und Ernst Neubach: Der Komponist Friedrich Raimund Vesely (1900–1954), alias Fred Raymond, komponierte 1927 ein Singspiel mit dem Namen »Ich hab' mein Herz in Heidelberg verloren«. Das Hauptlied wurde ein Schlager. Der Text stammt von Fritz Löhner-Beda und Ernst Neubach. Löhner-Beda wurde 1883 in Wildenschwert (Böhmen) geboren, er starb 1942 in Auschwitz. Ernst Neubach wurde 1900 in Wien geboren und starb 1968 in München.

Friederike Mayröcker: Geboren 1924 in Wien. Mayröckers literarisches Schaffen begann bereits im Alter von 15 Jahren. Bis 1969 arbeitete die Autorin als Englischlehrerin an verschiedenen Hauptschulen in Wien, bis sie sich 1977 frühpensionieren ließ. Erfolg hatte sie unter anderem mit Hörspielen, die sie gemeinsam ab 1954 mit ihrem Lebensgefährten Ernst Jandl verfasste. Die für sie typische bildhafte Sprache kommt in dem Gedicht »dieses Kind diese Parze dieser Ligusterhain«, das sie 1999 für Eva Hoffmann schrieb, deutlich zum Ausdruck. Aus: Friederike Mayröcker: Gesammelte Gedichte 1939-2003. © Suhrkamp Verlag Frankfurt am Main 2005.

Thomas Meinecke: Geboren 1955 in Hamburg. Der Musiker, Autor und Radio-DJ setzt sich mit verschiedenen Themen aus den vergangenen hundert Jahren Kulturgeschichte auseinander, u.a. mit Popkultur und -musik, der deutschen, jüdischen und afrikanischen Diaspora in den USA und den Geschlechterrollen. Der Romantitel »Tomboy« stammt aus dem Amerikanischen und bezeichnet ein Mädchen, das sich – entgegen gängigen Rollenklischees – wie ein Junge benimmt. Zitiert aus: Thomas Meinecke: Tomboy. Frankfurt / Main 1998. © Suhrkamp Verlag Frankfurt am Main 1998.

Eduard Mörike: Geboren 1804 in Ludwigsburg, gestorben 1875 in Stuttgart. Er studierte Theologie in Urach und Tübingen, der Stadt am Neckar, die in ihm später euphorische Gefühle auslöste, wie der Brief an Johannes Märlen aus dem Jahr 1827 beweist. Mörike war an elf Orten Vikar, dann endlich Pfarrer in Cleversulzbach und wurde mit 39 Jahren pensioniert. Fortan lebte er als Dichter, als freier Schriftsteller würde man heute sagen. Aus finanzieller Not unterrichtete er 1851 stundenweise am Stuttgarter Königin-Katharina-Stift. Dieser Unterricht ging in die Literaturgeschichte als die sogenannten »Fräuleinslektionen« ein.

Alfred Mombert: Geboren 1872 in Karlsruhe, gestorben 1942 in Winterthur. Der Schriftsteller und Lyriker hatte in Heidelberg unter anderem Jura studiert und war dort auch als Rechtsanwalt tätig. Er gilt mit seinem literarischen Werk als Wegbereiter des Expressionismus. »Nachmittags am Neckar« entstammt der Gesamtausgabe. Band 3. München: Kösel, 1963, S. 391f. © Kösel-Verlag, München.

Charles de Montesquieu: Getauft 1689 auf Schloss La Brède, Bordeaux, gestorben 1755 in Paris. Der Schriftsteller, Staatstheoretiker und erfolgreiche belletristische Autor ging 1728 auf eine dreijährige Bildungsreise durch mehrere deutsche und italienische Staaten, die niederländischen Generalstaaten und vor allem England. Seine »Lettres Persanes« (1721) – eine in fiktive Briefe gefasste Kritik an französischen Institutionen und Sitten – hatten ihn in ganz Europa bekannt gemacht und öffneten ihm Tür und Tor. Auf seinen Reisen besuchte er auch den Hof zu Mannheim.

Heinz Piontek: Geboren 1925 in Kreuzburg (Oberschlesien), gestorben 2003 in Rotthalmünster bei Passau. Pionteks Werke weisen eine große Bandbreite auf, er schrieb Lyrik, Erzählungen und Romane, Essays, Hörspiele und Kritiken sowie etliche Übersetzungen, die teilweise in mehr als zwei Dutzend Sprachen übertragen wurden. »Die Küfer« ist entnommen aus: Heinz Piontek: Werke. Band 1: Die Gedichte. München 1980 © Ilse Huth, Osterode.

Friedrich Richter: Geboren 1811, gestorben 1865. Jeder weiß, dass »Am Neckar«, diese »Art württembergische Nationalhymne«, von Friedrich Silcher (1789–1860) vertont wurde, völlig vergessen aber ist ihr Autor, der biedermeierliche Theologe und Pädagoge Friedrich Richter.

Rainer Maria Rilke: Geboren 1875 in Prag, gestorben 1926 in Valmont bei Montreux, Schweiz. Rilke ist vor allem als Dichter bekannt. Zu seinem Werk gehören auch Erzählungen, ein Roman und Essays zu Kunst und Kultur. Der umfangreiche Briefwechsel des bedeutenden Lyrikers bildet einen wichtigen Bestandteil seines literarischen Schaffens.

Otto Rombach: Geboren 1904 in Böckingen (Heilbronn), gestorben 1984 in Bietigheim-Bissingen. Der Journalist und Schriftsteller entstammte einer Künstlerfamilie. Ab 1928 wurde er bekannt durch seine Bühnenstücke, historischen Romane, Novellen und Hörspiele. »Adrian der Tulpendieb« (1935) wurde 1966 als erste deutsche Fernsehserie in Farbe verfilmt. Rombach schrieb zudem Erzählungen, Gedichte und Reiseberichte. »Der Postmichel« erschien 1974 in dem Merianheft »Esslingen«. © Jahreszeiten Verlag.

Manfred Rommel: Geboren 1928 in Stuttgart. Rommel war von 1974 bis 1996 Oberbürgermeister von Stuttgart und ist bis heute Verfasser zahlreicher Bücher und Reden, die er in Buchform zusammenfassen ließ. Es ist allgemein bekannt, dass es dem »Meister des Bierfassanstichs« fast nie gelang, den Zapfhahn beim traditionellen Fassanstich auf dem Cannstatter Wasen sauber einzuschlagen. Manfred Rommels »Als Meister des Bierfaßanstichs ...«, S. 312ff in: Die Grenzen des Möglichen: Ansichten und Einsichten. © 1995, Deutsche Verlags-Anstalt, München, in der Verlagsgruppe Random House GmbH.

Walle Sayer: Geboren 1960 in Bierlingen, lebt und arbeitet heute als freier Schriftsteller in Horb-Dettingen. Den ersten Gedichtband veröffentlichte Walle Sayer 1984 unter dem Titel »Die übriggebliebenen Farben«. Seitdem erschienen zahlreiche Bücher mit Lyrik und Kurzprosa, fast alle im Tübinger Klöpfer & Meyer Verlag, so auch 2006 der Band »Den Tag zu den Tagen« und 2009 »Kerngehäuse«, aus denen die drei hier abgedruckten Gedichte stammen. © Klöpfer & Meyer, Tübingen.

Joseph Victor von Scheffel: Geboren 1826 in Karlsruhe, gestorben 1886 ebenda. Der im 19. Jahrhundert viel gelesene und humorvolle Schriftsteller schuf Romane, Erzählungen, Lieder und Versepen. »Der Trompeter von Säckingen, ein Sang vom Oberrhein« ist sein Erstlingswerk aus dem Jahr 1854, aus dem das Studentenlied »Alt Heidelberg, du feine« stammt.

Wieland Schmid: Geboren 1945 in Ludwigsburg. Nach dem Volontariat Redakteur bei verschiedenen Wochen- und Tageszeitungen in Australien und Deutschland, seit 1980 bei der Stuttgarter Zeitung. Von 1987 an Korrespondent für Nordwürttemberg und Teile Nordbadens mit Sitz in Heilbronn. »Im Schatten der Kühltürme«: Artikel aus der Stuttgarter Zeitung vom 07.08.2009. © Wieland Schmid.

Christian Friedrich Daniel Schubart: Geboren 1739 in Obersontheim bei Schwäbisch Hall, gestorben 1791 in Stuttgart. Der rebellische Dichter, Organist, Komponist und Journalist war nicht nur ein »Brauskopf und gewaltiger Trinker, Spaßvogel und genialer Unterhalter«, sondern viel mehr noch Autor zahlreicher scharf formulierter, sozialkritischer Schriften, mit denen er die intriganten Machenschaften, den Despotismus und die Willkürherrschaft im damaligen Herzogtum Württemberg öffentlich anprangerte. Herzog Carl Eugen ließ Schubart 1777 für zehn Jahre auf der Bergfestung Hohenasperg einsperren, wo 1784 das Gedicht »Die Aussicht« entstand.

Ossip Schubin: Pseudonym für Aloisia (Lola) Kirschner. Geboren 1854 in Prag, gestorben 1934 auf Schloss Kosatek in Böhmen, Tschechoslowakei. Die deutschsprachige Schriftstellerin jüdischer Herkunft schilderte in zahlreichen Romanen und Novellen das Salon- und Gesellschaftsleben ihrer Zeit. Die zu ihrer Zeit viel gelesene und von der Kritik hoch gelobte Schriftstellerin geriet nicht zuletzt durch den aufkommenden Nationalsozialismus völlig in Vergessenheit. Ihr Buch »Mal'occhio und andere Novellen« entstand 1884 und erhielt bei der 4. Auflage im Jahr 1901 den Titel »Es fiel ein Reif in der Frühlingsnacht«.

Gustav Schwab: Geboren 1792 in Stuttgart, gestorben 1850 ebenda. Nach dem Besuch des Stuttgarter Gymnasiums studierte er 1809–1814 in Tübingen zwei Jahre Philologie und Philosophie, dann Theologie am Evangelischen Stift. 1847 erhielt er von der Universität Tübingen den Ehrendoktor der Theologie. Schwab war Pfarrer, erst in Gomaringen, später in Stuttgart. Bekannt wurde er durch seine Bearbeitung der »Sagen des klassischen Altertums«. In der Sagenballade »Das Mahl zu Heidelberg« beschreibt Gustav Schwab ein angeblich auf dem Heidelberger Schloss abgehaltenes Fürstenmahl, auf dem Kurfürst Friedrich I., der »Pfälzer Fritz«, seinen Feinden eine strenge Lehre »aufgetischt« haben soll.

Johan Wilhelm Snellman: Geboren 1806 in Stockholm, gestorben 1881 in Kirkkonummi. In Finnland kennt ihn jedes Kind, im Mai wird sein Geburtstag als Snellmanns-Tag gefeiert. Dieser Philosoph und Reiseschriftsteller veröffentlichte 1842 seine »Schilderungen und Urteile von einer Reise 1840–1841«. Ausführlich geht er dabei auf die Zustände in der schwäbischen Universitätsstadt Tübingen ein und kommt zu dem Schluss: »Die meisten Tübinger Gelehrten haben indessen den Fehler, den deutsche Gelehrte überall haben: sie sind neidisch, zänkisch und unnachgiebig.«

Susanne Stephan: Geboren 1963 in Aachen/Nordrhein-Westfalen. Stephan wächst in Haßmersheim am Neckar auf. Nach dem Studium der Germanistik, Geschichte und Romanistik in Tübingen, Konstanz, Paris und Hamburg übernahm sie diverse Verlagstätigkeiten, zuletzt als Lektorin. Die freie Autorin von Gedichten, Erzählungen und Romanen lebt und arbeitet heute in Stuttgart. Susanne Stephan. Tankstellengedichte. Tübingen 2003. S. 80. © Klöpfer & Meyer, Tübingen.

Thaddäus Troll: Pseudonym von Dr. Hans Bayer. Geboren 1914 in Bad Cannstatt, gestorben 1980 in Stuttgart. Neben Romanen und heiteren Geschichten über die Schwaben verfasste Troll Essays, Sketche und Gedichte, teilweise im Dialekt, darunter auch »Immer der Nase nach«. Der Neckar war für Bayer immer der beschauliche »Weinfluss«, wie er ihn in seinem gleichnamigen Text vorstellt. Er kommt dabei nicht umhin, die schwäbische Weinsorte und die schwäbische Menschensorte auf die ihm eigene Weise zu betrachten. »Weinfluß Neckar« aus: Das große Thaddäus Troll-Lesebuch Hamburg: Hoffmann und Campe 1981, S. 225. © Silberburg-Verlag, Tübingen; »Immer der Nase nach« in: Thaddäus

Troll: O Heimatland. Tübingen: Silberburg 2006, S. 29. © Silberburg-Verlag, Tübingen.

Kurt Tucholsky: Geboren 1890 in Berlin, gestorben 1935 in Göteborg. Tucholsky war ein politisch engagierter Schriftsteller, Lyriker und Journalist satirischer und gesellschaftskritischer Texte.

Mark Twain: Eigentlich Samuel Langhorne Clemens, geboren 1835 in Florida, Missouri, gestorben 1910 in Redding, Connecticut. Mark Twain ist ein Ausdruck aus der Seemannssprache, der Zwei Faden (Wassertiefe) bedeutet und der eine Erinnerung an seine Jahre als Steuermann auf dem Mississippi ist. In seinem ersten Reisebuch »A Tramp Abroad« (Bummel durch Europa, 1880) verarbeitete Twain Erlebnisse und Erfahrungen seiner zweiten Europareise von 1878, die ihn durch Deutschland, die Schweiz und Italien führte. © Vandenhoeck & Ruprecht GmbH & Co. KG, Göttingen 1963.

Ludwig Uhland: Geboren 1787 in Tübingen, gestorben 1862 ebendort. Uhland studierte Rechtswissenschaft und Philosophie am Tübinger Stift, wo er Justinus Kerner kennen lernte, dem er zeitlebens verbunden blieb. Auch mit Gustav Schwab, Karl Mayer und weiteren Dichtern war Uhland eng befreundet. 1829 erhielt er eine Professur für deutsche Sprache und Literatur an der Universität Tübingen, wo der inzwischen gefeierte Dichter und Schriftsteller die Studenten begeisterte. Trotz seiner Funktionen als Abgeordneter des Württembergischen Landtags in Stuttgart kehrte Uhland immer wieder in sein geliebtes Tübingen zurück. Die »zween Genossen« in dem Gedicht »Auf der Überfahrt« sind Uhlands verehrter Oheim, der Landpfarrer Hoser, und der Poet Friedrich von Harpprecht.

Karl August Varnhagen von Ense: Geboren 1785 in Düsseldorf, gestorben 1858 in Berlin. Nach dem Studium der Medizin in Halle und Tübingen war Varnhagen als Haushofmeister, Lehrer und Erzieher in Familien des jüdischen Bürgertums tätig, wo er bekannte Persönlichkeiten und Dichter der Romantik kennen lernte, darunter Justinus Kerner, Ludwig Uhland und Adalbert von Chamisso, mit dem er 1803 die literarische Gruppe »Nordstern« gründete. 1814 heiratete Varnhagen die Schriftstellerin Rahel Levin. In seinen »Denkwürdigkeiten und vermischten Schriften«, entstanden ab 1837, schreibt Varnhagen mehrfach über Tübingen, das Neckar- und Ammertal, eine Gegend, die in ihm sehr gemischte Gefühle hervorrief.

Werner Veit: Geboren 1903 in Erfurt als Eugen Siegfried Veit, gestorben 1992 in Ludwigsburg. Der Autor erfolgreicher in Mundart geschriebener Bücher trat zwanzig Jahre lang als Schauspieler in Stuttgart mit seinem Kollegen Walter Schultheiß als das Straßenkehrer-Komikerduo

»Karle und Gottlob« auf. Zwischen 1970 und 1976 war der schwäbische »Bruddler« in der Abendschau des Süddeutschen Rundfunks zu sehen. Text aus: O Anna Scheufele. Schwäbisch gebruddelt. © Verlag Karl Knödler, Reutlingen 1973.

Friedrich Theodor Vischer: Geboren 1807 in Ludwigsburg, gestorben 1887 in Gmunden am Traunsee. Vischer studierte Theologie, Philosophie und Philologie in Tübingen. Immer wieder führten Reisen den Autor nach Italien und Griechenland, seine erste 1839/1840. Vischer lehrte an der Tübinger Universität fast zwei Jahrzehnte Philosophie und Ästhetik. Er schrieb einen Roman, Theaterstücke, Satiren und Gedichte. Der Brief an seine Schwester Nanny, in dem er sich über Tübingen und sein feuchtes Klima beklagt, entstand 1841, als er wieder in deutschen Landen weilte. Politisch engagierte sich Vischer 1847 als heftiger Kritiker Bismarcks in der Frankfurter Nationalversammlung. Seine pro-österreichische Gesinnung tritt in dem Gedicht »Ein Fang« zutage.

Ottilie Wildermuth: Geboren 1817 in Rottenburg am Neckar, gestorben 1877 in Tübingen. Die Schriftstellerin verfasste Jugendbücher, Lebensbilder, Erzählungen und Novellen für die damals vielgelesenen Familienzeitschriften, die sie bald zur populärsten Schriftstellerin ihrer Zeit machten. Meist zeichnet sie in ihren idyllischen Geschichten Genrebilder eines protestantischen schwäbischen Lebens. »Der alte Frey« aus: Ottilie Wildermuth: Ausgewählte Werke. Band 1, Stuttgart, Berlin und Leipzig 1924.

Bruno Wille: Geboren 1860 in Magdeburg, gestorben 1928 in Aeschach bei Lindau. Bruno Wille war Prediger, Philosoph, Journalist und Schriftsteller. 1920 schrieb Bruno Wille »Der Glasberg. Roman einer Jugend, die hinauf wollte«, in dem er sich an seine Jugendzeit in Tübingen erinnert, an den Neckar, auf dem die Schwarzwaldflößer flussabwärts fuhren.

Rainer Wochele: Geboren 1943 in Brünn. Studium der Psychologie, Philosophie und Theaterwissenschaft. Wochele lebt und arbeitet seit 1982 als freier Schriftsteller in Stuttgart. Er schreibt Romane, Theaterstücke, Erzählungen, auch Lyrisches und Journalistisches als Freier Mitarbeiter für die »Stuttgarter Zeitung«. Bei Klöpfer & Meyer erschien 2001 der hier zitierte Roman »Das Mädchen, der Minister, das Wildschwein«, 2004 seine Novelle »Der Flieger« und 2008 der Roman »Der General und der Clown«. © Klöpfer & Meyer, Tübingen.

Alexander Würtenberger: Geboren 1854, gestorben 1933. Der aus Dettighofen stammende Heimatdichter verfasste viele Mundartwerke und Theaterstücke, die insbesondere im alemannischen Sprachraum bekannt wurden.

Eva Christina Zeller: Geboren 1960 in Ulm, lebt in Tübingen. Nach dem Studium der Philosophie, Germanistik, Theaterwissenschaft und Rhetorik in Berlin und Tübingen arbeitete Zeller ab 1988 als Lektorin an der University of Otago, Dunedin, Neuseeland. Seit vielen Jahren ist sie als Journalistin und Autorin tätig. Zeller hat mehrere Gedichtbände, Prosa in Anthologien und eine wissenschaftliche Arbeit über Ingeborg Bachmann veröffentlicht. Im Tübinger Klöpfer & Meyer Verlag erschien 2002 und erneut 2006 der zitierte Gedichtband »Stiftsgarten, Tübingen«; 2007 auch der Gedichtband »Liebe und andere Reisen«. Das Theaterstück »Tod in Tübingen« schrieb sie 2008 zusammen mit Joachim Zelter. © Klöpfer & Meyer Tübingen.

Joachim Zelter: Geboren 1962 in Freiburg/Breisgau. Mit 34 Jahren beschloss Joachim Zelter Schriftsteller zu werden. Das erste Buch »Briefe aus Amerika« schrieb er 1998, seit 2002 ist Zelter mit seinen Romanen prominenter Autor des Klöpfer & Meyer Verlags Tübingen. Parallel entstanden zahlreiche Theaterstücke, zuletzt »Professor Lear«, uraufgeführt im Tübinger Zimmertheater 2010. Den Text über Rottweil »Wo bin ich?« verfasste Zelter 2003 als Teilnehmer beim 19. Deutsch-Schweizer Autorentreffen © Joachim Zelter, Tübingen. Der Roman »How are you, Mister Angst?« erschien 2008 und erzählt witzig, ironisch und unterhaltsam von der Universität und ihren Menschen, besonders aber von dem Juniorprofessor Konrad Monteiro. © Klöpfer & Meyer, Tübingen.